《啄木鸟》“尘封档案”·红色侦探系列

追缉“六指魔”

东方明 魏迟婴等 著

群众出版社
·北京·

图书在版编目（CIP）数据

《啄木鸟》“尘封档案”·红色侦探系列. 追缉“六指魔”/东方明，魏迟婴等著.
—北京：群众出版社，2020. 1
ISBN 978-7-5014-5974-2
Ⅰ. ①尘…　Ⅱ. ①东…②魏…　Ⅲ. ①纪实文学—中国—当代　Ⅳ. ①I25
中国版本图书馆 CIP 数据核字（2020）第 009210 号

追缉“六指魔”
东方明　魏迟婴等　著

出版发行：群众出版社
地　　址：北京市丰台区方庄芳星园三区 15 号楼
邮政编码：100078
经　　销：新华书店
印　　刷：北京市科星印刷有限责任公司

版　　次：2020 年 1 月第 1 版
印　　次：2020 年 1 月第 1 次
印　　张：16. 25
开　　本：787 毫米 × 1092 毫米　1/16
字　　数：202 千字

书　　号：ISBN 978-7-5014-5974-2
定　　价：58. 00 元

网　　址：www. qzcbs. com
电子邮箱：qzcbs@ sohu. com

营销中心电话：010-83901941
读者服务部电话（门市）：010-83903257
警官读者俱乐部电话（网购、邮购）：010-83903253
啄木鸟杂志社电话：010-83903494

目录

追缉“六指魔” …… 1

1950年初，山西警方得到线索，曾经在当地作恶多端的江洋大盗“六指魔”出现在成都。在成都警方的协助下，一张追缉“六指魔”的大网已经撒开。让两地警方始料未及的是，对“六指魔”这个绰号的误解竟然给追捕行动带来了麻烦，眼看成功在即，警方与“六指魔”却失之交臂……

羊城军火走私案 …… 51

1951年初，有线人向警方举报，香港的走私团伙将把一批军火运进广州，目前正在广州市内寻觅合适的存放地点。警方遂安排线人以提供库房的名义与走私团伙联系，并对其住所进行二十四小时监控。不料，走私团伙成员没有露面，线人却在负责监视的民警眼皮底下被毒杀。是走私团伙杀人灭口，抑或是另有隐情？线索断了，警方又该如何侦破这起羊城军火走私案？

"藏宝图"之谜 ………………………………………………………… 101

1951 年夏，重庆小有名气的女老板华锦秀路遇劫匪，所幸损失不大。谁承想，华锦秀的同居男友裴俊君竟因此大发雷霆、大打出手，终致华锦秀负气自杀。更奇怪的是，裴俊君几天后也被人秘密杀害。而就在此时，江湖上惊现一张"藏宝图"，据说是出自一个窃贼之手。两者之间是否存在联系？探寻"藏宝图"之谜，真相令人惊愕……

毒杀准明星案 ………………………………………………………… 156

六十多年前的上海滩，追星风气之盛并不亚于如今。1952 年初，一位十七岁少女被电影制片厂看中，准备出演一部新片的女二号。可惜红颜薄命，没过一个月，即将冉冉升起的明星在家中毒发身亡，准明星毒杀案引起社会广泛关注。是什么样的深仇大恨，让凶手对这样一个花季少女痛下毒手？调查的结果令警方唏嘘不已……

中秋二命疑案 …………………………………………………………… 206

1955年中秋，一名刚刚从苏北劳改农场获释回沪的汪伪“七十六号”行动特工在一家浴池死于非命，两个小时后，他的妻子也在家触电身亡。据传，这个行动特工曾是臭名昭著的“七十六号魔王”吴四宝的铁杆兄弟。办案刑警心下疑惑，如果传说属实，此人即便不被枪毙，至少也要判个无期，怎么轻易就获释回家了？正准备顺着这条线索调查案情，却被政保部门严厉制止。此路不通，刑警又该如何破解这起中秋二命疑案？

追缉“六指魔”

一、“六指魔”其人

1950年3月18日上午，两个外形剽悍的汉子——中共太原市委社会部（对外是太原市公安局政保处，一套班子两块牌子）侦查员阎盛昌、解家宝风尘仆仆地从山西省会太原市赶到成都（当时是川西行署驻地）。他们是来执行一个特殊任务的。

这个任务，说简单也简单——追缉一名逃犯。情报表明，该犯目前以牲口贩子的身份隔三差五时不时地出现在成都的牛马市场，只要前往候得这厮现身，即可将其逮捕，然后押解回太原。不过，说复杂也复杂——也有可能运气不佳，该犯已经改行干起了其他营生，那就得重新查摸；或者，虽未改行，却察觉到警方已经盯上自己，来一个提前滑脚，让侦查员扑一个空；另外还有一种可能，那就是逃犯既没改行，也没察觉到警方盯上了自己，但是在警方抓捕时，却公然拒捕，而且还成功脱身。

之所以这么说，是因为这个逃犯具备这份能力。逃犯名叫查景道，这年四十挂零，可行凶作恶的历史已有三十多年。八岁的时候他手上就有人命，至于混黑道的时间那就更早了。后来这厮被捕接受讯问时，警察问他何时开始在黑道上混的，他回答说："我出生在土匪窝里，你说我算是什么时候开始走黑道的?"

查景道的父母都是黑茶山的惯匪。他出生后就在土匪窝里生活，耳濡目染，两三岁就能说道上的切口，四五岁敢操刀宰杀猪羊，八岁生日时，匪首老爸赠其一支勃朗宁作为生日礼物，次日他就用这支手枪打死了一个小土匪。不久，他被送往五台山，投拜在其父的结拜老兄、闻名江湖的巨匪"一掌倒"杜伯兴门下习练武术。杜伯兴当年杀人如麻，作恶多端，后来忽一日宣布金盆洗手，放下屠刀，立地成佛，法名"思善"，这时已经是个五十出头的老者了。查景道跟着思善和尚学了九年武术，下山时不但精通多般武艺，而且练就了一手暗器本领。

回到黑茶山匪窝后，他凭着发射暗器的悟性，很快就成了一名指哪儿打哪儿的神枪手。然后，查景道就盘算自立门户了。他自立门户的做法也跟寻常土匪不同。寻常土匪自立门户，要么拉一帮人另立山头，要么干脆火并，他却是随便找了个借口就把父母开枪打死了。那借口简单得简直不能算是借口——他在午睡时被父母因鸡毛蒜皮的小事发生的争吵惊醒，于是就行凶了。

不过，查景道并未能接掌门户。这个上百人的匪帮中，大部分土匪都跟他的父母有特殊关系，或是结拜弟兄，或是徒子徒孙，也有同乡亲友。这种情况查景道事先也考虑过，知道自己弑父诛母后会有一部分人离开，但他没有料到，最后的结果竟然是所有成员全部选择离开。幸亏这些人各有各的打算，才未抱成一团跟他算一算大逆不道之账。就这样，这股颇有些规模的匪帮自行解体了，倒是让官府松了一口气。

那么，查景道自此何以谋生呢？他仗着自己武艺高强、枪法精湛，以及那份弑父诛母的凶残狠毒，做起了黑道单干户，在山西、陕西、河南、河北四省流窜作案，举凡杀人劫财、强奸妇女、纵火下毒之类的暴力型犯罪，一年少说也得干上二十来宗。这等残暴行径，连黑道上的同行都暗自心惊，自叹弗如，便给查景道起了个诨号叫作“六指魔”（这个诨号并非因为他长了六指，而是另有原因，这个原因下文还会说到——这个极易让人产生误解的诨号给后来的侦查工作带来了不少麻烦）。

1937 年全面抗战爆发，查景道发现像以往那样作案的可能性正在减少。因为战乱，有钱人家大多藏匿财物，结伴逃生，而他自认为属于成名大盗，不可能干那些拦路打劫之类的小毛贼勾当，于是就考虑改行。不久，他成功转型为一名职业杀手。1938 年到 1949 年这十一年里，查景道受雇于多方，作下了数十起行刺暗杀案件，丧生于其手的对象不仅是因为私人恩怨，也有国共、日伪等各种势力的成员。查景道的最后一单生意，是暗杀十名国民党特务，而这些特务本身就是杀人如麻的刽子手。他之所以干这桩活儿，并非是眼看要解放了，想立一份大功，以便日后被新政权追究时可以因此抵消一部分罪恶，保住自己的小命。他信奉的是谁给钱就给谁卖命，而雇佣他干这桩活儿的，正是那十名被杀特务的主管机构——国民党山西省特种警宪指挥处特宪队。

1949年4月24日清晨，中国人民解放军第一野战军的一千三百门大炮向太原城同时开火，二十五万官兵分十二路攻上城头，付出伤亡四万五千余人的代价，歼灭阎锡山部十三万余人，解放了太原。这场持续了六个多月的残酷战役，成为国共内战期间历时最长、参战人员最多、战斗最激烈、伤亡最惨重的城市攻坚战。4月26日，新创办的《山西日报》上刊登了中共太原市委的通告："阎匪的罪恶统治永远结束了，太原将永为人民所有。中共亦将永远脱出了秘密状态，凡中共地下党员及一切地下的革命工作人员，自即日起，请速到新民中正街3排20号中共太原市委地下工作委员会报到处报到，以便分配参加新的建设工作。"

据档案记载，战前与战时，我各根据地派遣进入太原城从事秘密工作的地下党员大约有两千一百余人，可是，到太原解放后十多天的5月上旬，看到上述通告前往指定地点报到的仅有三百四十六人。其中一千余人是随部队开拔了，其余七百余人则是在太原做地下工作时英勇牺牲了。因此，中共太原市委社会部、太原市公安局随即着手追查残杀我地下工作者的凶手。不久，据被捕的国民党山西省特种警宪指挥处特宪队副队长畅涛供述，其所领导的特宪队在太原解放前夕曾杀害数十名被捕的中共地下工作者，将遗体埋于坝陵桥18号特宪队队部的后院。我方随即对该处进行挖掘，共挖出五十三具尸骸。经辨认，其中有十人竟是特宪队的行动特工。

这是怎么回事呢？太原市委社会部进一步调查后方才弄明白——

太原解放前夕，阎锡山仓惶逃离山西，对阎"忠诚不二"的"山西省代主席"梁化之向山西省特种警宪指挥处处长徐端下令，将抓捕的中共地下工作者以及进步分子分批杀害。梁化之担心其罪行解放后被揭露，故又密令徐端另外安排专人把执行任务的那十名特务刽子手灭口。

徐端在物色执行后一道任务的人选时，想到了以前曾有过合作的“六指魔”，便以十两黄金的价码雇请“六指魔”一次性干掉那十名行动特工。

1949 年 4 月 22 日晚，徐端在特宪队食堂安排了一桌丰盛的酒席，款待完成屠杀任务的那十名特务。为防这些部属起疑心，他亲自出席。两个小时后，徐端发出了暗号，守在外面的勤务兵俞行仁便去前院通知查景道出场。使徐端感到吃惊的是，进来的竟有两人，之一自然是“六指魔”，另一位却是即便让他想上三天三夜也想不出的对象——被他金屋藏娇的太原名妓郭美娇！不过，徐端毕竟是特务头子，稍一愣怔，便马上明白了“六指魔”此举的用意。“六指魔”担心解决这十名特务后被他这个处长“螳螂捕蝉，黄雀在后”，所以把郭美娇掳来当人质了。徐端当下招呼两人入席，也不向那些即将大祸临头的属下介绍“六指魔”，而是让郭美娇给他们敬酒。

十名已经丧失了防范意识的特务一齐起立，与郭美娇碰杯。枪声就是在这时候响起的。“六指魔”双枪齐出，十个目标只用了八发子弹——由于角度的原因，有两对儿是被一枪击倒的。然后，“六指魔”请徐端抱上已经吓瘫了的名妓把他“礼送”出门，一直到五十米开外方才握手道别。当然，两人不可能后会有期了。四十小时后，太原城破，徐端及“第一行政区督察专员”尹遵党等四百余人逃入省府大楼集体自杀，并以汽油焚烧尸体，与大楼一起化为灰烬。

像“六指魔”这样的巨匪，原本就是新政权惩处的对象。1949 年 5 月中旬，当社会部从俞行仁、郭美娇口中得知查景道参与“灭口事件”后，为彻底调查原特种警宪指挥处的情况，决定把逮捕查景道作为当务之急，侦查员阎盛昌、解家宝受命承办该案。可是，阎、解两人从 5 月下旬一直忙碌到 9 月初，奔波了三个多月，光鞋子就跑穿了两双，却查不到有关“六指魔”的任何线索。太原解放伊始，案子繁多，警力紧张，领导见两人劳而无果，寻思没准儿查景道已经逃离山西，甚至有可能偷渡出境了，就决定暂时把这个案子放一放。

一晃又是半年过去了，1950 年 3 月上旬，太原社会部忽然接到山西省公安厅转来的一封检举信，信中说“六指魔”在成都露面了。

这是一封实名检举信，检举人名叫王宝贵，三十九岁，系太原“博安堂中药店”的老板。太原市委社会部收到省厅转来的那封检举信后，决定重新启动对“六指魔”的调查，还是交给阎盛昌、解家宝两人承办。两人接受任务后，第一件事就是去“博安堂”拜访王老板。

王宝贵有两个哥哥，都在成都经营中药，一个开中药店，一个是药材商。王宝贵每年秋末冬初都会去一趟成都，一是三兄弟聚会，二是从二哥的中药批发行批些中药。去年因太原刚刚解放，这边事情多了些，未能成行，直到今年 2 月才得以赴川。王宝贵每年去成都都要待上半个月甚至二十来天，又喜欢四处乱逛，多年转下来，对成都各处颇为熟悉。这次，他去了一处以前没去过的场所——北门牲口市场。经营中药的老板去牲口市场干吗呢？那是因为太原这边的老朋友、牲口经纪人谢富昀托他到成都后抽空去牲口市场看看行情。王宝贵受人之托忠人之事，先后三次前往牲口市场，第三次去时，在市场里遇到了已经成为牲口贩子的“六指魔”。

王宝贵和“六指魔”曾有过一面之缘。那还是二十年前，王宝贵还不到二十岁，在其父执掌的“博安堂”学艺三年刚刚满师。“博安堂”是太原城里的一家老字号药店，传到王宝贵父亲手里已经是第四代。一日清晨，“博安堂”刚刚开门营业，来了一个十四五岁的小厮，开口求见王老板。王宝贵他爹从内堂出来，问有什么事儿。小厮却不吭声，双手奉上一封密札便返身而去。王老板拆开信封，从中取出一纸药方，只一看，神色顿变，稍一愣怔，随即亲自按方抓药，一一称妥，扎成四角方方的一个包包。然后唤过王宝贵，命他立刻送到南门车郎中府上，途中不得耽搁。

当时的中药业老字号都与当地有点儿名望的中医有业务合作，除了请合作中医隔三差五来店铺坐堂问诊，对患者全免诊金，还对该中医所开的药方实行打折赎药。那位车郎中便是“博安堂”的合作中医，而且是太原中医外科的名家，人称“血见愁”。只不过这一次，“血见愁”也是满面愁容。见王宝贵登门，车郎中露出惨淡的笑容，让王宝贵随其入内。进到里面客厅，王宝贵顿时一个激灵！只见客厅正中原本只有车郎中本人才可落座的那张铺着虎皮的红木太师椅上，端端地坐着一条大汉，脸色惨白，正闭目养神。大汉面前，车家大大小小三代十七口统统席地而坐，个个噤声，甚至车郎中那年方三岁的小孙儿都吓得一声不敢出。

那大汉自然就是“六指魔”了。听见脚步声，他睁开眼睛，说声“药来了”，把手一招，王宝贵便身不由已地趋前把药递过去。对方却不接，只是问他姓甚名谁，做什么营生，听明乃是“博安堂”少东家，就示意他与车家老少坐在一起。那中药已由车郎中接过，亲自去厨房煎熬了。“六指魔”喝下汤药后感觉并无异样，这才放王宝贵回去。

事后王老板才听车郎中说起，那天凌晨，“六指魔”在北门一个相好家被警察局捕探包围，双方交火，死了数名警察，但“六指魔”也受了伤，一路奔逃到南门车郎中寓所，胁迫车郎中全家作为人质，让车郎中为其抓药疗伤，这才有了王宝贵到车郎中府上送药一节。临走时，“六指魔”留下黄金十两，言明让车郎中和王老板二八相分。车、王皆是良民，哪敢收贼赃，但也不敢举报，只好在每年同业公会举办的义诊义卖活动中捐出，以安良心。有过这一次惊心动魄的经历，王宝贵的脑海里也就烙下了“六指魔”的那副尊容。

因此，当王宝贵在成都北门牲口市场看见有个男子酷似“六指魔”查景道时，不由得大吃一惊。太原解放以来，军管会张贴的每一批重大案犯的通缉令中，都有查景道的名字，却一直没听说这厮落网了。坊间百姓茶余饭后议及“六指魔”时，有的说肯定已经远走高飞逃往境外，有的说这家伙多年来结下了不计其数的冤家仇敌，没准儿是让人家瞅个机会一声不吭地悄悄干掉了，哪知这厮竟然逃到成都做起了牲口贩子。

不过，王宝贵还是不太有把握，他寻思哪有这样的巧事，别是认错人了吧？想着，就把头上的那顶黑羊皮罗宋帽往下拉了拉，悄然靠上前去。走到离对方五六米处时，听见那人正向一个主顾介绍他牵来的三头牲口的特点。那声音，虽然时隔二十年，还是那么熟悉。再走近两步，从那人身边经过时迅速扫视一眼——没错，正是“六指魔”！

看清对方后，王宝贵竟然止不住地浑身颤抖，随即转身往牲口市场深处走去，从另一个出口溜了。出门没多远，正好有辆三轮车迎面过来，向来惜财如命的他不假思索上了车，一路上还不时回头张望，担心“六指魔”觉察到其行踪已被发现，追上来灭口。要知道，这对于“六指魔”来说，简直是易如反掌。

回到二哥的中药材批发行，王宝贵没敢对二哥提起这事，两天后三兄弟寒夜喝通宵酒时，同样没敢对大哥吐露半点儿口风。返回太原后，正好在部队当班长的侄子出差路过太原，顺路来看望叔叔。王宝贵寻思这侄子是解放军军官，应该说得清形势政策，就在闲谈间提到“六指魔”其人。侄子以前没听说过“六指魔”，不过，当他听叔叔说到“六指魔”的滔天罪恶时，不禁拍案而起，说这种恶棍如若不铲除，那还要我们闹革命干什么？王宝贵小心翼翼地向侄子请教，像“六指魔”这样本领了得的惯匪，人民政府对付得了吗？这位解放军班长哈哈大笑，说蒋介石的几百万军队都被我们歼灭了，还解决不了这样一个土匪？

王宝贵就向侄子说了在成都牲口市场看见“六指魔”之事。侄子鼓励叔叔向政府检举，叔叔却还有些顾虑，说如果政府派人去成都没抓到“六指魔”，会不会说我谎报案情，反倒把我抓进去坐大牢？侄子说这个您尽管放心，共产党办事，一是一，二是二，决不会像旧政权那样胡来。

于是，就有了那封检举信，也有了太原市委社会部侦查员阎盛昌、解家宝奉命赴成都追缉“六指魔”之事。

二、抓错对象

阎盛昌、解家宝两人受命追缉“六指魔”，但他们从未跟目标见过面，手头也没有“六指魔”的照片。“六指魔”既然干的是江洋大盗的营生，自然不会轻易留下照片。日军占据山西期间，规定中国人都须领“良民证”，他使用的假证（他是各方缉拿对象，又是流窜作案分子，没有户口，无法领证，只好弄了个假证）上用的也是一个与其相似者的照片。因此，抗战胜利后国民党警察局接收的日伪档案中的“良民证”底卡上并没有此人的照片。找曾经见过“六指魔”的人打听其相貌体态，也是十人说十个样，百人说百个样，不知听谁的是好。这次走访王宝贵，自然也要问及，但王老板的描述却让侦查员有一种越听越糊涂的感觉。

综合众多说法，“六指魔”给侦查员留下的印象是：年龄在四十岁上下，身高一米七出头，不胖不瘦，肤色不黑不白，脸形时长时圆（这是因为目击者看到他时的年代不同，胖瘦也不同），脸上没有明显的疤痕或胎记之类。这种毫无特征的目标，每天在大街上都能遇到，把这样的印象作为寻找“六指魔”的依据，胜算不高。

两个侦查员来到成都，在北门牲口市场附近的一家小旅馆住了下来，然后开始打听“六指魔”的下落。成都地区的牲口交易不如北方那样兴旺，当时全市也就只有北门这个市场，规模不算大，参加交易的人也没有太原多。阎盛昌、解家宝两人化装成牲口买家，一连逛了三天，终于发现了一个疑似目标。那是一个四十来岁的汉子，其身高、体态与传说中的“六指魔”相符，脸面偏瘦，两颊布满络腮胡子。当然，光凭这并不能断定此人就是“六指魔”，侦查员还有一个依据，那就是此人的口音是山西、河北、河南的大杂烩，而“六指魔”以前就经常在这些地区活动。

阎盛昌、解家宝商量下来，没有马上动手。因为“六指魔”这厮实在太厉害了。试想，他的武术能练到可以用暗器伤人的程度，那水平该是何等了得，别说十八般兵器，只怕随便拿起件家什就超过常人手里的勃朗宁真家伙了，更何况“六指魔”还有一手极为了得的枪法。两个侦查员之所以被领导指定为追缉“六指魔”的执行人，身手自然也不可小觑，可面对眼前这个罕见的追捕对象，阎、解有点儿缺乏信心。而且领导下令尽量捉活的，那难度就更高了。

那么，为什么不跟当地公安局联系请求调人支援呢？新中国成立初，各大城市的公安机关都组建了专门配合外地同行执行追逃任务的抓捕组，成都市公安局也有这样的职能部门。太原的两位侦查员并非不想上门寻求帮助，只是眼下时机未到。阎盛昌、解家宝的想法是，先摸清目标的落脚点，然后再相机行事。

可是，次日两人到牲口市场转悠了一阵，却没发现“六指魔”的影子。阎盛昌、解家宝顿时紧张起来，莫非已被这厮察觉，让他滑脚开溜了？两人等了一会儿，没见目标露面，就去向距昨天“六指魔”拴牲口的地方不过十多米的一个卖烧饼的老汉打听。老汉说倒是有印象，还说那人姓关，听口音是山西人。侦查员又问那人是几时开始来市场上交易牲口的，答称大约是去年九十月间，因为他喜欢吃烧饼，常来买，有时一买就是十几个，所以印象比较深。

阎盛昌平时总觉得自己运气差，外出调查时经常碰到一问三不知的对象，今天却是例外，前两个问题都得到了很详细的回答，于是他又怀着希望问了第三个：“大爷，您知道他住在哪里吗？”

老汉没让阎盛昌失望：“听说他住在关帝庙后面的那条巷子里，叫什么巷来着？我想想……哦，好像叫柳条巷。”

两个侦查员喜出望外，掉头直奔成都市公安局。成都市公安局有一个专门协助全国各地来成都外调或者追捕人犯的临时机构，叫协查办公室，主持工作的副主任姓尚，也是山西人，跟侦查员颇有一份老乡情缘，而且，竟是听说过“六指魔”的。尚副主任自是表示愿意提供帮助，说为家乡人民除掉这个大祸害也是他的一份责任，太原同行有什么需要，尽管提出来就是。

阎、解两位侦查员提了两点要求：一是立刻指派专人对“六指魔”是否藏匿于柳条巷进行秘密查摸；二是如果证实“六指魔”确实藏匿于该处，那就须在今晚行动，要求成都方面出动武装力量支援。

秘密查摸的结果证实，柳条巷确实有那样一个家伙，借住于该巷79号于姓人家的一处空宅院里，有一个三十多岁的女人与其同居，那女人说一口下江话（当时四川人把湖北、江西、江苏等长江中下游省份一律称为“下江”，这些地区的方言称为“下江话”），至于是临时姘居还是原本就是夫妻，那就说不清了。尚副主任随即唤来协查办下面的抓捕组组长范德福，与阎盛昌、解家宝一起研究抓捕方案。

当晚，成都警方出动了十八名警察，连同阎盛昌、解家宝共二十人。整个抓捕过程并非之前想象的那样惊心动魄，警方让邻居叩门后，那个说一口下江话的湖北女子刚取下门栓，外面的人就一拥而入。屋里，“六指魔”倚在床上，借着油灯的微光在看一本线装书，被阎盛昌、解家宝等人扑上去死死压住，竟把床都压塌了。

“六指魔”被押解到市局看守所后，随即进行讯问。问其姓名，答称“史金国”，河北邯郸人，回族，今年四十八岁。问到这里，侦查员就有点儿含糊了。因为抓捕时对方未作任何反抗，也没搜出武器或金银等赃物，家里除了菜刀，甚至连可以称得上凶器的刀具也没发现，当时侦查员就隐隐感到可能抓错人了，继续讯问下去，果然如此。

这个史金国原在邯郸那边经营大车店，去年夏天大车店失火，全家六口人，除他以外无人幸免。这件事对他打击过大，他觉得再也没法儿在邯郸待下去了，就来成都投奔朋友张某。朋友借给他一笔钱钞，让他做起了相对来说还算比较熟悉的牲口生意。那个湖北女子是其在成都落脚后认识的一个流浪寡妇，同是天涯沦落人，就住到了一起。

次日，阎盛昌、解家宝和协查办指派的一个便衣走访了史金国所说的那个朋友张某，证实史所言不谬。接下来，就是向邯郸方面了解情况。阎盛昌、解家宝两人去邮电局拍发了一份电报，请求由太原市公安局或者社会部出面，跟邯郸专区（1952 年 12 月 22 日改为邯郸市）公安处联系，请对方调查史金国其人的历史情况。

一周后，侦查员收到了邯郸专区公安处寄到成都市公安局代转的挂号函件，内有调查材料并附有史金国的照片，最终证明史金国所言属实，照片也和史金国对上了号。

三、又一封检举信

这一个星期，阎盛昌、解家宝并不是在干等着邯郸方面的调查结果。其实，抓捕行动当晚他们就已经知道肯定是抓错人了，之所以请求邯郸方面协查，只是为了在程序上有个依据。发出电报后，他们立刻商量下一步该怎么办。

首先面临的问题是，检举人中药店老板王宝贵是否认错了人？这件事眼下似乎有些麻烦，因为王老板远在太原，交通不便，办案经费也紧张，侦查员回太原找王老板了解情况不太现实。再说，即使当面向王宝贵了解，他也不可能有新的说法。可是，除了王老板提供的这条线索，没有任何证据能证明“六指魔”藏匿在成都。那么，侦查员继续留在成都还有无必要？阎、解两人商量来商量去，也没想出什么可行的办法。

正在这时候，好运气来了。协查办的尚副主任派人开了一辆三轮军用摩托把他们接到市公安局，路上，开摩托的同行告诉他们，协查办查到了有关“六指魔”的一点儿信息。阎、解两人真有一种喜从天降的感觉，尽管只有“一点儿信息”，但总比没有强，至少可以解决王宝贵的举报是否属实的难题。

这条信息的获得纯属偶然。成都解放伊始，协查办每天都会收到大量本地及外埠的信件，一部分是兄弟省市公安机关要求协查相关信息的协查函，一部分是来自社会各界的检举信。为此，协查办安排专人阅信，每天写成简报，简报必须经尚副主任签字后方可归档。如果发现简报中有特别需要引起重视的内容，还须向市局领导报告。尚副主任这几天比较忙碌，已经有三天没看简报了，这天正好有空，便把三份简报拿过来仔细阅读，结果发现其中竟有关于太原巨匪“六指魔”在成都露面的内容。

这是一封匿名信，竖式信封，里面的信笺也是用竖式写的，一手漂亮的行楷，看得出写信人接受过严格的书法训练。写信人自称姓谭，未透露籍贯、身份，但估计他应该是山西人，因为他不但知晓“六指魔”

其人，而且对其所犯罪恶了解颇多。他当然不可能知道太原方面早已接到中药店老板王宝贵的举报，而且已经派员入川追缉“六指魔”了，所以在信中首先对“六指魔”的累累罪恶作了简述，之后才说到正题。3月15日中午，他曾在东门“北方菜馆”看见“六指魔”在里面喝酒，一副座头上坐着四个人，“六指魔”坐在席首，脸面朝外，因此被他看个正着。当时他还以为自己看错了人，驻步仔细观看，确认此人正是“六指魔”。回家后他左思右想，最后决定向政府反映这个情况，希望人民政府能够为老百姓除掉这个恶魔。

尚副主任对太原侦查员说，像“六指魔”这样的巨匪，走到哪里都会为害当地。既然他在成都落脚，估计不久就会发生恶性案件。即使你二位不来成都追捕此人，市局领导得知这个情况，也会做出安排，尽快将其抓获。现在你们来了，那就由你们行动，需要成都公安方面提供什么帮助，请尽管开口。

这封检举信的出现使阎盛昌、解家宝打消了原先的顾虑。王宝贵和这个写检举信的谭某都在成都市内发现了“六指魔”的踪迹，那基本可以肯定“六指魔”这厮确实是在成都，至于他为什么不再去牲口市场了，可能另有原因。现在要做的第一件事是寻找那个写信的谭某，但光凭手头这么一封匿名检举信，显然无法在短时间内达到目的，所以只好退而求其次——去“北方菜馆”打听八天前曾光顾过这家馆子的用餐者的情况，指望从中发现蛛丝马迹。

“北方菜馆”的谢老板是个山东大汉，五十来岁，看人时两眼目光炯炯，说话声音洪亮。侦查员向他说明来意，谢老板摇头说侦查员要调查的那个对象肯定不是饭馆的常客，他没有印象。不过，也不是一点儿办法也没有，因为他的馆子对每笔生意都要记账，核对日期后可以让跑堂的伙计相帮回忆一下，说不定他们记得什么细节。

账目显示，3月15日中午在“北方菜馆”底楼大堂四人一起用餐的一共有三桌，其中点菜时让上酒的只有一拨食客。谢老板唤来跑堂，问他们对八天前的这么一笔生意是否有印象。两个侦查员，甚至包括老板、账房先生在内，原以为跑堂的伙计每天要接待那么多食客，又是八天前的事儿了，回忆起来的可能性很小。哪知谢老板话音甫落，三个跑堂竟然异口同声连说“记得”。为什么能记得那么清楚呢？

原来，那天中午有主顾预先向“北方菜馆”预订了三桌寿席，寿星是一位七旬开外的老翁，这在六十多年前已算高寿，旧时尚无“晚婚”之说，人活到这个年岁通常都已四世同堂了。这个大家庭中，十岁以下的小辈清一色都是男丁，有七八个之多。酒席进行到一半时，菜还在上，但这些男孩儿都已吃饱了，便离席在店堂内外吆五喝六地戏耍。跑堂丁老三给“六指魔”那桌上一大海碗猪肉炖粉条时，正好有两个小孩儿追逐打闹，其中一个一头撞到丁老三身上。丁老三猝不及防，身子一歪，手中盛着菜肴的托盘眼看就要翻倒。众人见状，莫不惊叫。说时迟，那时快，只见席上一人闪电似的伸手一个“海底捞月”，竟把托盘稳稳地抄在手里！

丁老三站稳后，朝对方连连作揖道谢。回头跟另外两个跑堂一说，三人议论此人必定练过武功，转而又议论这一桌四个食客的身份职业。因为好奇，就时不时借上菜收碗盘的机会，凑过去听他们说些什么。玩“海底捞月”的那位言语很少，只是喝酒吃菜，另外三人说一口河南话，谈论的都是牲口买卖一类的话题。

侦查员向跑堂了解当时那四位主顾所占的座头，与谭某检举信中所说的相符；又问了各人所坐的位置，那个玩“海底捞月”的正是谭某所说的“六指魔”。阎盛昌、解家宝认为，既然王宝贵和“北方菜馆”跑堂提供的情况都表明“六指魔”的确是在成都这边从事牲口交易，那么，就有必要再次去牲口市场进行调查。

这步棋走得似乎是对头的，牲口市场至少有九个人都说曾见过那个疑似“六指魔”的主儿在做牲口买卖，至于姓甚名谁，那就不清楚了，他们建议侦查员去问问市场税务员。

侦查员一听，顿觉有了希望。税务员那里肯定有登记材料，最基本的姓名、住址都应该写得明明白白，姓名当然不可能是“六指魔”的真名查景道，但住址应该是真的，只要有了住址，那就好办了，即便他已经搬走，房东、邻居也能提供些许情况。

可惜，这只不过是侦查员一厢情愿的念头。税务员那里并没有如工商部门那样的正式登记材料，只有买卖双方的交易合约。按规定，每做成一笔买卖，上下家就要签署一份买卖合约，签署后卖方才交税。合约通常一式三份，买卖双方和税务员各执一份。税务员说，你们要调查的那个对象是去年10月开始在这边市场做买卖的，至今做成过十来笔交易，都签了合约交了税款。说着，他在柜子里翻了一阵，找出一沓合约，数了数，一共十二份。

令侦查员失望的是，合约上虽有姓名——宋玉扇，可地址却是“成都市北门牲口市场”。为什么不写卖家的住址呢？税务员一脸歉意地解释说，我是今年元旦刚来这里上班的，前任税务员就是这样交代的，你们看，他不也是这样填的吗？侦查员哭笑不得，说那是解放前，现在解放了，你也这样填写？税务员很委屈，说从来没人告诉我应该怎么填写呀，那我就只好照旧了。

阎盛昌、解家宝带着一脸的失望悻悻离去。回到下榻的旅馆，还得继续商量接下来该怎么办。两人分析，从去年10月开始到现在，将近半年时间，“六指魔”做了十二笔牲口交易，这说明他是打算长期以此为业的。既然如此，为了交易方便，他在北门牲口市场附近应该有一个落脚点。这个落脚点不会是旅馆，因为他在自己住宿的同时还要安顿牲口，所以，只有两种可能——要么租房居住，要么长住大车店。只要循着这个思路耐心查下去，总会查到线索的。

此后三天，阎盛昌、解家宝走访了北门牲口市场周边的大车店和居民区，终于在4月1日获得了一条线索：和合街的一家大车店住着一个叫诸葛仁的河南人，此人替牲口贩子宋玉扇代为照管着两匹马。侦查员一听“宋玉扇”三个字，顿时来了劲儿，那不正是“六指魔”在牲口市场使用的化名吗？于是，诸葛仁就被请到了派出所。

诸葛仁是河南滑县人氏，1948年秋为躲避抓壮丁来到成都，投奔开大车店的姑夫郁老板。姑夫让他在大车店打杂，除了供给食宿，每月还给几个零花钱。诸葛仁在这儿住了一年，听说河南解放了，就打点行装准备返乡。可是，郁老板却不肯放行，因为他发现诸葛仁是一个很好使唤的主儿，有诸葛仁在，他管理大车店能省不少心。郁老板吩咐妻子（也就是诸葛仁的嫡亲姑妈）备了一桌酒菜宴请诸葛仁，席间，他提出要诸葛仁留下，当然，不再当帮工了，而是像正式的店员那样，每个月有一份薪水。诸葛仁考虑一番后同意留下，但有条件：除了支付一份薪水，还得允许他在大车店为客户有偿寄养牲口，全部收入归他。

诸葛仁很聪明，他在大车店打了一年工，发现了一条赚外快的途径。有些牲口贩子出于经济方面的考虑，不愿意住大车店，宁愿在牲口市场附近租借民房作为落脚点。可问题也随之而来，并不是所有出租的民房都有院子或者屋前房后有空地，即使找到这样的房子，房主也会以房客寄养牲口为由借机涨房租。诸葛仁以局外人的身份旁观了一年，琢磨出一个解决方案：允许牲口贩子有偿将牲口寄养于大车店，由大车店伙计代为照料，牲口贩子只需支付正常的饲料费（或者留下饲料）和少量的寄养费即可。这样一来，牲口贩子就可在附近租住寻常的民房，这样的民房既容易租得，房租也不贵；而大车店方面也会有一定的盈利，双方都有好处。郁老板为了把诸葛仁留下来，答应了他的条件。

宋玉扇就是在大车店寄养牲口的贩子中的一位。诸葛仁告诉侦查员，宋玉扇是去年10月下旬自己找上门来的，跟他谈妥按天计费，每头牲口三千元（此系旧版人民币，与新版人民币的兑换比率是10000∶1，下同）。从那时起至今，宋玉扇一共寄养过四批牲口，合计十四头，牛马骡驴都有。最后一批是3月初来寄养的，牵来了两匹川马，可是，这次寄养后宋玉扇却没像往常那样过个两三天就牵走，到现在为止他连个面都没露过。这样算下来，他已经欠了一个月的寄养费。

侦查员听诸葛仁说到这里，不禁互相交换了一个眼色，两人心中的疑问是相同的：这是怎么回事呢？

诸葛仁接过阎盛昌递去的香烟，继续往下说："这种事儿，别说我这个新入行的了，就是俺姑夫那样的老手也没遇到过，哪有把牲口扔在大车店自己一走了之不闻不问的？俺姑夫说这个姓宋的主儿可能不是好鸟，没准儿那两匹川马是偷来的也难说，让我以后不要再跟他打交道了。这不，真让俺姑夫说着了，今儿个您二位公家同志就把俺提溜到派出所来了。"

解家宝问："宋玉扇这些日子没露面，你也没上牲口市场找过他？"

"怎么没去呢？我去过三次，没见到他。前天又去了他的住处，也锁着门。"

侦查员大喜："你知道他的住处？"

"是啊，他头一回来就告诉我他住在北门外草鞋巷，没说门牌号，不过我过去一打听就知道了。"

于是，阎盛昌、解家宝直奔草鞋巷调查，很快了解到一些情况。

宋玉扇是去年10月初向房东姚老根租的房。姚是开棺材铺子的，草鞋巷这边的小宅院原是他用来囤积木材和存放成品棺材的库房。成都解放后，战乱不再，死亡率大大降低，他的棺材生意不像以往那么好做了，草鞋巷这边的库房也就用不着了。姚老根就在巷口贴出一纸启事：本巷有房出租，有意者可至寻宝街“老根棺材铺”面洽。

三天后，宋玉扇登门。姚老根带着他去草鞋巷看了房子，宋玉扇比较满意。谈价钱的时候，姚老根对租金卡得很紧，每月六万元分文不让。宋玉扇还价不成，也就认了。哪知姚老根还有条件，说住人可以，但院子里不能进牲口，因为这宅院日后估计还要存放成品棺材，按行业说法，棺材库房不能饲养牲口，否则逝者下辈子只能做牛做马——那就难免影响他的生意。宋玉扇有点儿为难，说其他条件都好办，可你不让我寄养牲口，那我的牲口放哪儿？姚老根就给他出了个主意，说和合街有家大车店可以寄养牲口，你可以去问问。

宋玉扇当场支付了一年的房租，当天入住。事后，姚老根生怕对方违约把牲口牵到宅院里，曾悄悄前往看过数次，发现对方信守承诺，也就放心了，进入今年后就没再去看过。因此，姚老根并不知道宋玉扇已有多日没在那里居住了。

宋玉扇入住草鞋巷时，离成都解放尚有将近三个月。不过当时新中国已经成立，中共中央发出了解放全中国的号召，四川的解放指日可待。成都当地国民党政权底层的那些小喽啰都在盘算后路，清查户口之类的常规“勘乱治盗”手段无从落实，因此，宋玉扇在草鞋巷住下后，根本无人过问。直到去年年底成都解放，新政权利用旧政权留下的保甲制度查摸常住和临时居住人口信息（当时，除罪大恶极已经逃循或被人民政府逮捕的，其他旧政权的保长、甲长一律暂时留任替新政权办事），草鞋巷的李甲长才登门查询宋玉扇的情况并作了以下登记——

宋玉扇，河北广平人氏，四十四岁，车把式出身，三年前改行做牲口买卖。1947 年 6 月间来成都，租住于西门外二郎神庙后，其住所属于庙产。成都解放前，国民党守城部队为了修筑防御工事，将二郎神庙连同周边的庙产一并焚毁，只得搬到草鞋巷这边。

李甲长告诉阎盛昌、解家宝，他觉得宋玉扇这个人是个老实人，不会要奸。那么，邻居对宋玉扇又是怎么一个印象呢？据草鞋巷宋玉扇的左邻右舍反映，老宋性格豪爽，出手大方，对人也很客气，总是未语先笑，路上遇见二话不说先递上香烟，如果对方带着小孩儿，他还能变魔术似的拿出糖果。不过，他从来不欢迎邻居去他那里串门，总是门户紧闭。刚开始邻居不知道，中午、傍晚没事路过时就去叩门，老宋门是开的，不过别人却进不去，因为他每次都说自己马上就要出门，对方也就不好意思进屋了。时间稍长，人们终于意识到他不欢迎别人串门，也就不再上门了。

但有一次却是例外，宋玉扇主动请邻居周伯去他家。周伯是泥水匠，其特长是砌各种炉灶，从炼铁厂、砖窑的工业专用炉，茶馆、饭店烧水做饭的七星灶，打铁匠、小炉匠的中小型炉灶一直到家用的厨房小灶，只要经他的手，准保经久耐用、省煤省柴而且不漏烟。因此，草鞋巷这一带的居民家凡有砌炉灶的，必定请周伯出马。这个信息不知怎么被宋玉扇知晓了，元月上旬的一天，他在巷口遇见周伯，递烟之后便请周伯去他家指导制作一个小土炉。

宋玉扇对周伯说，他以前曾经学过打铁，能够打造牲口用的蹄掌，就是不会制作那种能耐高温的小火炉，想请周伯帮个忙。周伯自无二话，当下随宋玉扇进了院。宋玉扇已经准备好了一应坯料，周伯脱衣挽袖立马动手，很快就制作了一个小火炉，嘱咐宋玉扇等其阴干后以小火烘透，再用中火煮几锅开水，晾一个昼夜，然后就能生大火化铁烧钢了。周伯告辞时，宋玉扇给了他两包“大重九”香烟。

宋玉扇的住处依然铁将军把门，据邻居们说，已经有些日子没见老宋露面了。对此，大家倒也不觉得奇怪，既然是牲口贩子，时不时出个远门，从外地赶牲口到成都来卖，那是很正常的事。阎盛昌、解家宝在北门派出所民警老黄的配合下，翻墙进入了宋玉扇租住的小院，里面的屋门也上着锁。侦查员绕着那两间平房走了一圈，发现后面的一扇窗户留着一条巴掌宽的缝隙，可是里面的窗钩都扣住了。这难不倒侦查员，小施手段就打开了。老黄攀窗进屋，打开房门，阎、解两人随即进行了搜查。但搜查结果却让人失望，并未发现什么违禁物品，也没藏着金银财宝，甚至连钞票都没见一张。

另一间当厨房使用的屋子里，周伯制作的那个小火炉就放在门边，看得出已经使用过了，因为旁边放着一个铁匠铺子打铁用的铁砧，还有锤子、铁钳和磨刀石，周边地面上散放着十几件已经完成锻打但还未曾打磨的牲口蹄掌。三人拿起来察看，手工还不错，这个老宋看来真学过打铁。厨房的碗橱里还留有一些饭菜，都已经异味扑鼻，显然是多日前留下的。

两个侦查员心下疑惑，看屋里的情况，虽说不是十分整洁，但每样东西都摆放有序，并无匆忙离开的迹象，那么，这个宋玉扇为何连日不归呢？

四、意外被捕

之前，阎盛昌、解家宝对“六指魔”不再出现在北门牲口市场的情况进行过分析，排除了“六指魔”察觉到自己的行踪被王宝贵发现因而出逃的可能性，因为王宝贵回到太原后，他仍然和以往一样在牲口市场做买卖。那么，“六指魔”的突然失踪会不会跟那个向成都市公安局写检举信的谭某在“北方菜馆”看见他有关呢？从其失踪的时间节点来推算，正好是谭某发现他在馆子露面之后，这就不得不使侦查员的思路往这上面靠。

当然，也有另一种可能，像“六指魔”这样的巨匪兼职业杀手，江湖上的仇家多不胜举，或许这厮最近走背字，与某个或者某一帮冤家仇敌撞个正着，人家就设计要了他的性命。杀人之后，将其尸体随便往哪个旮旯一藏，世界上就永远没有查景道这样一个人了。顺着这个思路往下分析，阎盛昌、解家宝自然而然就联想到谭某那封检举信中提及的“六指魔”和三个河南口音的汉子喝酒之事。说不定那三个汉子正是受“六指魔”仇家的指派，伪装成牲口贩子找查景道谈买卖，然后将其干掉了。

于是，侦查员二访“北方菜馆”，指望能获得意外收获。可是，菜馆的老板、伙计对此并无新的内容可以提供。两人不甘心，又去了“北方菜馆”所在地区的管段派出所，跟出面接待他们的甘副所长说了此事，请求协助。甘副所长一口答应，记下了阎、解下榻的旅馆地址，说一旦发现什么线索，马上通报他们。

出了派出所，侦查员又奔牲口市场。据“北方菜馆”伙计所说，那天和“六指魔”一起喝酒的三个河南口音的汉子，跟“六指魔”谈的都是有关牲口买卖的内容，因此阎、解有理由相信他们也是牲口贩子。既然是做牲口买卖的，那三人应该在牲口市场露过面，甚至做过交易，至少牲口市场应该有人见过他们。当天，侦查员在牲口市场作了调查，未有结果。次日，即4月3日，也就是侦查员到达成都的第十六天，他们又去市场查摸了大半天，还是没有什么线索。

下午三点多，阎盛昌、解家宝疲惫不堪地返回下榻的小旅馆。老板说中午来了个小警察找他们，听说他们出去了，便让老板转告，说甘副所长请他们回来之后即刻去所里。侦查员闻听之下，重又燃起了希望，莫非甘副所长那里有好消息？

甘副所长确实获得了那三个河南汉子的消息。昨晚，成都市公安局根据川西行署公安处的命令，进行全市性的户口大清查，由市局、各分局、各派出所民警以及民兵和治安积极分子混组的一个个清查小组，在各街道居委会的配合下，访查了全市所有的居民住户和旅馆、澡堂等公共场所，当场拘留了数以千计的可疑分子。按规定，谁家逮的人谁家负责讯问。甘副所长从昨天下半夜到今天中午就一直在干这事儿，忙到十二点多，总算审完了最后一个。

这时的老甘，脑子里已经像是打翻了糨糊，几乎不知道天在上地在下了，迷迷糊糊只想躺下美美地睡一觉。可就在这当口儿，老甘在部队时的战友、现任分局治安股指导员老刘打来电话，说他们昨晚在清查一家旅馆时，拘留了三名可疑分子。讯问到现在，没发现有啥问题，可凭直觉，这三个家伙应该不是善类，就把三人分开，让他们说说来成都半个多月里都去了哪些地方、干了啥事儿。三人的交代中说到曾去“北方菜馆”吃过一顿饭，老刘知道“北方菜馆”属于甘副所长的管段，就打来电话，想请甘副所长协助调查一下，看有没有这回事。

听到“北方菜馆”这几个字，甘副所长本是一团糨糊的脑袋突然一个激灵，太原同行要了解的那三个人，不也是在“北方菜馆”喝酒的吗？他马上说：“老刘，那三个货你可先别放，我这边一会儿派人过去找他们问话。”接着，他就派人去小旅馆找阎盛昌、解家宝。

阎盛昌、解家宝匆忙赶到派出所，见到了甘副所长，却没说上话。此时，甘副所长在派出所堆放杂物的那间屋子里裹着条脏兮兮的被子睡得正酣，估计这会儿即便在他旁边放鞭炮也惊不醒他。好在老甘已有准备，临睡前留下了一纸条子，说明了情况，让阎、解两人拿着条子去分局找治安股指导员老刘就是。

当晚，阎盛昌、解家宝提审了那三个河南汉子。三人来自新乡，其中两个姓金的系嫡亲兄弟，另一个姓林的则是“二金”的姑夫，他们来成都是为看看当地的牲口市场，准备日后贩运骡马入川。在北门牲口市场，他们与宋玉扇搭上了话，聊得投机，就请老宋去“北方菜馆”喝酒，想看看是否有合作的可能。之所以舍近求远不在北门那边找家饭馆而要去东门的“北方菜馆”，是因为他们住的旅馆离“北方菜馆”近些，昨晚他们去光顾过，发现菜馆的酒菜价格比北门的便宜，无非是想节省几个钱而已。跟老宋聊下来，他们觉得买卖合作应该没问题，可由于对方露了那手“海底捞月”，他们三个对其来历有所怀疑，担心对方曾经干过土匪之类的营生。别说现在已经解放了，就是在旧时，跟这类角色打交道也得担一份风险，所以喝过酒后他们就各奔东西，再也没联系过。

如此，这条线索也断了。不过，老刘的直觉没错。侦查员走后，老刘不放心，把他们移送市局继续审。后来听说，三个家伙终于吐口，果然不是善类，乃是平原省（1949 年 8 月，华北人民政府通令成立平原省，包括河南、山东、河北三省的部分地区。1952 年 11 月，平原省撤销）省会新乡市那边逃来的还乡团恶棍。

阎盛昌、解家宝只好继续耗费脑细胞，当晚已经躺在小旅馆的床上了，两人还在嘀咕。忽然，解家宝想到了一个可能：“六指魔”这厮会不会临时犯事，突然折进局子了，这会儿正关押在成都市的哪家看守所里？

次日，侦查员便去市局协查办向尚副主任求助。尚副主任认为他们的推测有道理，马上向局党委打报告，请求以市局名义印发协查通报，让市局、分局所属各看守所协助调查。市局党委很快就批准了这份报告，阎盛昌、解家宝立刻着手起草协查通报。因为没有“六指魔”的照片，只好用文字介绍这个追查对象的一应情况，不过，这对于印刷来说倒是比较方便。当晚，印好的协查通报就交市局秘书处（相当于后来的办公室）以机要密件的形式下发到全市各看守所。从这时起，阎盛昌、解家宝为便于跟协查办沟通，以便一有情况可以迅速作出反应，经尚副主任批准，吃住都在市局协查办，成了该部门的两名临时工作人员。

协查通报下发后的次日，即4月5日，有两条消息传来，第三分局看守所和“临看”（即临时看守所）都报称他们那里有疑似“六指魔”的人犯，其年龄、体态、口音都与协查通报中的“六指魔”相似，而且还有一个共同的特点——都是六指。阎盛昌、解家宝刚开始还挺激动，但一听疑犯有六指，顿时就蔫儿了。“六指魔”之所以得了这么个诨号，并非因为他有六指，这一点阎、谢两人是清楚的，他们起草的协查通报里也没有提及嫌疑对象有六指的特征，估计是看守所方面一看“六指魔”三个字，就想当然了。但是到了这个节骨眼儿，两位侦查员还是应看守所方面的建议去转了一圈，说是辨认，其实不过是为了对看守所有个交代——人家辛辛苦苦帮你找了，你连见都不见一面，多少有点儿说不过去。

到了看守所，侦查员先看卷宗，卷宗里有嫌疑对象被捕伊始拍摄的照片。两个嫌疑对象，其中一个的一双眼睛一大一小，另一个脸上则有一道四寸长的刀疤，这显然跟传说中的“六指魔”大相径庭。另外，这二位的被捕时间也不对，“六指魔”是3月20日前后失踪的，而这两人一个是去年12月31日因抢劫落网的，另一个是今年1月下旬因历史反革命罪被逮捕的。辨认匆匆结束，两位侦查员心中自是懊恼，看来这个判断是不靠谱的，还浪费了大量的时间和精力。

其实，侦查员的这个判断并没有错，“六指魔”确实已经落网，而且就关押在“临看”。

所谓“临看”——临时看守所，在新中国成立初期，全国许多城市特别是大城市的公安机关都曾设置过。当时被捕的反革命分子、敌特分子、反动会道门头目、恶霸，以及江洋大盗、惯匪、现行刑事犯罪分子等，其数量之多，已经超出了当地羁押场所的容量，只能设置临时关押点，称为临时看守所，简称“临看”。这种情况，在1983年“严打”时也曾有过，由于落网的犯罪嫌疑人数量骤然增加，超出了一些城市看守所能容纳的最高限度，就把防空洞等设施稍加改造作为临时关押点，不过其时已经不再称“临看”，通常以地名、路名或门牌号作为称谓。

成都是国民党统治的诸多省会城市中最晚获得解放的一个，因此被称为“国民党反动派在大陆的最后一块盘踞地”，那些被其他已解放地区的新政权列为缉拿对象的国民党党政军警特、反动会道门、还乡团、恶霸、江洋大盗等，都把成都作为逃往境外前的最后一个栖身点。因此，成都解放伊始需要清查的对象之多可以想见，原有的关押场所已经难以容纳数量如此之多的人犯，设置临时看守所也就势在必行了。

本文说到的这个“临看”，是成都初解放时设置的第一个临时羁押点，原是一处祠堂，抗战时被国民党政府征用作为粮库，抗战胜利后粮库撤销，改为国民党部队的后勤仓库。成都解放后，该仓库储存的物资已经被败逃的国民党军队连搬带偷全部清空，空库房被新政权接管后没多久，就被改造成了“临看”。

那么，“六指魔”查景道是怎么被关进“临看”的呢？这里面自有一番话头——

3月15日，“六指魔”在“北方菜馆”与“二金”及林某喝过酒后，返回其草鞋巷的下榻处。凭着丰富的江湖阅历，他已经察觉出“二金”和林某应该不是善主儿，估摸以前也是地痞流氓一类，半路出家做了贩卖牲口的买卖。跟“二金”和林某相反，“六指魔”知道对方不是善类后，不但不紧张，反而感到欣慰。这是为什么呢？自从入川以来，“六指魔”就发现自己在北方积累的江湖经验、独来独往的行事风格，到了遍地袍哥的四川似乎水土不服，想在四川继续混下去，必须拉帮结伙有自己的弟兄。发展当地人当然是不可能的，他就把主意打到旅川的北方人身上，为此，他才会跟“二金”、林某搭识。

在匪类中，“六指魔”自忖算得上是一员“福将”。出道以来，他杀人如麻，作案无数，虽多次经历凶险，甚至有丧生之虞，可竟然一次也未曾被捕过。因此，自负的心理也就随之产生。次日，他前往“二金”和林某居住的旅店，想找对方继续聊聊，不料店伙计告诉他，那三位天没亮就结账离开了。这明摆着是故意躲避自己，“六指魔”不禁十分恼火。返回草鞋巷住处后，他草草吃了中饭，寻思自己这个老江湖竟然被三个没出道的家伙耍了，总觉得咽不下这口气，干脆再次出门，去牲口市场附近寻找那三人的踪迹。

“六指魔”估计，那三人一时半会儿不会离开成都，而且他们是为了打探成都的牲口行情来的，即便换了旅店，也不会离牲口市场太远。于是，“六指魔”就在那一带逐家旅馆寻找。他是职业杀手，干此类活儿颇有经验。可是，一连跑了七家旅馆却没打听到那三人的下落，心下不由得更是烦躁。结果，在去第八家旅馆的途中，被一辆自行车蹭了一下，对方可能瞧他是个外地人，非但不道歉，反而指着他的鼻子破口大骂。“六指魔”不愿惹不必要的麻烦，强忍下这口气转身欲走，不料对方却是不肯罢休，骑车的汉子把车撑住，和坐在后面书包架上的男子一起把他拦住，一言不合，挥拳便打。

这一出手，“六指魔”便知对方是练家子，不过在他面前，那简直连花拳绣腿都算不上。旁人还没看清是怎么回事，那二位就已当街躺倒，口鼻淌红，一个折腿，一个断臂。见对方这么不经打，“六指魔”后悔下手重了些，正准备滑脚开溜，恰巧军方的一支武装巡逻小队经过，当场将其拿下，送往附近的分局。

分局治安股进行例行讯问后，就把这个其时已易名“叶黎明”的家伙拘留了。原本要送分局看守所，但那里已是人满为患，就把他送往了“临看”。

五、袭警越狱

成都市的第一家“临看”，由于上马仓促，条件简陋，再加上公安机关的经验也不足，本身是有不少缺陷的。按照最初的构想，这个临时看守所由市局直接领导，但并不归口市局，因为它是临时性质的，没有编制，其功能相当于“人犯储运”。也就是说，市局和各分局的看守所人满为患后，各单位再拘捕的人犯就可以送“临看”关押，先有个地方待下再说。各级公安机关的看守所也并非天天人满为患，每天都会处理若干在押人犯，罪行轻微的释放，判刑的送监狱，判死刑的执行，等等。根据市局规定，只要有空额，该单位就得去“临看”把本单位关押的人犯移押本局看守所，有几个空额就押回几个。所以，“临看”相当于一个全市各级公安机关共同使用的“转运仓库”。

组建“临看”时，规定看守员须从市局及各分局临时抽调。当时市局、各分局警力都特别紧张，领导听说要从本单位抽调人手，真有一种从自己身上割肉的感觉，所以，都把老弱病残送去充数。可想而知，“临看”警员的综合素质不会很高，而且，由于互相之间不熟悉，工作上不易配合，领导也难以协调。因此，“临看”的管理工作搞得不是很到位，继而就发生了袭警越狱事件。袭警越狱的那位，正是阎盛昌、解家宝追缉多日还未拿下的“六指魔”查景道。

“六指魔”被警方以故意伤害的罪名拘捕后，因分局看守所人满为患，就被押送到“临看”。按说不管进了哪家看守所，承办员都会在二十四小时内提审。可是，当时案子实在太多，警员不够用，像“六指魔”这类罪行不算严重的人犯（尽管把人打得重伤，但对方动手在先，也不占理，顶多当人民内部矛盾处理）通常就会被承办员往旁边搁一搁。搁多久？没有定规。据资料记载，本文所说的成都第一家“临看”到1951年10月撤销时，被关押的比“六指魔”早被捕的人犯中一次也没有提审过的竟然还剩十六名。

“六指魔”倒是在被捕后第三天就被提审了，承办员是个年轻民警，姓丁，是从“二野”转业下来的年轻班长，同事们都唤其“小丁”，人犯则叫他“丁承办”。小丁首先讯问了“六指魔”的基本情况。“六指魔”自称“叶黎明”，河北井陉南门外七里庄人，从事铁器买卖。小丁也是河北人，听出“叶黎明”的河北话中夹杂着山西口音。对此他倒并不奇怪，因为他自己说话时也经常被人误以为是山西人。再说，小丁根本不知道太原市委社会部派侦查员来成都追缉巨匪“六指魔”之事，当时他连“六指魔”这三个字都没听说过。小丁感兴趣的是“叶黎明”三拳两脚把两个大汉打翻在地的那手功夫。问下来，“叶黎明”说他以前曾拜师学过点儿国术，他们老家那一带有习武的传统，基本上人人都会两手。

由于“叶黎明”回答得过于轻描淡写，似有刻意回避之嫌，小丁怀疑“叶黎明”可能另有罪行，说不定是老家解放后潜逃来川的恶徒之类。于是，小丁决定先把“叶黎明”晾在一旁。当然，这个“晾”

并非对其不管不问，而是根据他所交代的姓名、地址发函至河北井陉核查。这是当时各地公安机关对嫌疑人犯进行初步核查的主要手段，由于来回都是挂号信函，并且对方公安局收到信函后需要安排人员进行调查，调查也是需要一些时间的，所以一个圈子转下来，一两个月算是快的；如果往新疆、青海等地函调，三五个月后获得回音也正常。

然后，小丁就奉命出差，去川东调查另一个案子了。而“六指魔”呢，就蹲在“临看”的监房里，盘算着自己应该怎样才能逃脱这次灭顶之灾。“六指魔”脑子里没有法律这个概念，但他知道如果其真实身份和罪行被人民政府掌握的话，绝无保命之说；他吃不准的是，如果政府弄不清楚其真实身份和罪行，仅凭打伤那两个四川汉子的事儿会不会吃官司？要吃几年官司？

好在那段时期看守所关押的人犯中三教九流五花八门都有，从教授学者到贩夫走卒，三百六十行行行齐全。他就向同监房的一个因历史反革命罪名被拘捕的律师请教。那个律师问了问犯案细节，说不一定判刑，因为对方先动手，也应该承担法律责任；另外，警方肯定要对那两人的一应情况进行调查，如果查出他们以前参加过反动组织，那就会像我这样被提溜进来接受审查，你这案子多半也就不了了之了，而且那时你肯定也已经被关了三五个月了，运气好的话，说不定就把你直接开释了。

“六指魔”心里就有了底。对于逃过真实身份的调查，他倒还有一点儿把握。在报出自己的“家乡”时，他心里有过盘算，报给承办员的那个地名确实存在，但那里在抗战时已被日本鬼子夷为平地，当地百姓死的死逃的逃，早就不知去向了，警察即使有天大的本领，只怕也难以调查清楚那里究竟是否有过“叶黎明”这么一个人。

“临看”关押的人犯通常没有其他看守所多，因为各级公安机关抓捕的人犯只有在本单位的看守所关不下的情况下才送“临看”羁押；而“临看”这边流动量大，鲜有人满为患的状况。“六指魔”被捕后，关押在一个小监房里。这个小监房的位置在全国所有看守所里可能是绝无仅有的，在哪里呢？监区的院子里；院子的什么位置呢？正中位置，岗楼的下面。

“临看”的监区是一个端正的四方形，朝南的那一面留下大约两米宽的空当安装与办公区域分隔的铁门，其余三面都是监房。监房是砖墙瓦顶的平房，前面是带牢门的木栅栏。正规看守所在牢房后墙外还有又厚又高的围墙，墙上甚至还会装电网，但“临看”因是临时使用，所以就沿用了祠堂原来的围墙，没有加固，更没装电网。正方形的中间就是院子，院子的中间原是祠堂的钟鼓楼，现在楼上成为岗亭兼看守员值班室，楼下则改建成一间小监房。

“六指魔”自被捕那天开始，就关押在这个小监房里，和他一起待着的另有三人，除了那个律师，另两个都是国民党特务。律师在为“六指魔”作了法律分析后的次日就被移押市局看守所了；两个特务，其中一个没几天就被五花大绑拉出去上了公审大会，跟着就押赴刑场枪决了。这样一来，小监房里就只剩下了两个犯人。

“临看”接到市局协查办关于“六指魔”的协查通报后，所长马提纯不敢耽搁，马上进入监区，登上“六指魔”所在监房二楼的看守员值班室，拿了个马口铁土话筒给在押人犯上大课，先说了说国际国内形势，接着就说到了市局要求各看守所在在押人犯中清查山西巨匪查景道之事，强调该犯江湖上的诨号叫“六指魔”，还特别指出这人的一只手掌上长着六个手指头，至于是左手还是右手，那就不清楚了。这当然是马提纯所长的主观臆想，协查通报中的确提到查景道的江湖诨号叫“六指魔”，但没说查景道的一只手掌上长着六个手指头。不过，这也不能全怪马所长，任谁见了这个诨号，都会产生这样的联想。

后来才知道，查景道之所以有“六指魔”之称，是因为他当年在五台山某座寺院中跟巨匪出身的僧人杜伯兴学习武艺时，同时也学了一些佛教方面的东西。佛教高僧遇事往往有说几句偈语的习惯，查景道的师傅也不例外，久而久之，他就学得了些许皮毛。查景道成为江洋大盗后，一方面是因为生性残忍，另一方面也是出于安全考虑，作案一律不留活口，但杀人前通常会说上几句似是而非的偈语，大概也是为了求个心安吧。据侥幸未死的受害人事后向官府报案称，查景道行凶时，会用手指指点被害人六下，每点一下，就说一句偈语，说完六句才下杀手。这个情节传开后，查景道就有了“六指魔”这样一个诨号。但是，这个诨号非常容易产生歧义，江湖上以讹传讹，都以为查景道是六指，其原初的含义倒渐渐被人遗忘了。

“临看”的马所长望文生义，误导了一干看守员和人犯，大家都以为市局要追捕的那个巨匪生了六指。上过大课后，看守员就开始行动，逐间监房检查，隔着木栅栏让监房里的人犯挨个儿把手伸出来，看是否有人长着六指。查景道则是全看守所第一个接受检查的，检查他的人正是马所长。

马所长上完大课从二楼下来，正好路过下面的小监房，捎带着把查景道和另一个特务叫到木栅栏门前，亲自检查了他们的双手。检查查景道时，马所长还说了一句令查景道提心吊胆的话：“你这小子说一口北方话，要不是那个家伙叫‘六指魔’，光凭这口音我就应该把你提溜出去！”

巧的是，“临看”关押的人犯中还真发现了一个长着六指的主儿，尽管此人的其他特征跟协查通报中的描述有所不同，还是被看守所报了上去，让太原侦查员白激动了片刻。事后阎盛昌、解家宝回忆，他们进监区去巡查时，跟“六指魔”是打过照面的，只不过没有引起他们的注意罢了——没有相片，没有明显特征，仅靠口头描述，也实在难以对号入座。但不论怎么说，抓捕“六指魔”的大好机会就这么错失了。

由此产生的后果非常严重，不但“六指魔”趁机越狱，而且还导致两名看守员被杀害！

4月5日晚上，“临看”有两名看守员轮到值夜班，一个姓苏，一个姓张，两人都已五十多岁，分别来自二分局和三分局。老苏、老张都是留用警察，而且都是干了一辈子看守活儿的老看守员。在旧警察队伍里，苏、张都属于那种明哲保身、胆小如鼠的基层警员。这种几十年形成的性格和工作习惯，当然不可能随着他们俩由旧警察到人民警察的身份转换而得到改变。之所以留用他们，一是确实缺少警力，二是政治需要。须知新政权留用旧人员这一举措的背后是隐藏着政治因素的，是新政权对社会各界的一种表态，也是“胁从不问”这一政策的现实体现。

当然，公安机关在对留用警员的使用上是有讲究的，当时有一句话叫作“留用不重用”，就是对此的真实写照。老苏、老张原本就是基层的看守员，留用后即使想重用他们也缺乏重用的理由，因为这二位业务能力平常，一定要找点儿优点的话，那就是在以往几十年的看守工作中，他们当值期间从未发生过人犯逃脱之类的事情。这除了说明两人运气好，自然还包含着工作认真的因素。因此，当市局组建“临看”，通知各分局派人前来担任看守员时，苏、张所在的分局领导不约而同地把两人列入了名单。

“临看”晚上安排两名警员值班，分为外勤和内勤，即办公区、监区各一个，上下半夜轮换。外勤负责外面的办公区域，遇到诸如半夜押来拘捕对象或者夜间提审等情况时，协助收押或提解；内勤则负责监区人犯的看守和管理，防逃防自杀是其主要职责，再有就是遇到夜间收押或提审等情况时协助外勤。仅仅两名警员，当然不敢保证能够看守得住上百名在押人犯，所以，另有公安部队（即后来的武警）予以协助。不过，按照规定，公安部队在正常情况下是不能进入看守所的，他们只负责站岗，夜间每岗出动五名荷枪实弹的战士，具体分工是：两人守在监区正方形院子两个对角的岗亭上，岗亭大约四五米高，分别监控看守所外围的两个方向；两人是流动哨，绕着看守所进行不间断巡逻；一人把守看守所大门，就站在大门口的那个木岗亭里。岗哨每隔两小时换一次班，从晚上九点到次晨五点共五岗。

前面说过，"临看"的管理不大到位，来自全市各分局的看守员互相之间也不熟悉，这显然不利于工作上的协调。这天晚上老苏、老张两人的上下半夜值勤岗位分工，领导事先没有安排过，是由他们自己协商的。协商的结果是老张先值内勤班，午夜时分由老苏进监区与其调换。谁也没有想到，这两个干了几十年看守活儿的老警察，竟然先后因公殉职了。

最先发现"临看"出事的是市局刑侦大队刑警老王和小龙，他们当晚奉命监视一个专门为盗窃团伙望风的家伙。此人外号刘大胖，公开职业是在戏院门口卖香烟火柴花生瓜子的小贩，干这一行的时间长了，练就了一套眼观六路耳听八方的本领。要说那个盗窃团伙让刘大胖望风还真是选对了人，这主儿的记性特别好，见过一面就能记住对方的长相，称得上是过目不忘。现在，老王、小龙遇到了这个"过目不忘"，竟然就"原形毕露"了！

两人是干这行的，戏院、电影院门口自然没少露脸，尽管长相寻常，却被刘大胖记住了。刘大胖觉得情况不对，便想滑脚，好赶紧向团伙老大报信儿。要说老王也不是个寻常的主儿，刘大胖一动，他就意识到自己暴露了，当下冲小龙使个眼色，两人尾随其后，跟出一段距离，在僻静处将其直接拿下。

把刘大胖提溜到市局，随即进行讯问。哪知刘大胖嘴硬，一直折腾到下半夜三点多才结束讯问。老王找值班领导开了一纸拘票，和小龙两个把刘大胖押到“临看”关押。到“临看”大门口时，正是4月6日凌晨四点整。按了一阵电铃，里面没有反应，小龙便问岗亭里的那个公安部队岗哨是怎么回事。其实这话等于没问，因为公安部队的战士是不能进入看守所的，跟看守员也不相识，不可能知道里面的情况。老王见那战士摇头，说别是里面的人睡着了，或者电铃坏了？这位同志，麻烦你去营房给看守所办公室打个电话，让值班同志来开门。“临看”与看守所之间是有电话互通的，可战士却不肯挪步，说他正在站岗执勤，不能离开。这时，流动哨过来了，老王就请他们去营房打电话。不久，打电话的流动哨战士回来告知：没有人接。

老王觉得情况有点儿不对头，想了想，对小龙说：“你看住人犯，我去营房再打电话。”

“临看”只有一部电话机，就在所长办公室里，办公室与外间值班室之间的墙壁上有一个一尺见方的小窗口，傍晚马所长下班时，就把电话机放在这个窗口，供值班员夜间使用。至于监区值班室，那是没有电话机的。老王在营房里又打了两次电话，仍是无人接听，不由得有点儿恼火，暗忖难道外勤值班员进监区跟内勤聊天去啦？

走出营房，远处已经鸡鸣阵阵，老王连打了几个哈欠，心想实在没办法，就只有等到天亮看守员换班再进去了。一抬眼，他突然看到监区对角的两个岗亭，马上有了主意，便问营房值班员：“你们值班室跟监区岗亭是怎么联系的？”

值班员说：“有事的话，就让流动哨到岗亭下面去叫。”

“那劳驾你让流动哨跟岗亭说一下，让岗亭上的战士叫监区院子里的看守员来开门。”

流动哨跑到岗亭下面一说，岗哨随即用手电筒向监区院子里发信号，同时大声呼喊，动静搞得很大，连熟睡中的人犯都给惊醒了，可还是不见看守员的踪影。老王、小龙终于确认：“临看”出事了！

老王随即向市局打电话报告情况，值班领导指示老王在公安部队的协助下先进入看守所查看情况，市局的支援力量随后就到。这下，公安部队那一个排的人马全都出动了，先把看守所围起来，然后指派两名战士与刑警老王从岗亭上悬绳子下到监区院里，再从里面打开看守所大门。

尽管老王已有思想准备，可眼前的情况还是使他大为震惊：两名看守员老苏、老张都被杀害，监区正中值班室下面那间监房的木栅栏门大开着，里面关押着的两个人犯，一个奄奄一息，另一个不知去向，料想已经越狱脱逃。

随同进入看守所查看情况的一名姓汪的战士见状，禁不住惊呼一声“哎呀”。老王马上意识到其中必有隐情，当即追问。小汪说，下半夜一点至三点，他在看守所门口的木岗亭执岗。接岗后一个小时左右，从看守所里出来一个身穿黄色棉制服、头戴同样颜色军帽的中年男子，神情严肃地朝岗亭看了看，从衣袋里掏出证件亮了一下。凭以往的经验，小汪以为是哪个分局前来“临看”夜审的侦查员，哪里还会叫住对方盘查，反倒满怀敬意地道了声“同志，辛苦了”。对方没吭声，点点头离开了。现在看来，这个家伙就是袭警越狱的逃犯“叶黎明”。

不久，市局刑侦大队二中队中队长屈峰带人赶到了，住在市局集体宿舍的马提纯所长也随同前来。公安部队的战士随即退出看守所，由一干刑警进行现场勘查——

监区值班室楼下的那间小监房里，与“叶黎明”一起关押的特务依旧昏迷不醒。以往这家伙和看守员闲聊时，自称“军统”特训班出身，接受过国术训练，跟寻常大汉徒手格斗以一敌三不在话下，可此时却像一摊狗屎一样躺在监房一角的铺位上，周身无伤，口鼻犹在呼吸，但无论刑警怎么摇晃、呼唤，都没有反应。马所长当即从在押人犯中叫出中西医各一位，两人检查下来，说此人性命应该无虞，但几时苏醒则难说，醒来后是否能够接受讯问那就更不好说了。刑警随即请公安部队的赵排长找了辆马车把此人送往医院。

看守员老张倒在值班室楼梯拐弯处一米见方的平台上，头面和身上均无明显伤痕，但身体僵硬，估计已经死亡两三个小时了。老张只穿着贴身衣裤，身上的警服显见得是被凶手穿走了，腰间挂着的那串一走动就叮咚作响的监区钥匙也不翼而飞。使刑警感到不解的是，平台上方那段楼梯里侧的木板墙壁上有一个三角形的小孔，一眼就可以判断是刚刚形成的，几乎洞穿了两厘米多厚的木板，仿佛一枚三角形的钢钉钉上去之后又拔出来留下的痕迹。这个小孔是干什么用的，刑警一时没想明白。不过，他们认为其中必有原因，而且一定跟“叶黎明”的逃跑有关。

那么，“叶黎明”是怎样从监房里逃出来，又是怎样对老张下手的呢？刑警从木栅栏门的熟铁锁扣上找到了答案。监房门上的木栅栏有十厘米粗细，门上装有铁制搭扣，搭扣搭住固定在门框上的门扣，再由一把大铁锁穿过，把木栅栏牢门锁住。“叶黎明”的主意就打在门扣上。想出这种主意其实也算不上聪明，因为其原理是明摆着的——门扣必须镶在木栅栏门的门框上，只要把门扣从门框上撬出来，上面那把铁锁再大再牢固也形同虚设。话又说回来，这种老式门锁的构造尽管简单，但是管用，可能十个人中九个见了会从理论上找到破解的法子，可真要想实施，对于被关在牢房里面手无寸铁的人犯来说，比登天还难。

“叶黎明”却不是一般人。他竟然凭借手指的力量，硬生生把固定在门框上的门扣撬开了！由此可以推断，“叶黎明”根本没把这次失风当回事。本来，他还准备在看守所待下去的，如果情况如那个律师所说，他在看守所里最多待上三五个月，那就没必要越狱，否则反倒容易引起公安的注意——越狱时露那么一手，公安肯定会意识到他是隐姓埋名的江洋大盗，再来个全城搜捕，那岂不是弄巧成拙？可是，白天马所长给人犯们上的那堂大课让他非常震惊，老家那边的公安机关竟然追到蓉城来了！如此，再待下去就没意思了，于是便来了个杀警越狱。

在办公区域被杀的是看守员老苏，与他的同事老张相比，他的死相颇有些血腥。老苏死在所长室外间的夜间值班室里，致死原因是印堂位置的那个血洞。勘查到这里时，市局的韩法医接到通知赶过来了。等刑警拍过照片后，他用纱布蘸了水，擦去死者创口的血渍。带队的二中队队长屈峰眼尖，立刻发现死者伤口的形状和监区值班室楼梯板壁上的三角形洞孔形状一致。韩法医用镊子钳出了嵌在创口中的物件，那是一枚三棱针，长寸许，前端尖细，后侧呈圆形，宛若一把微型的三棱刮刀。

根据现场痕迹，韩法医大致推测了一下老苏死亡的过程。“叶黎明”在监区里杀害了看守员老张，从死者身上剥下全套警服穿在自己身上，又用从老张身上获得的钥匙打开了监区通往办公区的铁门，直闯值班室。老苏当时朝门口方向坐着，手里捧着一杯茶水，面前桌上有一张报纸，可能正喝着茶看报，冷不丁门口出现一个身穿警服的陌生人（“叶黎明”被捕虽已半月，但只提审了一次，也不是因为什么严重罪行进来的，看守员对其没什么印象），不禁大吃一惊！可能是下意识的反应，也可能是出于防范的本能，老苏一跃而起，手里的茶杯都没来得及放下。对方是有备而来，而且身怀绝技，当即把一枚三棱针掷向老苏，不偏不倚正中老苏眉心。三棱针毕竟分量轻，刺入的深度有限，估计最多半寸，还不至于丧生，但老苏突遭袭击，措手不及，震惊之下反应更是慢了半拍。随后，“叶黎明”如离弦之箭直扑过去，一掌拍在老苏的额头上，导致那枚三棱针直没至尾。老苏顿时倒地，因剧烈疼痛，双腿不断抽搐。“叶黎明”唯恐惊动外面岗亭里的战士，抬脚猛踩老苏的小腿、足踝。老苏所受的是致命一击，片刻后即停止了挣扎。“叶黎明”逃离前，带走了挂在墙上的两支手枪以及随枪配备的子弹，还换上了死者老苏的皮鞋。

见多识广的韩法医说完，用棉球把那枚三棱针上的血迹擦净，放在一张白纸上，略一端详，告诉刑警：“这枚三棱针是武林中的一种暗器，名唤‘丧门钉’，往往用于近距离偷袭。据我所知，要练成这种绝技，没个十年八年是下不来的。凶手一定是个武术好手，他即使不用暗器，徒手也能轻易杀死这位看守员。”

刑警马上联想到另一名被杀的看守员老张，便请韩法医入内勘验。韩法医察看了现场情况和老张的尸体外观，断定老张是在猝不及防的情况下后脑勺遭受钝器猛烈打击，一击毙命。这钝器，很有可能是拳头。他看到楼梯平台拐弯处板壁上的那个小孔，随手把那枚丧门钉往里一插，竟然严丝合缝。于是，一干刑警恍然，原来这个小孔是凶手发射暗器形成的。可是，马上有人提出疑问，凶手对老苏施放暗器时能够准确命中眉心，为何对付老张时却射空了呢？

韩法医毕竟不是干刑侦的，也给问倒了，皱着眉头盯着那个小孔沉吟不语。还是中队长屈峰脑子转得快：“我估计当时的情况可能是这样的——凶手从监房逃出来后，不敢上楼袭击看守员，他担心楼上弄出动静容易被高处岗亭里的哨兵察觉，就想把看守员从楼上引下来。于是，他就用这枚丧门钉插上一张纸钉在板壁上，可能是提审时捡的香烟纸，也可能是同监房的犯人写罪行交代时被他截留的一张纸片，然后，故意弄出些许异响引诱看守员下楼。看守员下到楼梯拐弯处的平台上，见板壁上钉着一张纸，肯定会驻步查看。这时，躲在暗处的凶手就趁机出手了。”

包括韩法医在内的所有在场人员都认同屈峰的这个推断。可是，凶手那枚丧门钉又是怎么带进来的呢？这个，就要请马所长回答了。马提纯面对着一干同事复杂的目光，满脸愧色：“刚才，我查看过凶手换下的那双布鞋，一只鞋的鞋底撕开了，这家伙肯定是把凶器缝在鞋底里夹带进来的。我们没检查出来，这是我的责任……”

六、杀手伏法

这是一起恶性大案，成都市公安局随即作出决定，组建专案组对“叶黎明”的情况进行调查，同时负责对其进行追捕。当时警力紧缺，这么一起大案的专案组只抽调了五名刑警，组长级别也不高——就是率领刑警来“临看”进行现场勘查的市局刑侦大队二中队中队长屈峰。

当时警方内部的情况沟通，通常做法是由市局秘书科每天印发《敌情通报》，下发到市局各部门以及下辖的分局、派出所、看守所，按照这一惯例，除刑侦大队和“临看”外，其他单位要到次日才能获悉此事。但这起案件影响实在太大，当天上午就已经传得沸沸扬扬，自然也传到了协查办。尚副主任马上叫来太原的两位侦查员阎盛昌、解家宝，说“临看”袭警越狱的那个逃犯，十有八九是你俩正在追捕的“六指魔”。阎、解一听是“临看”出事，马上想起昨天曾去那里巡查过，不禁万分懊恼。看来之前的估断是准确的，“六指魔”果真被成都警方拘捕了，只是未能及时清查出来，不但没及时予以控制，反倒打草惊蛇，促使这厮越狱潜逃，还导致两名看守殉职。

尚副主任随即向局领导报告了这一情况，局领导指示专案组长屈峰，即与太原公安局的阎、解二同志联系，如果确认“临看”逃犯系山西巨匪“六指魔”，那就请阎、解二同志参加专案侦查，联手追缉逃犯。屈峰来协查办跟阎盛昌、解家宝见面，沟通了情况，双方都认为“临看”的逃犯确系“六指魔”无疑。于是，阎盛昌、解家宝正式加入专案组。

专案组马上举行了首次案情分析会。阎盛昌、解家宝轮流发言，将太原警方掌握的关于“六指魔”的情况一五一十原原本本道明，从而使专案组的成都刑警对案犯有了一个比较明晰的了解。经过一番讨论，专案组认定“六指魔”在成都乃至四川及周边省区应该并无同伙。得出这一结论的理由是，“六指魔”多年来在江湖上有“独脚蟹”之称，一向喜好独来独往，作案也好，挥霍享受也好，一概单枪匹马，这也是他在成都不慎失风之前从未被捕的一个原因。当然，新中国成立后，社会环境与旧时大相径庭，独来独往作案已经颇受限制，他可能会产生找同伙的念头，但那并非一朝一夕的事，需要不少时间物色人选，至少到目前为止，他应该还没有找到合适的同伙。

如此，专案组就认为“六指魔”越狱后应该还在成都或者周边地区。成都解放以来，由于追捕反革命分子、敌特分子和刑事案犯等的需要，川西行署对成都通往各地的交通要道控制得极为严密，像“六指魔”这样的要犯，各个卡子肯定都已接到川西行署公安处的紧急电话、电报通知，正在布置缉拿该犯。所以，“六指魔”即使当晚逃出了成都市，也跑不远，只能找个临时隐蔽地躲藏起来。现在专案组要讨论的是，“六指魔”的藏身地点是随机物色的，还是事先已有过打算？

一番讨论下来，众刑警认为，“六指魔”入川时间不长，对于四川的地理和风土人情不可能很熟，一时之间恐怕难以找到合适的窝点躲藏。而且，他在江湖上独来独往惯了，久而久之形成了社交时主动排斥他人的习惯，不会交下什么知己朋友，更不敢尝试和陌生人接触以求有一个藏身之地；再说，他自恃身怀绝技，也绝对不会轻易把自己的身家性命托付给不相干的人。因此，“六指魔”只能采取变通方式，跟入川半年多以来结识的算不上朋友但还能说得上话的对象接触。最后，众侦查员得出结论，要想获得“六指魔”的信息，只有访查那些他入川以来认识的人，要做到这一点，就必须对他之前的活动情况有充分的了解。

说到这儿，大家都把目光转向阎盛昌和解家宝，在众人看来，只有他俩对“六指魔”的活动情况还算有些了解。阎、解两人相视苦笑，因为他们之前对“六指魔”的调查所了解到的些许情况，只能说是皮毛，跟“充分了解”根本沾不上边。屈峰沉吟片刻，说这没关系，咱们可以重新进行调查，他在草鞋巷不是有个落脚点吗？还有牲口市场，就从这两处开始查起吧。

这样，阎盛昌、解家宝跟着专案组长屈峰又回到了“六指魔”在草鞋巷的那个尚贴着封条的住处。屈峰看到那副打铁工具，想起阎、解曾介绍过“六指魔”自己充任铁匠打制牲口蹄掌的话头，不由感叹道：“这主儿还真称得上心灵手巧，若是走正道，那可是一把好手啊！”

受到这话的提示，解家宝突然想到一种可能：“你们说，他会不会真的混到哪个旮旯去做铁匠啊？”

阎盛昌马上表示赞同，建议顺着这个方向往下查。不料，屈峰却比他们想得更深一层：“六指魔”是从哪里搞来的这副打铁家什？对方跟他是什么关系？另外，据韩法医说，从老苏的伤口中起出来的那枚丧门钉应该是新近制作的，虽然属于“合格产品”，可是略嫌粗糙，缺乏美感，估计出自某个铁匠新手之手。现在看来，很有可能是“六指魔”

自己制作的。如果是这样，他用来打造丧门钉的原料是从哪儿弄来的？要知道，用于制作暗器的钢材那必须是精钢，这种钢材市面上肯定不大好找。是谁给“六指魔”提供了原料？如果能找出这个人来，没准儿对追查“六指魔”的下落会有帮助呢！

于是，刑警分头走访北门一带的铁匠和废金属收购点，颇费了一番周折，最后总算找到了向“六指魔”提供打铁家什的人。那是一个三十来岁的男子，姓董，本人是中药店的药工，其已故老父生前是铁匠，自己开了个小铁匠铺，一直干到七十岁才罢手。歇业那天还喝着小酒豪气逼人地关照儿子，说这套打铁家什不要处理掉，老子哪天手痒时没准儿还要鼓捣鼓捣哩！可是，没过一年，董老铁匠就死于脑溢血。小董为父亲办完丧事，就开始着手整理老爸留下的零碎物件，借了辆鸡公车把这套打铁工具装上，推到收破烂的摊子前准备卖掉，正好遇见在那里搜寻打铁家什的“六指魔”。“六指魔”当场把这套家什买了下来，让小董推着车送往草鞋巷。付钱时，“六指魔”又问小董家里是否有熟铁、精钢之类的材料，也可以卖给他，价钱好商量。小董跟对方接触下来，觉得这人似乎还不错，便说他家里没有此类材料，不过可以给他介绍一个有这些材料的人——其老爸的师弟章天祥。

4 月 7 日，刑警走访了章铁匠。出乎意料的是，原来想当然地以为章铁匠是四川人，哪知见面后跟他一聊，发现他虽然说一口流利的四川话，但太原侦查员阎盛昌、解家宝还是听出了一丝山西口音，这细微的差别，不是山西人根本注意不到。阎、解不由得起了疑心，他俩不敢贸然开口，生怕自己的山西话惊动了对方，便向屈峰使了个眼色，两人退到了一旁。屈峰虽然没发觉对方口音的问题，但凭着老刑警的那份敏感还是领悟了太原同行的意思，便上前去向章天祥问话。章天祥的回答很爽快，说那个自称“宋玉扇”的牲口贩子确实来找过他，出示了一纸师兄董铁匠之子写的条子，说来人需要精钢熟铁，师叔家里如果有存着的，请卖给他若干；至于价钱，请师叔跟来人互议。

章天祥还在经营铁匠铺子，其店里确实储存了一些精钢熟铁。在当时，熟铁还不算珍贵，只要舍得煤炭和力气，多锻打几次，生铁就成熟铁了。不过精钢就不那么容易获得了。旧时所谓的精钢，用现在的专业术语说，就是中碳钢、高碳钢，是在熟铁里掺入碳元素，在高温下反复锻打，使熟铁中的杂质自动分离，碳元素渗入，熟铁就改变了结构，成为中碳钢、高碳钢（即精钢），如果掺入其他金属元素，那就是更高级的精钢——合金钢。这种“百炼成钢”的操作方式颇具技术含量，诸如掺进的碳元素是多少、温度多高、锻打多少次等技术参数，直到现在还是各国的重大机密，就别说民间一个寻常铁匠了。那么，寻常铁匠铺子要精钢干什么呢？答案是打制菜刀、砍柴刀、镰刀等生活生产工具时用于刀刃，“锋利”由此而来。因此，正常经营的铁匠铺都会通过只有他们这一行才知晓的渠道购入精钢，外行却无法轻易获取这种特殊原料。

宋玉扇跟章天祥议下来的结果是，宋玉扇以高价购买精钢、熟铁若干，当场一手交钱一手交货。

然后呢？

没有然后了。章天祥告诉侦查员，宋玉扇拿着东西离开后，再也没出现过。

屈峰跟章天祥进行上述对话时，阎盛昌用钢笔在工作手册上写了“问他籍贯”四个字，给另一刑警小郭看了看。小郭会意，便在屈峰的问话告一段落时看似随意地问了一句：“章师傅是哪里人啊？”

章天祥从容作答：“我是灌县人。”

阎盛昌、解家宝听着便起了疑心，这人明明说话带有山西口音，怎么说是四川灌县人呢？专案组其他侦查员也认为这一点很可疑，紧接着就悄然启动了对章天祥的外围调查。侦查员通过派出所找了章天祥的邻居、同行以及曾是章天祥的徒弟现已自己开铁匠铺的年轻铁匠沈某，对他们一一进行了询问，了解到以下情况——

章天祥确是四川灌县人氏，今年四十八岁，十五岁开始学打铁，十八岁满师后先是与人搭伙开了家铁器制作合作社，几年后又去了成都市内的一家铁器工厂打工。那家工厂的老板有个寡妹叫蓝花，由老板作主嫁给了他。老板没有妻室儿女，许诺说自己百年之后要把产业赠给妹妹和妹夫。后来全面抗战爆发，川军出征抗击日寇，蓝老板也是热血沸腾，响应政府号召，作为随军工役带着全厂几十号工匠随军出川，专为部队修理武器。因蓝花行将分娩，章天祥放心不下，就没有跟着一起去。不料，蓝老板一行途中遭到日军战机的空袭，死了大半，其中就包括蓝老板。消息传到后方，遗属去向政府要补偿，遭到拒绝，转而去业已停产的铁器工厂讨说法。无奈之下，章天祥夫妇只好任凭遗属把工厂所有的家当搬运一空。此后，章天祥开了个小铁匠铺，以制作、修理家庭用具和生产工具谋生。章天祥平生没有离开过四川，也没有参加过袍哥等会道门组织，更没人听说他跟社会上的匪类有什么交往。

那么，章天祥的山西口音是怎么形成的呢？这个原因专案组也查到了：铁器工厂的蓝老板兄妹是山西人氏，章天祥跟兄妹俩一起生活多年，接触多了，说话就不知不觉地沾上了一点儿山西味儿。

这些调查结果，使专案组刑警有一种无话可说的感觉。平心而论，怀疑章天祥跟“六指魔”的潜逃有什么关系还真是有点儿牵强。只是，太原侦查员阎盛昌、解家宝总觉得心有不甘，当天晚上，两人待在协查办为他俩安排的临时宿舍里，一边喝着劣质烧酒一边议论此事，说来说去，总觉得难消对章天祥的那份怀疑。聊着聊着，不知是谁忽然提出了一种可能：会不会说一口山西话的蓝氏兄妹跟“六指魔”有过什么瓜葛？也许“六指魔”从未跟蓝氏兄妹见过面、有过交往，可是，这世界上人与人之间的瓜葛不一定非要先有交往，有的瓜葛是与生俱来的，只不过之前谁也不知道，后来双方不期而遇，交谈之下，原来祖上竟有交谊，于是一切就都好说了。

事后回想，阎盛昌、解家宝两人都觉得那天如果不喝酒，可能不会聊出这种在一般人看来有些无厘头的话题来。可是，这天晚上他们越聊越觉得有这种可能，于是决定次日去拜访章天祥夫妇，旁敲侧击一下，观察他们的反应。二位侦查员相信，如果真如他们所估计的那样，这对夫妇肯定会露出马脚——毕竟他们两个的特长是打铁而不是撒谎。

这时的阎盛昌、解家宝，除了原有的太原市委社会部侦查员的身份，还是成都市公安局专案组的成员，所以，他们的行动必须经过专案组的同意。次日上午，他们跟专案组长屈峰说了昨晚的设想，屈峰表示赞同。

两人随即去拜访章天祥、蓝花两口子。这对铁匠夫妇忽见昨天来过的侦查员再次登门，不禁一个愣怔，章天祥盯着两人脱口而出：“你们……又来啦？”

铁匠的这个举止在侦查员看来显得有些怪异，他们表面上声色不露，接过主人递过的凳子坐了下来，喝茶，抽烟，跟章、蓝聊天。这一聊，一直持续了两个小时，内容广泛，天文地理、奇闻异事、生活琐事、社会治安、新闻时事，无所不包。当然，免不了会说到“六指魔”。其时成都市的大街小巷都已经张贴了市军管会通缉“六指魔”查景道的布告，全市百姓几乎尽人皆知，章、蓝夫妇也已知道曾向他们高价买过精钢的那个“老宋”就是被通缉的“六指魔”，侦查员如果避而不谈，那反倒显得不正常了。可是，两个小时的龙门阵摆下来，侦查员并未获得预期的结果，章天祥、蓝花说的不比他俩少，而且越聊越自然，越说越从容流畅，根本没显出什么破绽来。

阎盛昌、解家宝这下算是知道了什么叫“好没面子”，想想回去向屈峰汇报谈话结果时难免要露出的窘状，心里只有苦笑。这种试探不可能一直进行下去，两人交换了一个眼色，起身告辞。

没想到，运气竟然就在这时出现了——阎盛昌、解家宝走出铁匠铺子，听见背后店堂里蓝花对丈夫说了一句悄悄话，内容是甚没听清，那语气似是在询问。干公安这一行的都具有思维敏捷反应灵敏的素质，当下，解家宝忽然一个转身，重新走入店堂：“你说什么？”

蓝花下意识地脱口而出：“我……我是说他（指丈夫）怎么没把那天老宋遇见‘醉和尚’的事儿跟你们说一说。”

侦查员窃喜，突然冒出了一个“醉和尚”，看来这后面有戏啊！于是立刻把夫妻俩分开，店内店外一边一个分别谈话，终于获取了一个之前没有掌握的情况——

“六指魔”那天来买精钢时，铁匠铺另有一个人在场，就是被称为“醉和尚”的那位。那是个中年人，湖北口音，俗名、法号一概不知，只知道他是个云游僧人，抗战胜利前一年来到成都，在一个下雪天病倒在附近的一座破庙里，被人发现时已经气息奄奄。幸亏发现他的人是这一带有名的中医颜郎中，立刻唤人将其抬到诊所施救。颜郎中在这一带颇受居民尊重，人们得知他在救人，都伸手相助，施衣舍食，还有捐钱的，总算把这个僧人救治过来。僧人恢复健康后，对这一带的百姓感恩不尽，决定从此不再云游，就在那座破庙待下来。定居之后，他靠化缘和打杂工谋生，因嗜酒，而且每每酩酊大醉，人们就唤其“醉和尚”。

那天，章天祥请“醉和尚”来铁匠铺相帮收拾物件，按照惯例，这种零星活儿不必付工钱，只需供应一顿酒食即可。“醉和尚”把活儿干得差不多时，宋玉扇来了，谈完交易后，跟“醉和尚”聊得似很投机。最后，宋玉扇向“醉和尚”发出邀请，去附近找家酒馆喝酒。这种邀请对于“醉和尚”来说自是求之不得，看样子他也乐意跟宋玉扇交往，于是他就放弃了铁匠铺的那顿例行酒食，乐呵呵地跟宋玉扇走了。

侦查员对“醉和尚”产生了兴趣，就问此人目前的下落。章天祥说这几天没见过他，不知到哪里化缘或者打工去了，他以前也经常这样。可侦查员却不这样认为，阎盛昌、解家宝怀疑“醉和尚”的突然消失可能跟“六指魔”越狱有关。像“六指魔”这样的“独脚蟹”，哪有主动跟别人套近乎邀其喝酒的事儿？可是，这厮对“醉和尚”却这样做了，那么，他就一定有这么做的理由。

返回市局后，阎盛昌、解家宝将情况在专案组会议上说了说，大伙儿都有同感。当然，想是这么想的，但谁都没敢指望撞上好运，更没有人意识到此刻离捕获“六指魔”只有七十二小时了！

专案组决定根据“醉和尚”平时喜欢喝酒的特点查找此人，向他了解“六指魔”越狱后是否来找过他，是否请他提供藏身之处（当然不会明言藏身，而是有其他看似合理的借口）。专案组在一天多时间里找到了附近所有跟“醉和尚”打过交道，甚至是仅仅打过照面的人，一共有八十一名，可是，大家都说自从清明后再也没见过他。

如此，专案组不得不怀疑“醉和尚”已经遇害了。如果真是这样，杀害他的凶手肯定就是“六指魔”。“六指魔”为何要杀他？唯一的解释就是：“醉和尚”应其要求提供了藏身之地，为防泄密，“六指魔”杀人灭口。

专案组随即发动群众对附近的水井、阴沟、河道、涵洞等进行搜索，但未能找到“醉和尚”的尸体。傍晚，一干刑警疲惫不堪地在东门派出所吃晚饭时，一个老年僧人忽然登门求见。老和尚的到来终于使“六指魔”的藏匿地得以暴露——

这个和尚法名慈峰，是成都西门外地藏王寺的监寺，跟“醉和尚”（法名慈然）是多年前就已结识的同乡朋友，两人曾在湖北王皇庙一起出家，算是师兄弟，后来各奔东西，失去联系。两年前，已经定居成都的慈然和尚与师兄在成都街头偶遇，从此续上了联系。大约一个多月前，慈然和尚去地藏王寺找师兄，说一个北方来的俗家友人看破红尘，意欲出家，问地藏王寺是否可以收纳此人。慈峰说地藏王寺的方丈日前刚刚圆寂，政府规定新任方丈须申报获得批准后方可上任。寺里已经将新方丈候选人申报上去，但尚未批下来，所以得等新方丈上任后方可决定是否收纳新僧人。慈峰又告诉慈然，如果你那位友人皈依心切的话，还有一个去处——温江弥勒寺。虽然规模不大，却是一座千年古寺，你那友人前往投奔，应该不至于慢待了他。

这事当时说完就过去了，慈峰也不知道这位师弟有没有把那位意欲出家的朋友介绍到温江弥勒寺去。昨天，地藏王寺的新方丈上任了，慈峰对其说起慈然荐人之事，新方丈说他正要招弟子，让慈峰去找慈然，如果那人还未去温江，欢迎他在本寺剃度。今天下午，慈峰忙完了寺中事务，来这边跟师弟说这件事。不料没见到慈然，向人打听，说公安局也在找“醉和尚”，他就来派出所问问是怎么回事。

专案组获悉这一情况后，随即行动，连夜前往温江。次日，“六指魔”终于在弥勒寺落网，其时他尚未正式剃度。

“六指魔”供称，他确实已将“醉和尚”灭口，抛尸山中。刑警前往寻觅，因山高林密，无法准确定位抛尸地点，但在距弥勒寺不远的一株银杏树的树洞里找到了“六指魔”藏匿的两支手枪（即从“临看”抢得的那两支）以及一些黄金珠宝。

经太原、成都两地警方洽商，鉴于“六指魔”身怀绝技，如果将其押解太原，途中可能比较麻烦，稍有疏忽就会出事，故由太原方面派员前往成都对其进行讯问，查明一应情况后，由成都方面处置。

1950年9月下旬，巨匪“六指魔”查景道被成都市军管会判处死刑，执行枪决。

羊城军火走私案

一、雨夜谋杀

1951年1月22日，腊月十八。距过年还有不到半个月，千家万户忙忙碌碌置办年货、打扫卫生，准备迎接广州解放后的第二个春节。当然，对于生意人来说，只要有机会赚钱，他们还是着力于业务的。这天一大早，“万家西药店”的老板赵胜杰叫了一辆三轮车，从药店所在的桂花岗南街赶到了署前街。

新中国成立初期，西方国家对中国搞经济封锁，西药货源甚为紧俏。赵老板的药店别说当时第一紧俏的盘尼西林了，就是磺胺也已断货一个多月。他跟在羊城西药界小有名气的经纪人包瘦彬合作数年，听说包瘦彬手里有货源，三天前就跟他约好今天见个面，说是请包瘦彬喝早茶，其实是想瞅准机会，好歹也要抠几箱货出来，不为赚钱，就为装点门面。赵老板相信，凭着他跟老包的交情，对方不会拒绝的。

一路上，赵老板反复思量，考虑了数种针对不同情况的应对预案，只觉得信心满满志在必得。哪知，他的这番心思都白费了。倒不是没见着包瘦彬，见是见到了，不过，他见到的是包瘦彬的尸体！

包瘦彬是单身，住在位于大东区署前街道士巷29号的一个小小院落，有前后院子和四间平房。赵胜杰到得宅前，走上台阶，按下了门框上的电铃开关，却没听到里面有铃声，以为电铃出故障了，于是敲门，半天没有反应，下意识地一推，门竟没有拴上，被推开了一条缝。赵胜杰扯开嗓门儿唤了两声，也不管里面有没有应答，径自入内，不到一分钟，他又慌慌张张退了出来，站在门外台阶上大叫："来人哪！死人啦！"

街坊邻居闻声赶来，先是一拥而入，继而惊叫着纷纷退出，一片混乱。有人大叫"快报警"，赵老板便去巷子口对面的一家机修厂往大东公安分局署前街派出所打了电话。这时派出所还没上班，只有三个值夜班的民警等着交接班，接到电话，一人留所值守，另二位骑着自行车一路铃声叮当急急赶到。

入内一看，只见客堂当中的桌上放着几样卤菜，一个酒瓶，一个酒杯，一双筷子，正对门户那一面的藤椅上，坐着主人包瘦彬，身躯仰靠在椅背上，脑袋耷拉一侧，脸色灰白，显已断气多时。至于死因究竟是什么，一时还难以断定。这两位民警，一个是刚参加工作三个月的小青年，另一位年龄倒是不小，不过是留用警察，面对这种现场，都不敢作主。当下双双退出，一个留下守护现场，一个去打电话向所里报告。所里只有那个留守民警在，也作不了主，遂把电话打到分局。这位兄弟生怕分局值班领导对此不重视，就动了“危言耸听”的脑筋，报告情况时加了一句“疑似他杀”。这句话一加，分局果然重视了，立刻指令刑侦队出动。

大东分局刑侦队的刑警其时也还没上班，就由值夜班的副队长老刘带了三名下半夜因处置突发案子还没休息的刑警去了署前街。一行人刚要进入现场，忽然从巷口奔来一个中年男子，一边跑一边大叫“等一等”。老刘闻声驻步，寻思这是什么人，在这当口儿让刑警“等一等”是什么意思？

中年男子是巷口对面“福森机修厂”的门卫，竟是来传达市公安局刑侦处命令的。原来，分局值班领导听派出所民警报告说发生了疑似谋杀案，按照规定，立刻致电市局刑侦处报告。也是巧，市局刑侦处接听电话的正是当晚值班的副处长薛云倚，听说署前街道士巷29号发生疑似命案，立刻一个激灵，随即往“福森机修厂”打电话，要求派人给大东分局前往现场勘查的刑警捎话，让他们立刻停止行动，等候市局派员处置。

半个多小时后，薛云倚率领一干刑警以及刑技人员、法医风风火火抵达现场。老刘跟薛云倚经常见面，当下迎上前去简单说了说情况，薛云倚只是点了点头，又问了报案人赵胜杰几句，便示意最先赶到现场的两个派出所民警随市局刑警入内，竟把分局那几位弟兄撇在外面担任警戒了。

这是怎么回事呢？

一个月前，广东省公安厅获得一份情报，称香港有不法分子准备把一批美国制造的枪支弹药走私入境。这份情报引起了省厅的充分重视，当即上报公安部。三天后，省厅接到公安部的指令，要求广州市公安局对此进行专案侦查。于是，广州市公安局成立了由市局刑侦处副处长薛云倚主持的专案组。这案子让薛云倚等专案成员有些头疼——情报信息就这么点儿，没有涉案人员的哪怕一丝一毫的情况。军火走私又不比一般商品的走私案，要么查不到线索，而一旦在社会上露出些端倪，那八成就有血案发生了。

专案组辛苦查摸了一个月，一周前，终于发现了一个疑似涉案对象，正是包瘦彬将这个疑似对象的情况反映给公安机关的。包瘦彬本已答应充当警方的线人，与那个疑似对象接触，没想到，还没等专案组做出进一步安排，包瘦彬就已成了一具尸体。可以想象，专案组长薛云倚面对这个突然发生的变故，该是怎样的震惊。如果包瘦彬死于那伙军火走私分子之手，那就意味着他向警方的举报行为已经被对方所察知，这案子往下就更不好查了。但消息是怎么走漏出去的呢？目前还没头绪。因此，薛云倚眼下也就不敢对大东分局出警的刑警兄弟给予充分信任。薛云倚平时行事一向小心翼翼，干这一行更是宁可信其有不可信其无，只好暂时不让分局刑警接触该案。

当下，薛云倚指挥专案组刑警及刑技人员勘查现场，同时向第一个发现死者的赵胜杰和周围邻居了解情况。

现场已经受到严重破坏。赵胜杰发现包瘦彬死亡后，跑到大门口狂呼乱叫，引来众多邻居，昨晚又下过雨，屋里砖地上到处是带着污泥的脚印，即使包瘦彬死于他杀，凶手的脚印混在其中，也根本无法分辨。刑技人员只好寄希望于提取桌上和其他家具上的指纹，并把桌上遗留的三碟卤菜、包瘦彬使用过的餐具以及喝剩的小半瓶酒一起带走，准备回到市局后进行检验。

那么，包瘦彬究竟是不是死于他杀呢？如果确实是被人谋杀的，凶手采用的是何种手段？现场勘查完毕，两位法医就地对尸体进行解剖，得出的结论是，死者死于心脏骤然停止跳动。这就显得奇怪了，从尸检情况判断，包瘦彬生前身体健康，心血管并无硬化迹象，心脏亦未见肥大症状，可以排除突发心脏病的可能——除非人为制造这种意外，比如使用了某种药物，导致心搏受到影响；加上包瘦彬当时正在饮酒，由于酒精的作用加大了这种影响，直至心跳骤停。

稍后，市局技术部门对死者的遗体进行了进一步检验，在其肠胃内发现了具有神经抑制作用的化学物质残留。也就是说，死者生前摄食了掺有疑似毒药的食物。从理论上来说，这种摄食可以是他自己的故意行为，也可以是他人在其毫不知晓的情况下悄然实施的谋杀。鉴于包瘦彬的线人身份，专案组刑警都倾向于后者，当然，干刑警的凡事都须严谨，谋杀的判断还需证据支持，薛云倚便把希望寄托在刑技人员对现场提取到的那些酒菜和餐具的技术鉴定上。

当天傍晚，鉴定结果终于出来了：包瘦彬用来下酒的酱牛肉、熏鱼、芹菜拌花生三样卤菜以及喝剩的那小半瓶黄酒中并无药物成分，而酒瓶和酒杯上竟没有包括死者本人在内的任何人的指纹，显见得是被人擦拭过的。

薛云倚马上作出判断：不但擦拭过，而且已经被调包了。案犯用未投放过毒药的酒具调换了包瘦彬生前接触过的酒瓶、酒杯，这说明包瘦彬确实是被人谋杀的。这个结果使薛云倚不由得叹息："这样一来，老三的线索就断了……"

二、神秘的老三

这个老三是何许人？他乃是专案组眼下要查觅的第一主角。要把这个人的情况说清楚，先得从包瘦彬其人说起——

包瘦彬系广州本地人氏，早年曾上过卫生学校，还没毕业，学校却关门了。正遇上“南天王”陈济棠招兵，他便前去投奔，被任命为军医助理。干了两年，包瘦彬发现跟着军医上前线比较危险，就找了路子转为野战医院的药剂员。他在这个岗位上干得比较卖力，而且自律颇严，从不像其他同行那样做那些暗地里偷卖药品的勾当，因此颇受上司称道。到 1937 年初，他已是上尉医官，手握师野战医院采购药品之权。那年 7 月，包瘦彬奉命前往上海采购西药，由于北方发生战事（卢沟桥事变），运输渠道不畅，他只好盘桓沪上等候进口药品运至，不料，直到淞沪会战爆发也没等到。

战争打响时，包瘦彬住在淞沪警备司令部招待所，当晚即被警备司令戴戟将军一道“旅沪军人紧急征召令”征召，根据各人的军务特长分派任务，或前线或后方就地参加抗战。包瘦彬的特长是医药，就被派到前线去救治伤员。三天后，包瘦彬在日寇炮击时负伤，送往后方医院治疗了一个多月方才能够下地。包瘦彬寻思，如果继续在上海待下去，肯定会被再次征召，而且还是上前线。他觉得自己已经为抗战出过力负过伤流过血了，也算尽到了军人兼医务人员的职责，没必要把性命丢在上海滩。于是，他偷偷离开医院，辗转返回广州。

到了广州才发现，自己所在的部队已经不知去向。包瘦彬打听了数日，方才得知是奉调去了江西，据说准备视战争态势，随时可能往上海开拔，援助坚持抗战的张治中部。包瘦彬暗吃一惊，干脆脱下了身上的军服，摇身一变成了一个老百姓。这下包瘦彬算是失业了，不过，比之数年前卫生学校关闭的时候还是有天壤之别。此时，他已经有了还算到位的药剂知识，足可胜任任何一家医院的药剂师或西药商店营业员的岗位，其外科医术也相当于一个普通外科医生的水平。在那个年代，这种医药皆通的两栖人才实属凤毛麟角。包瘦彬很快就被广州市卫生局聘为西药稽查员，相当于如今药品质量监督部门的技术人员。

干了没多久，广州沦陷，包瘦彬便离开广州前往香港。之前任职广州市卫生局西药稽查员那段时间，使他有了结交海外西药厂商的机会。此刻虽已离职，人已离粤，但关系还在。那些商人也都超级精明，他们认为，战争是暂时的，战后老包肯定还会回广州，仍旧当他的西药稽查员，还可以互相帮衬；即使他不做稽查员而是做西药生意，那也不错，有一个知根知底况且跟卫生局有关系的下家总归比一个寻常下家要稳妥。所以，当包瘦彬提出他想当一名西药经纪人，希望得到他们的帮助时，那些厂商都一口答应。

就这样，包瘦彬在香港站稳了脚跟，开始了其西药经纪人的生涯。不久，太平洋战争爆发，香港被日军占领。包瘦彬干脆重返广州，开了一家只有一个门面的西药经纪公司，专门为医院、药店介绍货源。由于战争原因，当时的西药货源非常紧张，需求量又大，许多西药品种都是紧俏货。在广州，只有七名经纪人手头经常有货源信息，他们经手的中介生意成交的概率通常都在九成以上。在这七大掮客当中，包瘦彬名列第四，可想而知其社会关系之广。一般医院、药店当然不在话下，他的客户中，甚至还有日军野战医院的后勤采购军官，以及国共两方游击队的秘密交通员。包瘦彬从中赚取的利润自然也比较可观，他买了三套房子，离婚时把两套花园洋房给了妻子和女儿，自己住进了署前街道士巷的那个小小院落。

包瘦彬离婚的原因很简单，但在羊城这个地方，但凡有点儿动静都会被小报记者作为花边新闻登上报纸——

抗战胜利后，包瘦彬觉得钱赚得差不多了，人也折腾得很累了，可谓身心俱疲，就想退出西药行业，先休养一段时间，以后做什么再作计议。这个想法遭到了妻子江玲珑的坚决反对。江玲珑出身没落富家，自幼养成一副大小姐脾气，惯于颐使气指，向来说一不二，包瘦彬只有唯唯诺诺的份儿。哪知，这回河东狮吼不起作用了。包瘦彬不顾妻子的反对，我行我素一意孤行，很快就把公司注销了。江玲珑遂以离婚相威胁，包瘦彬干脆恭敬不如从命，叫了辆车把江玲珑拉到民政局就把婚离了。

从此，包瘦彬过起了单身汉生活，独自居住于道士巷的那个小宅院里，白天在家侍弄花草，接待朋友，喝茶聊天；晚上喝酒，听收音机，极少外出。这样的悠闲日子一直过到1949年10月广州解放，包瘦彬听说新政权讨厌不劳而获的“寄生阶层”，再说他的积蓄毕竟有限，不能坐吃山空，便决定再找份工作做做。做生不如做熟，他打算继续以前的西药经纪行当。可是，那时候政府已经取消了所有行业的经纪，一律纳入政府控制之下。如此说来，包瘦彬岂不是干不成了？实际情况并非如此。他还可以干，不过是转入了地下。

包瘦彬跟香港的一些西药厂商恢复了联系，要求人家发些紧俏货过来。为防止政府对他与香港频频通信产生怀疑，问也不问先拘了再说——以他的旧军人经历，这个“再说”肯定没有好结果，公安局不会承认他们胡乱怀疑抓错了对象，那就硬装斧头柄追究他的旧军人历史，扣一顶“历史反革命”的帽子就够他喝一壶的——包瘦彬考虑到这一点，跟香港通信就使用明信片，三言两语把情况写明白了投进邮筒。上文说过，政府已经取消了行业中介，把各行各业纳入政府统一管控之下，包瘦彬这样做不也是违法的吗？再者，寄往香港的信件是要检查的，明信片检查起来更省事，语言过于简练，就容易让人怀疑使用的是暗语，这种通信行为会否被认为是与海外特务机关联络的地下活动呢？

这个，包瘦彬也考虑到了。他的第一笔生意是跟驻广州部队的野战医院做的。当时的盘尼西林是头等紧俏药品，次之的是美国生产的老牌抗菌药长效磺胺，国内没有生产，完全靠进口，而西方国家对中国搞经济封锁，上级配给野战医院的这两类西药数量有限。广州驻军后勤部负责采购药品的军官老曹辗转打听到包瘦彬有海外关系（也可能是包瘦彬让圈内朋友故意放的风），于是登门拜访。包瘦彬要的就是这个效果，两人商定，由包瘦彬为军方联系购买这两样西药。

公安局尚不知道这个情况，得到邮局方面的通报，说包瘦彬经常与海外互通明信片，便找其谈话。包瘦彬便将前因后果告知警方，警方跟军方一核实，自是无话可说，便转给职能部门工商局去处理。工商局一看“军方”，哪敢折腾？既然公安局核实过了，他们也不去问了，干脆装作不知道。如此，包瘦彬的第一笔生意做成功了，接下去也就顺理成章了。

要说包瘦彬的思维还真不是一般掮客可比的。他从来没有接触过什么政治、法律专业，仅仅根据解放后新政权的那套做法，就能准确无误地设计出自己作为中介经纪人的路数。他跟军方、官方做生意，把收费标准降得低而又低，有时甚至不收任何报酬。但是，他却有另一种获取更大利润的办法——在军方、官方所要货量之外增加若干，要求经办人把增加的品种、数量列入报关单子，通过海关之后，他留下多余的货物，高价卖给那些经常盯着他要货的西药商和私营小医院。通过这种方法获得的收入，比给军方当掮客高多了。

然后，就要说到包瘦彬跟老三的交往了。老三是广东江门人氏，这是一个神龙见首不见尾的神秘角色，年龄跟包瘦彬相仿，两人结识于抗战初期。

淞沪会战打响后，包瘦彬从上海返回广州，不愿再去找自己的部队，遂在广州市卫生局当了一名西药稽查员，经常骑着一辆摩托车在全市各区明查暗访。那时的医院、西药房，卖假药的现象很少见，倒不是受行业自律约束，主要是药品工业技术落后，难以制造出真假难辨的假药。那么，稽查员还有存在的必要吗？还是有的。假药虽然不卖，出售过期药品或抬高价格欺骗患者却是经常性的动作。包瘦彬要查的就是这个。

有稽查就有防范，通风报信、私下勾兑就是有效手段。市面上形成了一个专门替医院、西药房效劳的帮伙，老三就是这个帮伙的头目。包瘦彬上任后，先是秉公执法、铁面无私，一心要学千年前的同宗名人黑脸包公。于是，老三出场了，几次三番软硬兼施，包瘦彬终于就范。这样，老三就成了他的江湖朋友。不久广州沦陷，包瘦彬去了香港，跟老三见面的机会不但没少，反而多了——老三在广州杀了人，据说是协助国民党地下人员锄奸，自然成为广州日伪特务机关的追捕对象，没法儿再在广州立足，只得逃往香港。他在香港干的还是老本行，跟包瘦彬算得上是同行，又是老熟人，两人经常凑在一起喝茶饮酒。包瘦彬返回羊城后，才跟老三断了联系。

广州解放后，包瘦彬重操旧业。一次和朋友喝酒，席间有人谈及老三已经定居香港。过了没几天，他竟然在广州街头偶遇老三，着实吃了一惊。两人久别重逢，寒暄几句，就去附近一家咖啡馆小坐。老三说他确实已经定居香港，不过由于干的活儿跟广州有关，时不时还要到广州来转一转。使包瘦彬意外的是，对方对他这几年来的情况了如指掌，而且知道他现在又开始干老本行了。

老三说兄弟经常在海外跑，消息比内地灵通，知晓一些国内不清楚的情况。根据这些情况分析下来，共产党的政权肯定能够站得住、坐得稳，那些什么“韩战发生，老蒋即将反攻”之类的小道消息纯属梦呓。但是，共产党为了坐稳江山，肯定会按照苏联那一套来搞，现在不是已经在镇压反革命了吗？老兄你有一段在国军当军官的经历，尽管没上前线真刀真枪跟共产党打过仗，不过是一个小小的医官，但根据苏联的情况以及老解放区的先例，恐怕以后你也是在劫难逃，终有一天会成为阶下囚。因此，兄弟认为你还是要考虑留一条退路——还是去香港吧。香港是自由世界，凭老兄的能力，在香港肯定比在羊城混得好。如果老兄有意，兄弟可以伸手相助，帮你在香港物色安身之处。

包瘦彬听了有些心动。他当然不敢马上答应，只说容自己考虑一下。当晚，包瘦彬在床上翻来覆去，反复考虑下来认为此事不妥，即便是要离开，也不能让老三帮忙。这些年老三在外面做什么，自己并不知晓，万一他另有所图，那岂不是正好入了他的套？不过，这事已经在老三那里留下了一个话柄，万一以后老三跟别人提起，再被添油加醋一番渲染，传到公安局那里可就说不清楚了。因此，得跟老三说一下，关照他这个话题到此为止，不要再提。

这时，包瘦彬突然意识到自己的疏忽——昨天分手时竟没有问一下老三住在哪里。老三倒是知晓他的住址的，问题是如果老三不来找他，那就成了一个心病。如此思来想去，包瘦彬几乎一宿没睡，直到黎明方才合眼。睡到午前，被敲门声惊醒。开门一看，不由一喜——来的竟是老三。

老三说他接到香港朋友捎来的口信，那边有生意上的事情急需处理，这两天就要回香港了，过六七天再来广州，问包瘦彬对去香港之事是否有兴趣，有的话，他好开始安排。包瘦彬虽已打定主意拒绝，却不好直接说出口，毕竟人家是主动帮忙，自己若是说得太直白，未免伤了朋友感情，便邀请老三一起到外面吃午饭，边吃边聊。

两人去了附近的一家小饭馆，点了几个菜，要了一瓶老酒。老三酒量甚大，包瘦彬就陪着他多喝了两杯。席间，老三滔滔不绝地说起香港的近况，包瘦彬几次想找机会说明自己的想法，却又不便打断对方。不觉间，两人都喝了不少，包瘦彬已有几分醉意，老三说话也没了顾忌，终于说出了他此番的来意：他有一批货要运进广州，出手可能需要些时间，一时无处存放，想跟包瘦彬商量，是否可以把包瘦彬在淘金路用来堆放药品的库房辟出一角，让其借用一下，他可以加倍支付租金。

在包瘦彬来说，这也算不得什么大事，如果存放时间不长，不收费用也是可以的，以后说不定还有事求老三帮忙呢。包瘦彬便问对方要存放的是什么货。老三大概是真的喝多了，随口说是受朋友之托运来的一批“硬货”。所谓“硬货”，指的就是枪支弹药。包瘦彬听着，立马惊出一身冷汗，酒也醒了——这事可是要吃官司的，弄不好掉脑袋也不是危言耸听，我得赶紧报公安局！

不过，他的江湖经验比较丰富，心里这么盘算，脸上却不动声色，问一共有多少货，因为库房并不算大，占的地方多了，自己的货物就放不下了。老三说货不多，老兄你若是怕出事，干脆把库房转租给我，我加倍预付一年租金，你可以另外再租库房。包瘦彬说倒不是害怕，只是想问清楚，万一有人问起，也好有个合适的回答。至于货物，你只管来放就是，租金就不必谈了。两人随即议定，待老三从香港返回广州后，一起去看一下库房，选择一个合适的位置堆放“硬货”。

离开饭馆，包瘦彬叫了辆三轮车，先向自己家的方向走了一段，估计老三也走远了，便吩咐车夫拐弯直奔市公安局。他在距市公安局一箭之地下了车，步行过去，对门卫说要求面见领导，有要事报告。秘书处出来一位工作人员略一询问，即把包瘦彬领到刑侦处。

对于刑侦处来说，这的确是个好消息。早在一个月之前，这个线索就已由上级指令要求组建专案组进行调查，以副处长薛云倚为首的一干刑警忙活到此时，也没有查摸到任何线索。正当众刑警对情报的准确性产生质疑时，包瘦彬突然登门报告此事。那就毋庸置疑了，情报肯定是准确的，而且对方已经开始行动了。当晚，专案组开会制订计划，决定将包瘦彬发展为线人，具体联络人是副组长史滔。

专案组这样布置是有原因的。起初他们曾考虑过专门调查老三其人，以便万一老三由于某种原因舍弃了包瘦彬，专案组也不至于因此失去线索。可是，说来令人难以置信，包瘦彬竟不知道老三的姓名，也不知道他是哪里人，只是从口音判断应该是江门一带，江湖上对其称谓一向都是老三，包瘦彬多年来就这样称呼对方。至于住址，包瘦彬更是从来没打听过，即便曾经知道也是白搭，老三在定居香港前一直混迹广州黑道，这种人物，不会有什么固定的落脚点。

专案组商量了一个晚上，第二天，即 1951 年 1 月 15 日，史滔根据专案组制订的计划与线人包瘦彬约定，再次跟老三见面的时候，不管对方提出什么要求，只管答应，当然不能答应得过于爽快，以免引起对方的怀疑。这是底线，至于其他情况，尽可不管不顾，甚至包括自己的安全——专案组已经对此作出了周密的安排。

这绝对不是在忽悠包瘦彬。包瘦彬以及他的住所昼夜二十四小时均处于秘密监视之下，为此，市局从各区分局刑侦队抽调了十二名便衣协助专案组开展这项工作，并配备了汽车、摩托车、自行车等交通工具。没想到，还是出事了，一个星期后，包瘦彬死在自己的住所里，而周围负责监视的便衣竟然毫无察觉，直到赵老板清早登门，发现包瘦彬已经死亡，奔到门外大呼小叫，监视人员方才意识到不对头，赶紧上前查看究竟，待确认包瘦彬果真出了事，那边专案组已经接到分局的电话了。

包瘦彬这条线断了。专案组要侦破这起大案，就得设法续上因包的被害而中断的线头——找到老三。在偌大的广州城，想从茫茫人海中寻觅一个不知真名实姓、没有具体住址的对象，其难度可想而知！

三、老包的丧事

当晚，专案组举行案情分析会，负责联系包瘦彬和一应监视事宜的副组长史滔一上来就作了检讨，请求领导处分。

专案组年龄最大的老刑警任桂雄说，这也不能全怪老史，而且，现在不是追究责任的时候，想办法另找突破口才是当务之急。刚才我听几位同志闲谈，似乎都倾向于认为包瘦彬是被老三一伙灭口，我却不是这样想的。我认为包瘦彬的被害可能跟老三一伙无涉，为什么这么说呢？因为目前还没有任何证据能证明老三已经知道了包瘦彬向公安局举报的事。包瘦彬当时做得是很到位的，和老三分手后，他先是兜了个大圈子，确认没有“尾巴”跟踪，这才进了市局。我们的监视更是小心翼翼，而且这几天里包瘦彬这边并未出现什么情况，他没有向我们发过任何信号，我们也没有跟踪过任何人，老三一伙凭什么怀疑他呢？退一步说，即使老三发现包瘦彬向公安局报告了，他也不必对其下手，因为包瘦彬的举报并没有对他们的计划产生实质性的破坏作用——大不了不再跟包瘦彬接触就是，反正包瘦彬也不知道他们的底细。杀了包瘦彬反倒更坏事——发生了命案，公安局的侦查力度肯定升级，他们那伙即使逃亡香港，也做不成军火走私买卖了。

专案组长薛云倚认为任桂雄的分析有道理，关于包瘦彬的被害原因，暂时可以不作结论。不过，包瘦彬在家中被害，监视哨却没发现任何端倪，确实有些古怪。那么，当晚负责监视的民警究竟有没有漏掉什么情况呢？

当时专案组的分工是，史滔负责线人联络和监视接下来会出现的老三或者其同伙，摸清他们的落脚点；薛云倚则率领专案组其他刑警查摸有关老三的线索，万一老三一伙不再和包瘦彬联系，专案组也不至于失去侦查方向。根据刑侦工作的惯例，史滔指挥的那十二名便衣是报请市局批准后从各区分局临时借调的，他们并不知晓案情，只负责在史滔指定的位置监视，如果发现包瘦彬发出暗号，即对目标进行跟踪。

监视哨位分固定和流动两种，固定的设于包瘦彬的住所附近，任务是监视有什么人在什么时间进出包宅，予以记录，如果主人送出大门时手撑门框，那就表示此人是老三或其同伙，固定哨应尾随此人出巷子，示意设在巷口的流动哨继续跟踪。据两个固定哨的值勤记录，当晚九点五十五分，有一身穿黑色薄棉袄和藏青色裤子的人进入包宅，但那人打着伞，看不到面容。此人只待了两三分钟就离开了。由于主人并未发暗号，所以也就没有通知流动哨跟踪。之后一直到天亮，再无任何人进出包宅。

史滔介绍完上述情况，薛云倚问大家对此是否有什么疑问，众刑警都摇头。薛云倚说既然如此，这事就报请上级甄别了，如有疑问，上级会另行调查。现在进入下一个议题，请大家都说说，接下来的调查应该怎么搞。

老刑警任桂雄首先发言："现场勘查记录里面写得很清楚，厨房的垃圾桶里并没有丢掉的酒瓶酒杯，客堂和厨房中也没有发现抹布。包瘦彬虽然是单身汉，可生活还是有些讲究的，你们也都看见了，他的住所是经常打扫的，所有物品也都放得整整齐齐，就像有主妇的家庭一样。试想，这样的住户家里，怎么其他打扫卫生的用具诸如扫帚、簸箕、拖把甚至鸡毛掸子一应俱全，却单单没有抹布？很明显，是有人在包瘦彬药性发作后潜入现场，我怀疑就是昨晚打着伞进入包瘦彬家里的那个家伙。他用随身带去的酒具调换了掺有毒药的酒瓶酒杯，调换时，这人想起带去的酒具上有自己的指纹，临时抓了块抹布擦干净，担心抹布上也会留下他的痕迹，干脆把抹布带走了。我这样推断并不是毫无根据的，老风在走访邻居时也听到过相关反映，老风，你谈谈。”

被点到名字的刑警风游天其实是一个二十六岁的青年，只因长得老相，故被大家在姓氏前缀上了一个“老”字。这人外表虽然有些木讷，说话也像是不大利索，心眼却玲珑剔透，当下一边点头一边慢慢腾腾地开腔，说了他走访邻居老刘家获得的情况——

老刘在火车站上班，昨晚下班回家时已是将近十点了。他把自行车推进自家院子，停放在与包瘦彬家紧挨着的杂物小屋前，无意间透过竹篱笆缝隙瞥见隔壁客堂方向还亮着电灯。七八分钟后，当他再次来到院子里倒洗脚水时，隔壁院里已是漆黑一片。由此可见，就在他洗脚的这七八分钟时间里，有人把包瘦彬家里的电灯关掉了。这个“有人”，显然不会是包瘦彬本人，据法医鉴定，包瘦彬的死亡时间大约在昨晚七点到八点之间；也不会是某个邻居，如果是邻居的话，进去后肯定会发现主人出事了，那就轮不到第二天早晨赵老板来狂呼大喊了。

这个神秘人物在午夜前进入包瘦彬的住所关闭电灯，当然不是出于节约用电的好意。那个年月，夜生活非常贫乏，别说电视，寻常家庭连收音机都没有。如果不是休息日或逢年过节，家家户户都是早早入睡，没有特殊情况，很少有夜里十点来钟还开着灯的。凶手是担心电灯再开下去，没准儿会引起其他像老刘一样晚归的邻居的怀疑，以为单身居住的包瘦彬出了什么情况，从而上前敲门询问。万一惊动了夜间巡逻于大街小巷的军警，那就更麻烦了，这起谋杀案会被提前发现。这当然是凶手不愿看到的——大凡做了歹事儿之徒，总是希望他制造的案子被发现得越晚越好。

风游天慢吞吞发表完上述意见后，众刑警均表示认可。这样，专案组对此的观点达成了一致：包瘦彬死于谋杀，凶手的作案方式是在包瘦彬所饮的黄酒内投入了某种含有强烈神经抑制功能的药物；作案后，凶手曾潜入现场调换酒具，并关闭了房间里的电灯。

那么，往下该如何进行侦查呢？一番讨论后，专案组决定三步同时进行——

一是向邻居和路人调查，是否见到过那个在包瘦彬死亡后潜入现场的家伙，其时间段以老刘昨晚下班前后为准，当然，也包括在其他时段甚至白天在包宅附近出现的可疑对象；此外，还要调查最近一周曾去过包宅的人，邻居也在其中。

二是到包瘦彬生前经常买酒的商店，了解包喜欢喝什么牌子的酒，多长时间来买一次，以及最近一周内是否有值得注意的对象前往购买过包瘦彬常喝的那种酒。

三是向派出所、居委会了解包瘦彬有何亲属，选择其中的合适对象，刑警登门做工作，邀其出面为包瘦彬操办丧事。这样做，既是公安局对线人包瘦彬遇害的一个态度，同时也是为了解包瘦彬生前究竟有些什么亲朋好友，看其中是否有可疑对象。操办丧事的开支，可暂由公安局出，待事后对包瘦彬的遗产评估清算时予以扣除，如果资不抵债（不能排除包生前有债务，死后债主追索的情况），那就只能算到公安局账上。

次日，1 月 23 日，死者包瘦彬的妹妹包瘦鹃，以及妹夫郁守俊出面操办丧事。其实，两人不过是出面而已，具体相帮的是众多邻居和街道工作人员——都是由居委会发动的，背后支持的是派出所、街道办事处，总后台是专案组。试想，有这等背景，丧事自然是办得特别顺利，交通工具、炊事设施、搭建灵堂的材料、人手等方面都做了充分准备。不知情的见之都不由得感叹包瘦鹃夫妇能力强、有办法，竟把丧事办得这般排场。

这边丧事办着，专案组的调查工作也同时在进行。一路由史滔率两名刑警宋永年、张博虎走访邻居；一路由薛云倚和刑警丁渭君调查在现场发现的那瓶三十年女儿红的来路；第三路则由老刑警任桂雄和一副憨厚相的风游天化装成相帮操办丧事的亲友，待在现场暗地观察前来吊唁的人。不过，任桂雄对这种调查路数是持保留意见的。在他看来，包瘦彬的被害很可能跟老三无关，应该是另有其他原因。

任桂雄是羊城本地人，干了二十来年的老刑警，对于广州的风土人情了如指掌，而且人脉也广，手头还有若干眼线，所以专案组领导就指派他暗地访查老三的线索。一个星期下来，虽说没有查到老三本人，但已经有了调查方向。他认为只要照这个路数追查下去，很快就会柳暗花明。不料，这当口儿发生了包瘦彬被害案。按任桂雄的想法，目前专案组应该采取“两手抓”的工作方案，即一面调查包瘦彬命案，一面继续盯着老三那条线索往下查。可惜的是，任桂雄尽管是个有着十年党龄的老同志，职务却只不过是一个普通刑警，人微言轻，此刻他只有服从命令听指挥的份儿，乖乖地叫上老风同志相帮料理丧事。

对于这种暗访、蹲守之类的活儿，任桂雄非常熟悉，到了现场后四下一观察，就对自己和风游天的工作作了分工：他相帮接待络绎不绝前来吊唁的宾客；风游天脸黑人粗，就让他里里外外到处转着干些杂活儿。任桂雄没想到，薛云倚将其安排到现场来明察暗访，竟然轻而易举就破获了这起命案——

上午十一时许，包宅来了一个吊唁宾客。此人是坐三轮车过来的，四十来岁年纪，西装革履，外罩风衣，头戴黑呢鸭舌帽，拄着一根白铜镶柄的红木手杖，挺胸凸肚，肥头大耳，一看便知是资本家一类的角色。这人来到设在大门内的签到桌前，冲负责登记收礼的包瘦彬的妹夫郁守俊微微点头。郁守俊站起来，冲对方鞠躬，示意对方签到。那人用毛笔在签到簿上签下“俞飞腾”三个字，把笔搁回笔架，掏出一个内装钞票的信封双手奉上，口称“聊表哀思”。

一旁站着的任桂雄把准备好的黑纱递给他，同时目光炯炯朝他脸上扫视。其实这只是老刑警的职业习惯，并没有什么特别意义，平时他在家看妻儿时也是这种眼神。不料，俞飞腾与他对视的瞬间，竟然流露出一种胆怯的神色，目光迅速回避。对于任桂雄来说，就觉得这似乎有些蹊跷了。目送俞飞腾被人引领着前往灵堂方向，他欠身低声问郁守俊：“这人跟你那大舅子是什么关系？”

郁守俊说：“这是‘飞腾西药公司’的俞老板，跟我妻兄是好友，据说还拜过把子。”

任桂雄凭着老刑警的直觉，觉得此人似乎可疑。稍一思索，抬眼见风游天正拿着扫帚在大门处扫地，遂点了支烟踱出门去，手一招，风游天便靠了过来。任桂雄低声交代，让风游天待俞飞腾离开后暗中跟踪，看他去了哪里，跟什么人接触。

风游天跟踪的结果是，俞飞腾没回他经营的西药公司，而是去了同泰路黄金巷，进了巷内8号一户民居，待了两三分钟，离开时有一穿黑色薄棉袄和藏青色裤子的三十来岁男子陪着出来，一直送到巷子口。分手时那男子对俞飞腾连声说：“您请放心，我收拾一下东西，一会儿就走，保证没事！保证没事！”

风游天在马路对面的一家烟纸店背身而立，佯装买烟，听着这话，又瞄着说话的男子，见其穿的服装跟案发当晚监视哨看到的那个打伞进入包宅的男子相似，寻思没准儿这人就是杀害包瘦彬的凶手。他也顾不上继续跟踪俞飞腾了，立刻打电话将此情况报知任桂雄。

电话是打到道士巷口对面“福森机修厂”门卫室的，让速去包宅，请门口签到台一位姓任的先生接听电话。任桂雄一直在等候消息，接到这个电话，指令风游天留在原地监视那个可疑男子，如果对方出门，不管去哪儿都要盯住。接着，就是向专案组领导报告了。组长薛云倚正在外面访查三十年女儿红的来源，一时半会儿找不到，好在副组长史滔就在周边走访邻居。史滔听了汇报，说莫非这个姓俞的指使那个可疑男子杀了包瘦彬，现在发觉什么地方不对头了，赶紧让对方离开广州去外地躲风头？看来得赶紧采取行动了。说着，便把和其一同访查线索的刑警宋永年、张博虎叫来，一起赶往同泰路。

三人与风游天会合后，直扑巷内 8 号，把正在收拾行李准备出逃的可疑男子当场抓获。随即对现场进行搜查，查获一把红色夹绿条纹的油纸伞，与昨晚监视哨的描述一致；接着，又在门边找到了一个破旧的布袋子，看上去像是准备出门时带出去顺手丢掉的，刑警在这个袋子里发现了与道士巷命案现场一模一样的酒瓶和酒杯。

四、义兄义弟

把该男子带回市局后，立即讯问。该男子叫赵鸿兴，三十一岁，早年曾在“飞腾西药公司”的前身“飞腾西药房”当过学徒，满师后留店做了店员。不久，他因酒后斗殴伤人被捕，判了两年徒刑，还赔了一笔钞票。老板俞飞腾听说他出不起赔偿金，遂替他垫付。入狱后，俞老板替他上下打点，不但让他少吃了许多苦头，还疏通了法院关系，使他以就医为名提前获释。

吃过这场官司，赵鸿兴突然转了运，竟然继承了伯父的三套房子和一家商铺。店铺虽然只有一个门面，还是需要人管理的，他就辞去了西药房的工作，安心经营自家的生意。不过，赵鸿兴懂得感恩，拿了一份房契去拜谢俞飞腾，但俞老板坚不接受。赵鸿兴于是跪地磕了三个响头，说您老从此就是我的再生父母，日后若有事差遣，纵然上刀山下火海，我也在所不辞！

一晃七八年过去，俞飞腾并无什么事情麻烦赵鸿兴，反倒是每逢节庆公司请员工吃饭时，总要把赵鸿兴叫上，临走还送一份礼物，让赵鸿兴很过意不去，总惦记着找机会报答。半个月前，俞飞腾突然登门，见赵鸿兴妻儿都在家里，遂把赵叫到外面去喝咖啡。赵鸿兴料想对方必有要事相托，果然，俞老板一开口，尽管他已有心理准备，还是暗吃一惊。俞飞腾说，以前那个经常到我们药房来的包先生你还记得吗？他跟我结下了解不开的梁子，没办法，他不死，我就过不下去了，只能把他打发到阎王爷那里。事情我会安排妥当的，只是请你帮一个小忙，到时候你到包宅去一趟，替我收一收尾。

赵鸿兴寻思这件事虽有些凶险，好在不是杀人，估计是转移尸体什么的，就问一个人怕搬不动，是否可以另叫一个人相帮。俞老板知道他领会错了，解释说不是让你料理包老板的尸身，而是到他宅上做一桩事情，不过举手之劳，至于具体做什么、怎样做，到时候我会通知你的。

过了数日，1 月 22 日下午四时许，俞飞腾冒雨再次来找赵鸿兴，说小赵今晚得麻烦你做这桩事情了。说着，递上一个小包袱，里面是一瓶三十年的女儿红和随同赠送的酒杯，让赵鸿兴把酒倒掉三分之二，润润酒杯，晚上九十点钟带上这些东西前往包宅。接着俞飞腾又叮嘱，说包瘦彬今天晚饭喝的酒跟这瓶一模一样，也是三十年的女儿红。不过，你去的时候他应该已经赴阴曹地府拜见阎王爷了。进去后，你什么也不要动，用带去的这小半瓶酒和酒杯替换下他桌上的酒瓶酒杯就行了，记得要把自己的指纹擦掉。估计他那里是开着电灯的，你离开时把电灯关了。

赵鸿兴听着，觉得还真是小事一桩，立刻点头答应。当晚，赵鸿兴冒雨赶到道士巷，顺利完成了俞老板交代的事情。因为俞老板没嘱咐过替换下来的酒瓶酒杯怎么处理，他也不好擅自扔掉，便带了回来。

午夜，“飞腾西药公司”老板俞飞腾落网。俞飞腾对其策划并实施谋杀包瘦彬的罪行供认不讳——

俞飞腾出身富家，年轻时曾去日本留学，学的是西医。没毕业就因家道败落辍学回国，伪造了一纸毕业文凭申请到西医执照，开了一家诊所。不久，给人动手术时失手，病人死在手术台上，诊所被砸，他还被警察局逮进去关了几个月。出来后，执照已被吊销，不能再行医，只好另谋出路，和朋友合伙开了一家只有半个门面的西药房。他学过西医，虽然做手术这种技术活儿拿不上台面，但药物方面的知识还是比较扎实的，又能说会道，生意慢慢有了起色，三年后，西药房就扩展为两个门面。

这时，他认识了刚刚从淞沪战场上逃回来，在广州市卫生局任药品稽查员的包瘦彬。包瘦彬在吃了商人们暗地里针对他的一些苦头后，打消了仿效同宗老前辈包青天秉公执法的念头，开始跟不法奸商同流合污。俞飞腾趁机大套近乎，两人交往渐多，越来越投机，遂对天八拜结为兄弟。俞飞腾长包瘦彬两岁，是为兄，从此两人就称兄道弟，不但个人来往密切，两个家庭也时不时走动，逢年过节搞个聚会什么的。后来包瘦彬去了香港，改行做起了西药经纪人，跟俞飞腾生意上的合作就更多了。

抗战胜利后，俞飞腾因为战时曾跟日本军方做过买卖，被人告发，国民党当局将其作为汉奸逮捕。其妻胡佩珍哭哭啼啼到包瘦彬门上求助，请包瘦彬想办法搭救。从包瘦彬跟俞飞腾的关系来说，即便胡佩珍不开口，他也是要伸手相帮一把的，现在被他称为嫂子的胡佩珍上门哭求，那当然更是要竭尽全力营救了。

当时执掌这方面大权的是奉命前来接收的国民党党政军以及其他部门的所谓代表。惩办汉奸由军方和“军统”、“中统”等特务机构分别负责，而俞飞腾是被军方逮捕的。包瘦彬打听下来，巧了，抓走俞飞腾的部队正是他在全面抗战爆发前担任上尉医官的那个师。这就有了说话的基础，当然还得破费金银。这个胡佩珍拎得清，早已准备好了，分三次送上黄金二十两、银元一千两百枚，还有其他一些贵重礼品。包瘦彬用这些金银请客送礼，方方面面一一打点到位，自己还贴进了几百大洋，总算把俞飞腾捞了出来，不但没判刑，连抄没的西药也照数发还，还通知市卫生局、社会局让“飞腾西药房”照常营业。俞飞腾遂把药房改为“飞腾西药公司”。

经此一番折腾，俞飞腾更是把包瘦彬视为亲兄弟一般。可是，俞老板忘记了“亲兄弟明算账”这句老话，对包瘦彬费心费力还破财的全力营救之恩竟然没说一个谢字，甚至连包为他贴进的大洋也没偿还。包瘦彬生性还算豁达，也未生计较之心，可是，俞飞腾的老婆胡佩珍却觉得过意不去了，遂提醒丈夫要有所表示。俞飞腾却说，我同他是结拜弟兄，关系比嫡亲兄弟还要亲，我若是对他有所表示，反倒显得生分了。

尽管如此，胡佩珍还是放不下这件事，想来想去总觉得对不起包瘦彬。如果她有私房钱，只怕早就拿出来偿还给包瘦彬了，可是，她的私房钱都在营救丈夫时花光了。她实在做不出丈夫那种受人大恩不但不予感激还心安理得的事儿来，总想着应该对包瘦彬有所补偿。这时包瘦彬已经离婚，妻女分家另住，他独自一人住在道士巷。胡佩珍寻思他一个人过日子，在饮食方面肯定不善料理，自己这方面正好是特长，就隔三差五给包瘦彬送些精心烹制的菜肴、点心过去。两人接触得多了，暗生情愫，终于有一天越过了那道界线。

包瘦彬与胡佩珍的地下恋情持续到 1950 年 6 月下旬，终于有人给俞老板通风报信。俞飞腾自是大吃一惊。不过，他行事倒还注意尺度，没想来一个“捉奸捉双”，寻思先看传言是否属实再作下一步打算，就对妻子佯称出差，实际上就躲在位于自家住所对面的公司楼上秘密监视。傍晚，果然看见包瘦彬鬼鬼祟祟溜入家里，直到次日拂晓才离开。

证实了奸情，俞飞腾自是大怒，包瘦彬之前对他的所谓“大恩”就变得一文不值了。反复思量下来，他决定把奸夫淫妇一并干掉。当然，他并不打算为此搭上自己的身家性命，要做得神不知鬼不觉。经过一段时间的策划，他终于制订了方案，先干掉包瘦彬，拟采用下毒手段。选择什么毒药呢？俞飞腾留洋学过医，回国后又长期从事西药销售业务，对于只要超过一定剂量就可以致人死命的药物了如指掌，他把数种对神经有麻痹作用的西药混合在一起，准备用它来对付包瘦彬。

包瘦彬嗜酒如命，每日三餐都要喝两杯。对酒的品种倒是没有特别的要求，白酒、黄酒、果酒、啤酒、药酒都能接受，不过对质量要求很高，寻常的酒是一口都不喝的，必须是名牌。俞飞腾也能喝一点儿，两人有时聚在一起喝酒聊天，还互赠名酒。于是，他把珍藏的一盒两瓶装的三十年绍兴女儿红找出来，在其中的一瓶里下了毒（用注射器把毒药从瓶口的软木塞注入）。1 月 21 日下午跟包瘦彬见面时，他把那瓶毒酒连同一只附赠的酒杯一起送给对方，包瘦彬毫不起疑，连说“今晚有口福了”。其实，那天俞飞腾拜访包瘦彬，负责监视的民警也是记录了的。但因为是白天，包宅又经常有访客，再加上主人并未发出跟踪暗号，所以，监视民警并未把这次拜访归入可疑之列。

俞飞腾对包瘦彬比较了解，知道他当天晚餐时必定打开这瓶好酒品尝，就把另一瓶黄酒连同酒杯送到赵鸿兴那里，吩咐赵应该如此这般行事。对于这个方案，俞飞腾非常自信，认为绝对稳操胜券。当晚回家后，他吩咐妻子炒两个菜，开了瓶葡萄酒邀妻同饮。两人一边喝酒，一边轻松谈笑。胡佩珍绝对不会想到，她的情人留在人世的时间只能以分钟来计算了，而她自己也被丈夫列入了死亡名单，在俞老板的计划里，最多半年，她也会和包瘦彬一样走上黄泉路。

今天上午，俞飞腾在公司接到报丧电话，没跟胡佩珍说，独自前往道士巷吊唁。没想到，这一去竟会露出马脚。老刑警任桂雄不认识俞飞腾，可俞老板却是认识他的。前面说过，俞飞腾在抗战胜利伊始曾被国民党方面以汉奸的罪名逮捕，送往市警察局看守所关押了个把月。那时任桂雄是以旧刑警身份为掩护的中共地下党员，抗战胜利后案子较多，他又是警察局的业务骨干，天天去看守所提讯人犯。因此，俞飞腾已经看熟了他那张脸，不时听那些同囚的江洋大盗、小偷骗子私下对任桂雄议论纷纷，说这人怎么怎么了得，凡是被他盯上的对象十有八九要穿帮。

当时，俞飞腾也是听过算数，怎会料到有朝一日自己竟会作下命案，而且作案后竟然在被害人家里与任桂雄狭路相逢，进门签到时劈面碰上这个老刑警，对方还目光炯炯地扫视自己。想起关于对方破案如神的传说，不禁心下一阵惊惧，连忙移开眼神，避免跟任桂雄对视。就是这个微小的瞬间动作，使老刑警起了疑心。

俞飞腾原本是要留在包宅相帮料理丧事的，但被任桂雄这一盯，心里就不踏实了，寻思得立刻让赵鸿兴离开广州，只要找不到小赵，警方就没有证据指控他。想到这儿，他赶紧离开包宅去通知赵鸿兴，这一去，反倒让刑警得来全不费工夫。

讯问过俞飞腾后，专案组又传讯了俞老板的妻子胡佩珍，了解下来，她与包瘦彬的婚外恋属实。这个女人对包瘦彬还是蛮痴情的，听说包瘦彬已经被害，号啕大哭，一口气回不上来，当场昏厥。刑警将其急送医院救治，苏醒后就留在那里，开了间单人病房，由管段派出所联系其子女到医院看护。

五、老三到案

1月24日，专案组开会重新讨论军火走私案案情。正式开会前，组长薛云倚宣读了局里对专案组迅速侦破包瘦彬命案的嘉奖决定，接着又代表刑侦处对老刑警任桂雄进行表彰，大伙儿鼓掌祝贺。任桂雄却非常低调，说那属于瞎猫撞上死老鼠，凑巧歪打正着罢了。这也不是上边儿交下来的正差使，还是赶紧商量怎么把军火走私案破了。

薛云倚说老任说的没错，我们马上进入正题。原先的线人老包死了，眼下的情况，重新物色一个线人也不太可能，大家说说，这个案子往下该怎么整？

副组长史滔说，之前老任一直在负责暗查那个老三，就先请老任把调查情况讲讲，然后我们再讨论。

任桂雄介绍，这一个星期里，他和风游天调查了七十九人，涉及二十三个行业、三十个公家机构和单位，这些人大多见到或者听说过老三其人，有的直接跟他有过业务来往。可奇怪的是，竟然真如包瘦彬生前所说，没人知道他的姓名和籍贯，只是听其说话口音好像是江门一带的。为此，任桂雄和风游天特地跑了一趟江门，调查了一天，没有任何收获，不管是派出所还是各个行业协会，提到老三这个外号，倒是都能报出几个来，但没有一个对得上年龄、相貌。两个刑警不甘心，又去找了几个旧警察（解放后未被留用），自己掏钱请他们喝了一顿老酒，询问是否知道老三的情况，还是没有线索。

第二天，两人回到广州继续调查。根据之前了解到的此人曾涉及七个行业中介经纪的情况，他们跑了西药、中药、纱布（此指棉纱和棉布）、百货、五金、染料、营造同业公会，找到了三个曾由老三作为中介人介绍过生意的老板。这三个老板的公司、店铺眼下还在继续经营，任桂雄、风游天问他们是否还保存着当时的中介书，上面是否有老三的签名。三个老板均完整地保存着以前所有的商业档案，只是，这三份中介书上的签名笔迹虽然相同，姓名却是不同的，分别是“陈养君”、“索宝山”和“金志汀”。哪个是老三的真名呢，或者这三个都不是？正准备继续往下查，包瘦彬命案发生了，调查暂时中止。

介绍完上述情况，任桂雄说，这个老三既然做经纪人，那自然得申领经纪人执照。国民党旧政权广州市社会局工商处的旧档案中应该有他申领执照的记录，还得留照片以及保人名址。下一步，他们就准备调查工商处的旧档案。不过，有一点让老任想不通——按当时的规定，一张执照只能经营一个相应的行业，不能串用，这个老三怎么能同时拥有数个行业的执照呢？退一步说，即使他本事大，拥有不同行业的经纪人执照，那上面的姓名也应该是同一个呀？所以，老任怀疑这家伙的执照是假的。

薛云倚说，真的假的，一查就清楚了。他当即下令，专案组全体出动，一起去翻查原国民党社会局工商处的档案。

众刑警参照老三与三个老板签署的中介书上所显示的时间，翻遍了旧档案中每一份相关行业经纪人执照的底卡，竟然没有和中介书上老三所用的名字相符的姓名，照片也没有能对得上号的。难道真如任桂雄所料，老三的经纪人执照全是伪造的？接着，刑警又去了广州市工商局，找留用人员了解这方面的情况。一问方知，这种事在当时不算稀奇，要说执照，肯定是真的，钢印、小印全都是原社会局工商处敲上去的，证件也确实是工商处发的，不过，底卡是没有的。为什么？很简单——这种执照是工商处私自卖出来的。

刑警寻思，既然是工商处卖出去的，那就并非私人行为，应该有账目，那就可以查到老三的真名实姓了。哪知询问之下，对方连连摇头，说这种买卖确实是工商处私下进行的交易，所获钞票都进了小金库，头头儿贪污了大部分，剩下的给全处的公务员搞点儿福利，账单是有的，但不进档案，并且每隔一段时间就销毁一次。

这样一来，想通过旧档案获取老三信息的打算就落空了。专案组一番讨论后，又琢磨出一个办法：老三曾亲口对包瘦彬说过，他已经定居香港，这次是从香港来广州办事的，又说因另有事情，暂时回香港六七天，办完事情再到广州来。为此，专案组已指派那十二名从各分局抽调来的刑警在道士巷蹲守。虽然包瘦彬已死，但监视哨还没有撤，以防老三突然出现。现在，老三依然没有露面，不过，专案组可以到边防检查站和海关进行调查，看最近这段时间内是否有老三那样的角色出入境。于是，专案组指派三名刑警前往深圳边防检查站查看出入境记录。

深圳边防检查站成立于 1950 年 7 月 1 日，全称是“中华人民共和国广东省人民政府边防局深圳检查站”，正团级建制，站设罗湖、文锦渡两个检查大队，分别负责罗湖、文锦渡边境通道的边防检查任务。刑警宋永年、张博虎、丁渭君奉命前往深圳，先去罗湖调查，无甚发现，又去文锦渡，总算不虚此行。

当时因对敌斗争防奸防特工作的需要，规定首次从检查站入境的中外人士须交留本人两寸照片两张，如果事先没有携带，可以在检查站所设的照相室拍照。三位刑警谁也没见过老三，不过，包瘦彬生前向专案组侦查员详细描述过老三的相貌特征，此外，侦查员也向其他曾跟老三打过交道的人——比如那三个曾与老三签订中介协议的老板——了解过这方面的情况，还请专业人士画过多张素描，直到获得三个老板的认可为止。在文锦渡检查站的出入境旅客记录中，他们发现了一名可疑人员，其照片与老三的素描比较相似。该旅客名叫朱老三，四十二岁，籍贯广东新会，现居香港。

尽管相貌相似，但三位刑警还不敢断定这个朱老三百分之百就是正主儿，得请那三个老板辨认才能吃得准。当时传真机倒是已经发明了，但还没进入民用领域，国内只有南京到上海有线路可用，还是民国时留下的，所以，传真就不用考虑了，只有跑一趟。可是，交通也很不便。从深圳到广州没有铁路，没有高速公路，况且刑警也并非驾车过来的，搭乘长途汽车回去一趟实在太费时间。怎么办呢？他们跟边防检查站商量，请对方设法找可靠的便车，帮忙把翻拍后的朱老三的照片捎到广州。

边防检查站属于广东省公安厅管辖，刑警跟他们算是一家子，一说就通。很快，检查站联系到一辆连夜开往广州的军车，说车上还有一个空座，也不用托人捎了，你们直接去个人吧。于是，刑警丁渭君搭乘军车连夜返回广州。

次日上午，丁渭君从广州打来长途电话，说经三个老板仔细辨认，一致认定照片上的人即是他们打过交道的老三。

广州这边的专案组刑警早已讨论好方案，接到电话，当即分赴各区调查宾馆、饭店的住宿登记。由于地理位置的关系，当时广州已经有了外宾来羊城必须下榻于指定宾馆、饭店的规定。来自香港、澳门的旅客也被列为“外宾”，因为他们所持的是外国护照。那个年代，来广州的外宾还不算多，指定外宾住宿的宾馆、饭店也少，刑警不过排查了小半天，就在越秀区沿江西路爱群大厦查到了朱老三曾经下榻的记录。广州解放后，他曾四次下榻于该饭店，一次是 1950 年 2 月 15 日入住，2 月 20 日退房，一次是 1950 年 9 月 25 日入住，9 月 28 日离开；还有两次就是最近了，1951 年 1 月 4 日入住，两天后退房，1 月 14 日再次入住，也只住了两天。

当晚，赴深圳出差的另外两名刑警宋永年、张博虎回到广州，专案组立刻举行案情分析会。把朱老三入住爱群大厦的日期与宋永年、张博虎带回的出入境记录一对照，前两次的时间对得上，后两次的时间就不符合了：朱老三于1951年1月4日从深圳文锦渡边防检查站入境，1月16日出境，一共在内地待了十三天。可是，在爱群大厦的入住记录却是两次，加在一起不过只有四天。难道这段时间他曾经去过广州以外的地方？

专案组刑警这下有点儿头痛了。如果朱老三这厮还去了广州之外的地方寻求藏匿走私军火的地点，甚至跟下家见面洽谈交货事宜，那广州这边的侦查就得泡汤，后果严重啊！专案组长薛云倚沉思良久，亮出了一个观点：朱老三在广州或者新会应该有亲戚，在广州的可能性更大。

为什么这么说呢？因为他前两次返回内地的时间节点，一次正好是1950年春节，另一次则是1950年中秋节，很有可能是回来与亲属团聚。至于这一次，他在宾馆里只住了四天，其他时间可能是住在亲属家里。

任桂雄对此表示赞同，他提出应该去新会调查朱老三的老底。朱在深圳边防检查站留下的登记资料表明，他的籍贯是新会，据包瘦彬及其他见过朱老三的人反映，他说话带有江门一带的口音。江门曾是新会县辖下的一个镇，口音相似是有可能的。大伙儿听了，都认为老任的这个推测靠谱，这事就定下来了。

次日，1951年1月28日，任桂雄和风游天、史滔三人前往新会调查，终于确认朱老三确实是新会人氏，目前在香港定居。据说朱老三在香港混得还不错，至于具体做什么，那就无从知晓了。反正他在1948年春返回新会时，把年迈的父母和最小的妹妹朱七姑带到了广州，花三十两黄金为老人置办了房屋，还替三人办了广州户口，让老人和妹妹在广州定居，说是以便自己今后回乡省亲时，在广州也有个落脚的地方。可能是生怕新会这边的亲戚朋友日后去广州麻烦老人，对于父母和妹妹在广州的住址，他一直守口如瓶，就连其他几个嫡亲的兄弟姐妹也没有透露。这些人跟刑警说到这一点时，无不一致谴责。

情况反馈到广州的专案组，因为不知道朱老三的父母和妹妹落户在哪个区，一时没法儿划出范围进行寻找。大伙儿想到了两条途径，一条是由专案组以市局名义向各区公安分局、派出所下发协查通知进行查询，另一条则是查阅旧政权留下的税务档案，那上面应该有朱老三当初买房子时交税留下的记录。讨论下来，众侦查员认为后一条途径更快捷。因为目前已经知道朱老三买房花了三十两黄金，也知道买房时间是1948年春，那就有了筛选条件，比如三十两黄金的市价可以购买到什么样的房子，当时哪个区的什么地段有这样的房子，等等。

这个方法果然奏效。众侦查员先从长寿、太平、西禅三个区查起，长寿区没有查到，继而转往太平区，竟然只用了一个多小时就查到了——房产登记在朱老三父亲的名下，但买房纳税的时候用的是朱老三的真名。

2月1日，刑警去了该处房产所在地的管段派出所了解朱老三的情况。派出所方面说最近朱老三从新会来广州看望父母，在父母处住了近十天，他是凭新会中西药业公会出具的出差证明报的临时户口。这就奇怪了，这家伙明明是香港居民，怎么拿着新会那边的出差证明来报临时户口了？

接待刑警的副所长老张立马唤来管段户籍警小唐介绍情况。小唐说，朱老三是1月5日由其母亲、妹妹陪同着前来报临时户口的，出示的确实是新会县中西药业公会出具的出差证明，这个在登记簿上有记录。朱老三说自己是新会县中西药同业公会聘用的药品稽查员，负责稽查药品质量，这次来广州，是为了了解最新西药的情况。因为父母住在广州，所以就陪二老住一段时间。他具体居住的时间是 1 月 5 日到 1 月 14 日，临走前按照规定向派出所注销了临时户口。

刑警当即打电话跟新会县中西药同业公会联系，那边对此毫不知情，同时向刑警说明，新会县所有的同业公会虽还在继续活动，但会章已经全部封存，出差证明之类一律由县工商联负责出具。由此刑警判定，朱老三用来报临时户口的证明是伪造的。

那么，这十来天时间里，朱老三是一直在陪伴年迈的父母呢，还是曾离开过广州市去了外地？刑警决定查个明白。小唐通过居委会唤来几户邻居，刑警分别询问下来，得知朱老三在这段时间里没有离开广州，因为他们每天都看见他出出进进，有时还和妹妹一起上菜场买菜。至于他单独出去时去了哪里，跟什么人见面，那他们就不知道了。这段时间，也没有人看见过朱家有什么人登门拜访。

眼下，专案组面临的是这样一种状况：已经查明了涉案嫌疑人老三的真实姓名和落脚地，可这厮已经出境返回香港了，找不到本人，下一步的调查就很难进行。

专案组两位组长薛云倚、史滔交换了意见，决定迎难而上。众刑警继续分析，终于找到了调查的切入点——朱老三住在父母处的这段时间里，出出进进的次数不少，但颇有规律。他总是在每天上午七点左右出门，大约在外面逗留个把小时才回来。几位邻居反映，偶尔跟朱老三的妹妹朱七姑聊天时，朱七姑曾经提到，她哥哥总是在外面吃早饭。刑警推测，朱老三每天早上出门个把小时，应该就是在外面解决早饭问题。在哪儿吃的呢？应该不是馄饨摊之类，在这种地方吃饭，用不了那么长时间。那就只有茶楼了。

众刑警决定到朱家附近几家茶楼碰碰运气。正在对谁上哪家茶楼进行分工时，忽然传来一个消息，有邻居向户籍警小唐报告称朱老三出现了，刚刚进了父母家门！接听电话的副组长史滔不敢相信能有这样的好运气，一个劲儿问小唐："看准了吗？真是他吗？"

之所以有此一问，是因为出差深圳的刑警在文锦渡边防检查站调查朱老三最近的出入境记录时曾经关照过，如果再发现此人入境，请不动声色放其过关，然后立刻电告专案组。现在，专案组并没有接到深圳方面的电话，朱老三怎么在广州出现了呢？

小唐回答说肯定没错，他再三问过那位邻居，对方说还跟朱老三打过招呼，刚刚朱七姑给几家邻居送来了大红柑，说是她哥哥从老家带来的土特产。史滔叮嘱小唐，千万不要惊动目标，先稳住他，往下怎么进行，专案组自有安排。

挂断电话，史滔即向专案组长汇报了这一情况。薛云倚稍一考虑，立刻用内线电话请总机接通了深圳边防检查站，他要弄清楚朱老三究竟是合法入境还是偷渡过来的。片刻，深圳方面回电，说朱老三是合法入境的，不过他这一次走的是罗湖边防检查站，没从文锦渡走，而专案组刑警只是通知了文锦渡检查站注意此人的入境信息，罗湖那边对此毫不知情，便按照规定正常放行了。

薛云倚让史滔再给小唐打电话，关照他不要离开派出所，一会儿朱老三肯定要去派出所申报临时户口，照常给他办理就是。接着，薛云倚派出四名刑警，穿便装前往朱家附近蹲守，不是为抓捕朱老三，而是要查明他在广州干些什么、去了哪些地方、跟什么人见面。

诚如薛云倚所料，朱老三果然去派出所找小唐报了临时户口，用的还是新会县中西药业公会出具的那纸证明。可能是为表明他确实是从新会来的，他还带了一袋子大红柑过去请小唐他们品尝。小唐照例谢绝，又佯装捱不过，收下了两个，当场剥开，和在场的几个民警分着吃了。

专案组原本的计划是对朱老三进行跟踪，弄清他跟什么人接触，视情况决定是否动他。可是，当天晚上发生的一个偶然情况导致专案组不得不放弃这个方案。

这天下午三点，朱老三去了荔湾区西关大义巷，进了巷内19号的一户人家。逗留了一刻钟左右，又去商场买了一些年货，看来是准备在广州过年了。从商场提着东西出来，他雇了一辆三轮车回家，在巷口下车时，遇到一个十来岁的女孩儿。这个女孩儿是朱家邻居老耿家的女儿，上小学三年级，天生活泼，嘴很甜，见了朱老三就叫“伯伯”，朱老三便拿了几颗糖果给她。小姑娘不知轻重，吃着糖果，顺嘴就把从家里人那里听来的户籍警小唐正在调查朱老三的事情说了。朱老三知道自己已经暴露，但表面上声色不露，还是笑呵呵地随口胡乱应付了两句，把年货送回家后，转身就出了门。

这一幕没逃过执行监视任务的刑警任桂雄、风游天的视线，立刻尾随其后。朱老三马上意识到身后这两个人的身份，也顾不得许多了，改步行为小跑。这样一来，刑警就必须动手了，否则让他跑没影了，这些天来的辛苦岂不是鸡飞蛋打？

老刑警任桂雄于这一行实践颇多，经验丰富。此时抓捕朱老三，完全是计划外的行动，不能闹出太大动静，以防惊了朱老三的同伙。朱老三家门口这段路人来人往，不便在这里动手，他冲风游天使个眼色，对方会意，两人不紧不慢跟在朱老三身后。他们相信，朱老三是跑不过他俩的。既然跑不过，就要钻小巷摆脱刑警的跟踪，等他进了僻静些的小巷再下手也不迟。

果然，朱老三跑了一阵，已是气喘吁吁，慌不择路拐入了一条巷子。刑警立马加速，他还没来得及窜到另一头的出口，已经被两个刑警一左一右逼到了墙角。风游天一手搭在他的肩膀上：“老三啊，着急忙慌地跑啥呢？有什么事情不可以好好说啊？老老实实跟咱们走，就让你脸面好看点儿，不给你铐手铐了。”

朱老三到案后，交代了这桩军火走私生意的始末。

六、钓鱼方案

当年朱老三移居香港，是因为他手头有一些关系，可以介绍数个行业的生意。不过，他落户香港却是做了手脚的。那时香港对这方面的管理比较松，朱老三买通了警察署的一名英国警官，使用伪造的证件办理了手续。新中国成立后，许多混不下去的人纷纷逃港避难，为避免造成混乱，香港当局下令卡住就业通道，逃过来的人都送难民收容所。与此同时，当局还对外来人员比较集中的行业进行整顿，从业者须持有当局核发的从业执照才算合法。

朱老三是有执照的，不过那是临时执照，每隔半年要去重新登记。整顿开始后，当局取消了临时执照，朱老三只好去申领正式执照，可递交上去的材料经不起审查，被发现当初的定居手续作假。结果，朱老三被警方拘捕，如果不是当初那个被他收买的英国警官伸手搭救，他已经被遣返大陆了。那个英国警官已经升职，手中有些权力，不但帮他摆脱了官司，还补齐了当初的手续，朱老三摇身一变，成了合法港民。当然，朱老三也知恩图报，以一件价值不菲的古董作为答谢。

不过，经此一折腾，朱老三在中介行业的信誉毁于一旦。香港是个注重商业信誉的城市，中介一旦失去信誉，那就寸步难行。在香港混不下去了，朱老三又动起了回内地的脑筋，他在广州还有些根基，可以作为活动的平台。这就是他在 1950 年春节回乡过年的原因。

那次回乡，他发现广州解放后情况已经大不一样了，政府取消了所有的行业经纪，这一行根本就干不下去了。不得已，他只好返回香港，仗着人头熟做起了二手中介——就是把信息、人脉关系介绍给有执照的正式中介，或是替人家跑跑腿，收入自然和以前没法儿比，但至少能混个温饱。1950 年中秋期间回广州，就是替一个从事染料经纪的朋友把一批德国染料倒腾到内地，又把内地的一批猪鬃倒腾到香港。

让朱老三没想到的是，他的这次中秋节之行，引起了国民党在香港的特务机构的注意。当时西方国家联手对中国实行经济封锁，染料、猪鬃都属于“战略物资”，前者禁止进入内地，后者不准从内地输出。朱老三参与的这笔生意，属于双料违禁，香港当局对此是不管的，但台湾驻港特务机关却要过问。朱老三返回香港后不久，就被台湾特务秘密绑架，颇吃了些苦头。临了，对方跟他说，你已经上了我们的黑名单，我们会一直监视你，如果以后再干这样的事儿，那就只有死路一条。

死里逃生，朱老三自是噤若寒蝉。不过，他干这一行是为了养家糊口，如果断了这条路，今后的日子怎么过呢，一家人吃什么？那还不如让对方直接把自己干掉算了。对方似是看出了他的心思，说你先回家，过几天我们再找你。天无绝人之路，只要你乖乖听我们吩咐，肯定不会让你一家子饿死的。

朱老三以为对方只不过说说而已，哪知一周后真有特务登门，请他上附近饭馆喝酒。闲聊了几句，对方说你的情况我们都了解，大家都在江湖上混，四海之内皆兄弟嘛，能帮一把就帮一把。这样，我们给你介绍一份工作，薪水不算高，勉强糊口而已，不过呢，工作也很轻松，你可以一面上班，一面揽点儿其他的事儿干，我们手头如果有合适的活儿也会介绍给你。朱老三正为今后的活路发愁呢，有这等好事儿，自是感激不尽。

没几天，一家运输公司果然通知朱老三去上班，干的是押车的活儿，副驾位置上坐坐就可以了，收入也还过得去。朱老三很珍惜这份工作，干得很卖力。他寻思着，目前这份薪水基本够开销了，以前还有些积蓄，可以留着应急用，所以还是安全第一，从此不再干违法违禁的事儿了吧。他对那个给他介绍工作的特务心存感激，很想谢谢人家，可人家没留通信方式，这件事也就只好搁下了。

这样一晃就到了1951年元旦。新年第一天上午，上次请他喝酒的那个特务忽然拎着礼物登门，说是正好路过，给朱先生拜年。稍坐片刻，喝了杯茶，来人提议一起出去吃个饭，朱老三心想对方找自己估计是有事要吩咐，便随他去了附近一家小饭馆。

对方这回自报了姓氏，说姓汤，朱老三便以“汤先生”称之。在饭馆坐定，点了几个菜，上了一瓶老酒，两人小酌几杯，汤先生便说到了正题——

旺角有家“大煌商行”，老板姓李，是他的朋友。李老板那商行跟警务处有关系，跟黑道也有交往，最近准备跟内地朋友做一笔生意，是“硬货”，只等从海外运到就可以发货。运往广州的船只也落实了，船家经常跑这条线路，安全料想不必担忧。不过，货运到广州后，还有一个在内地跨省转运的问题，在交通工具的衔接上不一定扣得那么准，需要在广州找个小库房暂时安置一下。

按说像李老板这样的角色，在广州应该有不少叫得应的朋友，这本不是什么麻烦事。可今非昔比，广州如今是共产党的天下，原先的关系躲的躲、抓的抓，已经联系不上了。无奈之下，就请汤先生帮忙。汤先生有点儿为难。倒不是因为他在广州没有这方面的关系，但这是情报机构的秘密地下关系，不能用于私人跑单帮，一旦被发现，按团体纪律制裁，那可不是闹着玩的，弄不好死无葬身之地也不夸张。

介绍完上述情况，汤先生说：“李老板的忙我不能不帮，想来想去，就想到老兄你了。你是老广州，地熟人熟，那边还有家，找这么一处库房应该不成问题。当然，这事不是无偿的，租借库房，加倍支付租金；至于你个人的酬劳，人家愿意支付辛苦费五百万元（旧版人民币，与新版人民币的兑换比率为10000∶1，下同），差旅费另付。这边运输公司的活儿，我负责替你请假，薪水的损失由李老板补偿，回来后照常上班。”

朱老三心下一合计，觉得这笔交易值得一做。其实，这跟以前来回倒腾紧俏物资的路数是一样的，虽说是“硬货”，不仅内地的新政权，换作香港警方也肯定是要严禁的，可朱老三本人并不沾货，只不过替货主租借临时库房罢了。这当然是有风险的，但小得几乎可以忽略不计。这是其一。其二，眼前这位汤先生可是台湾方面吃特务饭的，如若不答应帮这个忙，只怕来一个翻脸不认人，丢了这份舒服的工作还在其次，说不准小命都不保！朱老三没有别的选择，只有一口答应。

汤先生说如此就好，我给你写个条子，明天你直接去“大煌商行”见李老板即可，具体怎么做他会关照你的。从明天起，你暂时不必去运输公司上班，也不必跟那边打招呼，我会通知他们的。

次日下午两点，朱老三前往“大煌商行”。原以为那个李老板既是混黑道的，必是五大三粗虎背熊腰的一条莽汉，哪知见面一看，竟是个四十岁出头戴着一副金丝边眼镜的斯文男子，一口粤语中不时夹杂着英文单词。李老板很客气，说这事仰仗朱先生帮忙了，这边的货已经落实，尚未运到，时间比较宽余，我们尽可从容进行。我考虑下来，想请朱先生先以探亲加贸易为名去广州跑一趟，到了那里怎么做，可以找董太，她会告诉你的。董太的意思就是我的意思，你一切照办就是了。如果遇到困难，也尽可以跟董太说，她肯定会相帮解决。朱先生，你看这样安排妥不妥？

朱老三知道这是客套话，不可能说不妥，以他的江湖经验，也不会天真到提一个改进建议什么的。这事就这样定下了，李老板当场掏出钱钞和那纸伪造的新会县中西药业公会的出差证明交给他，又口述了董太的地址，关照说必须牢记于心，但绝对不可用笔记录。

接受任务后，朱老三于 1 月 4 日离开香港，从文锦渡口岸进入内地，抵达广州后入住越秀区沿江西路爱群大厦。当天，他就去荔湾区西关大义巷 19 号见了董太。那是一个五十岁左右的富婆，白白胖胖的，一看便知是长期养尊处优。董太显然已经知道朱老三要过来，见面就唤“老三”，那口气俨然主人唤佣仆。朱老三听着心里很不爽，不过看在钞票的分儿上，还是毕恭毕敬，说李先生让我听您的吩咐，一切按您说的办。

董太点头说很好，你的事情其实很简单，就是物色一处可靠的房子租下来，只要安全可靠，租金多出点儿无所谓。你先去打听，有了意向就过来告诉我。接着，她又问朱老三下榻在哪家宾馆，叮嘱说公安对境外来的人比较注意，不要总在一家宾馆住着，时不时换换地方。朱老三说行前李先生已经考虑到了，让我先住几天宾馆，然后就回家去住，住一阵再回宾馆，他连报临时户口的证明都给我准备好了。董太脸上露出满意的神色，说还是李先生办事稳妥，这么多年来，从来不曾出过纰漏。朱老三由此推断，董太跟李老板肯定是老相识。

朱老三头两天待在宾馆里没出去，在白纸上划拉着可能有空闲房屋的熟人朋友，一个个考虑是否合适，然后，从划拉出的二十个名字中选择了七个。第三天，他退了房，先去父母家一趟，又去派出所申报了临时户口，这才开始寻访那七个朋友。

没想到，朱老三一连跑了数日，原定的七人中竟然只见到了一位。那人姓汪，以前是做房产经纪人的，新中国成立后房产中介被政府禁止了，他由公开转入了地下。老汪跟朱老三的关系只能算是一般，这么多年没见面，就更是疏远了。而且他知道朱老三已经移居香港了，听朱向他打听租房的情况，立刻警惕起来。他告诉朱老三，政府规定不得把房屋租给境外来客，如若违反，房东肯定会吃官司，如果是地下中介介绍的，那就连非法经纪人一并处理。

这个情况是朱老三始料不及的，等于断了他的路。之后几天尽管他还是天天往外跑，但已经属于没头没脑的瞎跑了。正犯愁时，1 月 13 日，他忽然在街头与包瘦彬不期而遇。

以前有段时间，朱老三跟包瘦彬交往颇多，两人关系好到差点儿像包瘦彬与俞飞腾那样结拜兄弟，后来尽管疏远了，但从来没有为利益起过争执。此番见面，两人都是喜出望外。更让朱老三兴奋的是，租房的问题就这么解决了。他跟包瘦彬约定，他先回一趟香港，大约一周后再来广州，届时那批货估计也运过来了。

当天傍晚，朱老三去向董太报告情况，董太一五一十问得很详细，最后说老三你辛苦了，你可以先回香港，过几天再过来就是，李先生那边也该有消息了。朱老三就又去越秀区沿江西路爱群大厦住了两天，留个记录，这才返回香港。

李老板跟董太显然是另有通消息的渠道，已经知晓朱老三广州之行的进展。他详细问了包瘦彬的情况，听说包瘦彬曾在香港待过，立刻动用关系打听。隔天，李老板请朱老三吃饭，说已经了解过了，包瘦彬这个人江湖口碑不错，老三你干得很好。这样吧，你先歇几天，等货到了，我会通知你去广州的。再过去就不用待那么多日子了，跟包瘦彬把租房的事定下来你就回香港，以后的事情董太自会处理好。

就这样，朱老三去而复返，又回到了广州。没想到，这桩事儿已经穿帮，专案组布下了一张网，当天他就被捕了。

对朱老三的讯问结束后，专案组立刻举行全体会议，研究下一步应该如何行动。原以为朱老三涉案颇深，抓住他就可以查清全部案情了，现在看来并非如此，这家伙不过是一个跑腿的马仔。别说在香港的李老板那个后台了，就是在广州，他也得听董太的指挥。由此可见，那个李老板心思非常缜密，弄不好，董太也不过是他整盘棋中的一枚棋子，随时有被抛弃的可能。看来，要一举破获本案，截获那批走私军火，甚至追查出下家，还不是一蹴而就的事。

大伙儿一番讨论，终于议出了一个钓鱼之计——释放朱老三，让其继续跟董太联系，把那批走私军火钓到手再说。不过，具体操作时得考虑一个问题，即警方是否控制得了朱老三。毕竟这主儿的妻子儿女都在香港，生命安全可以说掌控在李老板以及那个台湾特务汤先生手里，朱老三考虑到这一点，显然不会真心实意配合警方。为此，刑警必须严密监控朱老三的一举一动，并且将其跟董太的接触时间压缩到最低限度。

很快，一套完整的“钓鱼方案”送到了广州市公安局局长谭政文的案头，计划分为两部分——

第一，让朱老三伪称突遭车祸受伤住院，将其控制在医院病房内。由朱老三的妹妹、并不知内情的朱七姑去给董太报信儿，告知“车祸”情况。董太得知消息后必定会去医院探望朱老三，当然不是真的关心朱，而是为了通过朱老三与下家包瘦彬搭上线。由老刑警任桂雄冒充包瘦彬在医院等候，朱老三把他介绍给董太后，“包瘦彬”就可以直接跟董太打交道了，这样，专案组就掌握了主动权。

第二，立刻对董太实施秘密监视。考虑到此项任务的重要性、特殊性，应调集足够的包括女刑警在内的便衣，并准备好自行车、摩托车、汽车等交通工具，同时对董太本人的情况进行查摸；请求上级安排情报人员对香港“大煌商行”以及李老板进行调查，弄清此次军火走私是否有政治背景；准备好合适的房屋，以便“包瘦彬”可以随时带董太去看房。

谭政文批准了这个方案，下令即刻实施。

董太的情况当晚就查清了——

这个女人本名董美雯，五十一岁，籍贯广东阳江，十七岁时嫁给广州黑白两道都沾的大佬麦黄富做了四姨太，人都唤其“董小姐”。二十八岁时麦黄富被人暗杀，董美雯倚仗与其私下有染的帮会头目富有锦的势力，争夺到部分遗产。此后她一直未嫁，却周旋于不少有钱有势的男子之间，熟人朋友改称其“董太”。抗日战争爆发，她积极参加爱国救亡运动，捐献大洋三千，此事还作为新闻上过报纸。但在日军占领广州后，她又频频与日伪头目来往。等到抗战胜利，“军统”以汉奸罪名将其拘捕，没收了大部分财产。出狱后，董美雯没了之前的那份张扬，日常生活也不再奢侈，但滋润的日子过惯了，开销还是远比寻常人要大得多。

董美雯的社会关系非常复杂，几乎每天都有应酬。广州解放后，像她这样的人，公安局自然会将其列入需要重点关注的人员名单。据派出所了解到的情况，解放一年多以来，她极少外出，登门拜访的人更是寥寥无几，连她在阳江老家的亲戚也只来过一次，而且吃了顿午饭就告辞了。专案组因此作出判断，董美雯与香港那个李老板应该是以前的老关系。

专案组的“钓鱼方案”于2月2日开始实施。那天上午八点多，朱七姑匆匆赶到荔湾区西关大义巷19号，向董太说了其兄遭遇“车祸”之事，递交了朱老三的便条。朱老三昨晚入院时，专案组为了装得逼真，让医院给其整条右腿打了石膏，朱七姑信以为真。董太是老江湖，像朱七姑这种毫无江湖经验的角色，在她面前耍花样本是很难的，但此刻朱七姑对哥哥受伤的事深信不疑，其神情语气没有丝毫做作，董太自然看不出任何破绽。

朱七姑离开后，董太立刻出门，去商店买了些礼品，叫了辆三轮车直奔医院。进了病房，询问过朱老三的伤情，她立刻把话题转到了租房的事情上。根据刑警事先的关照，朱老三说他已经请护士给包瘦彬打电话了，估计包瘦彬会来看望，继而征求董太的意见："如果包先生来了，要不要通知您过来跟他见个面？"

正说着，由老刑警任桂雄假冒的"包瘦彬"拎着礼物出现在病房门口。

七、峰回路转

"包瘦彬"和董太接上了头，情况的发展尽在专案组的估料之中。众侦查员都以为离破案已经不远了，可接下来却发生了让人意想不到的变化。

首先察觉到不对劲儿的是老刑警任桂雄，这种察觉只能说是一种直觉。在医院，朱老三把"包瘦彬"介绍给董美雯，董美雯很热情，上前跟他握手，口称"包先生"。任桂雄不想在病房过多停留，以免言多必失，因为跟朱老三没有配过台词而穿帮，便起身告辞。董美雯也跟朱老三握手告别。朱老三提议让"包瘦彬"带董太去看一下房子，董美雯马上点头说好。任桂雄自然觉得这是一个好机会，叮咛朱老三好好休养，就和董太一起离开了病房。

两人并肩走出医院，老刑警用余光从侧面观察，发现董太脸上的神情不像之前那样热情、自然，似是突然落了一层冷霜，阴沉下来了。任桂雄心里微微一颤，当时就有"是否被她察觉了"的担心，但随即，董太的脸上又阴转晴了。任桂雄心下稍安，以为是自己多虑，也没有太在意。

到了医院门口，两人分乘两辆三轮车前往专案组已经准备好的一处库房。看房子时，董太的脸色再次阴了一下。这回，任桂雄开始在意了。看完房子，董太说回头再联系，叫了辆三轮车匆匆走了。

很快，负责跟踪的便衣刑警裘泗铭反馈，董美雯没有回家，而是去了市电信局营业大厅，逗留了二十多分钟。其间裘泗铭进入大厅查看，发现她坐在长椅上，像是在等待长途电话接通，稍后，另一便衣再次入内查看，她果然在电话隔间内通话。隔间的门关着，周围环境也比较嘈杂，未能听清她在电话里说了些什么。离开电信营业厅后，董太就直接回家了。

获知上述情况，专案组长薛云倚果断下令：到电信局查询目标跟何人通了电话。

刑警丁渭君驾摩托车前往市电信局营业厅调查，得知董美雯打的是香港长途，电信局掌握的资料表明，该号码系香港“大煌商行”的电话。如此说来，董美雯这是在与商行李老板通话。具体说了些什么，目前没法儿知晓，不过，根据她之前心急火燎要跟“包瘦彬”见面，当真见了面之后热情大幅度降温的情形判断，她很有可能发现了于己方不利的情况，因而就有了给李老板打长途电话之举。

这时，上级送来了动用在港情报人员了解到的“大煌商行”以及老板李思愚的情况——

该商行成立于民国二十四年，主要经营五金、电器商品，老板原是安徽旅港商人方达邸，太平洋战争爆发后方返回内地，临走时把商行廉价转让给帮会头目李思愚经营至今。李思愚五十五岁，广东佛山人氏，少年时随父去了香港，起初在商店做学徒、在工厂当技工。民国十年，他在工厂做技工时加入帮会，多次参与械斗，吃过几年牢饭。后来，他又当过码头把头，直至最后成为老板。

李思愚的社交圈子很广，内地、港澳台、东南亚乃至美国都有他的朋友。太平洋战争爆发不久，香港沦陷，他与“军统”关系密切，为“军统”地下人员提供过帮助。抗战胜利后，至今没有其参与国民党特务活动的传闻。由李执掌经营的“大煌商行”，早在其接手伊始就从事走私活动，至今已有近十年历史，却从未被香港缉私署惩处过。经此次我方情报人员的初步调查，新中国成立后，李思愚及该商行起码有不少于二十次的走私活动，均是与内地不法分子做交易。走私的货物以内地紧俏商品为主，涉及西药、照相机、钟表、收音机、五金工具等，但并未听说他从事过军火走私。

专案组据此分析，看来朱老三之前的交代内容属实，此次军火走私活动确是由李思愚在一手操纵，至于其是否受台湾特务机关的指使，眼下尚难以判断。如果有政治背景，那根据规定，该案件就应移交政保部门接着侦查了。专案组立刻把情况向上级报告，请示往下该如何操作。等候批复期间，专案组除继续秘密监视董美雯及监控“住院”的朱老三之外，暂停其他侦查活动。

这份报告送上去之后，大伙儿寻思再过三天就是春节，批复最好是节后下来，这样也可以稍微轻松几天。不料，2 月 3 日上午十点把报告递交上去，下午两点，上边儿的批示就来了，让专案组继续侦查，尽快将该案破获。

专案组刑警随即进行案情分析。凭着老刑警的直觉，任桂雄认为他假扮包瘦彬已经被董美雯识破，她去市电信局营业厅跟香港的李老板通话，就是汇报这一情况。老任的这个意见一亮出来，自然受到众人的重视。薛、史两位组长请他再回忆一下跟董美雯接触时的细节，老任说细节已经说过了，我在想，这问题应该出在朱老三身上——不是我想推卸责任，因为董太之前还一切正常，对我热情有加，可离开病房后，态度就发生了明显变化，而我的表演跟之前并没有什么两样。董太自进入医院至回到家中，一直受到便衣的监视，未曾发现她与其他人接触，所以，这个变化的原因肯定来自病房。

大家便开始回忆朱老三跟董太见面后的一举一动，在座刑警中，当时有两人化装成病人在旁边病床上躺着，加上任桂雄一共三双眼睛盯着朱老三，都没发现他跟董太有过眼神或者肢体等暗示动作。议到这当口儿，昨天化装病人在场监视的小曹恍然大悟："我想起来了——那个女人临走时曾跟朱老三握手，肯定是朱老三通过这个接触传递了信号!"

他这一说，任桂雄也想起来了："对，董太的确跟朱老三握手了！我去医院走一趟，问问这家伙!"

薛云倚说："不必问了，这事待姓董的归案之后肯定会交代的。现在即使朱老三承认也于事无补，咱们还是另辟蹊径吧。"

有刑警提出不同意见，认为这不过是推测，万一这种推测是我们"神经过敏"呢？如果因此中断了之前的部署，那岂不误了大事！大伙儿听着也觉得有道理，两个组长对视了一眼，也不敢拍板决定放弃之前的方案，低声商量一番，薛云倚说那就双管齐下吧，一边继续执行原方案，让老任等待董太联系，同时另行寻找破案线索。

之后的五天里，专案组一直在暗查董太的社会关系，指望从中发现她是通过何人的中转完成与香港李老板的沟通的。昨天专案组到电信部门调查，发现董太在此之前从未往香港打过长途电话（当时打长途电话需要填写登记单，由接线员叫通后方能通话，如果是往境外打长途，在填登记单时须附上证件或户口簿），显然，她另有渠道与李思愚取得联系，而这个渠道很有可能是一个起着"交通员"作用的人物。当时专案组诸成员都认为这个推断比较靠谱，从2月4日到2月9日一直在查摸这条线索，直到破案后方才知道，李思愚是用普通邮政平信跟董太联系的。

一干刑警就这样度过了一个劳而无功的新年。其中最感到无聊的是任桂雄，根据专案组的决定，他天天住在包瘦彬的家里，等待可能会突然寻上门来的董太（尽管他自己认为已经不可能了），还得为自己张罗一日三餐。平时他在家可是从不进厨房的，这回也真是难为他了。幸亏派出所考虑到这一点，请居委会和邻居对老刑警多加关照，老任总算硬着头皮撑了下来。不过，事后想来，他这几天也没白待，因为闲着没事，白天黑夜考虑的都是这个案子，竟产生了一个于此案来说非常有价值的想法。

2月10日，任桂雄觉得闷得慌，遂出门溜达，在巷子里遇到奉命蹲守的便衣刑警裘泗铭，便驻步与其闲聊了几句。老任说："小裘我问你个事儿，那天董太从医院出来是你跟踪的吧？"见裘泗铭点头，他接着问，"那么，她在市电信局营业大厅里待了二十来分钟，一直都在等候接长途电话吗？"

"应该是吧……"

任桂雄一瞪眼："是就是，不是就不是，什么叫'应该是'？"

裘泗铭跟其他年轻刑警一样，见到喜摆老资格的老任有点儿憷头，他赶紧解释说："我们进去查看了两次，她都坐在长椅上等候嘛。"

老任放缓了语气："在你们没盯着她的那段时间，她会不会还打了个电话，或者发了份电报什么的？"

裘泗铭沉吟："这个……可能性不大吧？"

任桂雄冲他挥手："不跟你说了，你赶快去对面工厂打电话给老薛，把我的意思跟他说一下！"

薛云倚非常重视任桂雄的这个想法，当下叫上刑警张博虎一起去市电信局营业厅。因为有日期和具体时间，比较好查，而且董美雯是第一回受托做这种事，没有什么防范意识，电报底稿上的落款竟然用的是真名真地址。这份电报对于电信局的营业员来说也比较稀罕，竟是发到广州市区的，地址和收件人是“本市洞神坊项记石灰行项沉开”，内容是：前议已定，近日将行，敬请接待。

该电报的发送时间在董美雯与李思愚通话之后，专案组推断，李思愚之前可能曾与这个项沉开商议过将“硬货”存放于其库房之事，但又觉得存放地点不是十分适宜，打算另择他处，便指派朱老三出面张罗。原以为朱老三已经将此事办妥，不料突然发生变故，他又急于将这批货出手，于是在接到报警电话后立刻指令董太通知项沉开准备接货。

当天下午，专案组派员对洞神坊“项记石灰行”及项沉开进行了外围密查。项沉开系石灰行老板，广州本地人，五十挂零，年轻时当过海员，后上岸从事汽车司机工作，曾安家于香港，加入了当时香港势力较大的“金斧帮”——李思愚即是该帮会的中层头目。抗战胜利后，项沉开举家还乡，返回广州定居，从一个姓钟的商人手里盘下了这家两个门面前后两进的石灰行，自任老板。回粤至今已是第六个年头儿，并未听说他参加过任何党派或内地的帮会组织，在业界口碑也不错，1948年2月营造材料同业公会举行改选时，他被选为区委员。

负责调查的副组长史滔获取上述情况后，并没有到此为止。之前向邻居调查时，得知从2月4日至当天（2月10日）为止，石灰行并未进过货，而且从除夕到年初四这几天也没有营业，今天方才开门。史滔由此判断，李思愚的这批货尚未运达，于是留下两名便衣刑警，并要求派出所派出一名民警一起对石灰行进行秘密监视。

鉴于该案的侦查过程中屡屡出现曲折和意外，不止一个刑警提出，李思愚指使董美雯发这份电报是不是为转移侦查视线的虚晃一枪。薛云倚、史滔、任桂雄正讨论这种可能性时，忽然传来消息，有一条木船停在石灰行后面的临河埠岸边，正把一筐筐生石灰块往库房里抬。老刑警任桂雄马上断定：“肯定是‘硬货’。”

薛云倚下令：等对方卸货后，半路上拦截空船，拘捕船上所有人员进行讯问；与此同时，增派监控石灰行的人手，下一步如何行动，待请示上级后再作决定。

一个小时后，石灰船上的四个家伙已被押进公安局的讯问室。他们一致供称，船主韩起仁系珠江区小有名气的船行老板，拥有大小运输船只十一条，他们四人均是船行伙计。这批货是昨晚从珠江口海面上的一条机动船上接驳过来的，当时就是这么一筐一筐的石灰。他们以前也装过石灰，但分量好像比以往都要重，显然底下另有沉重物品。至于是什么，他们没敢查看。顺利接到这批货后，他们把木船驶入珠江，经过三神庙时，韩老板已经派人等在那里，让他们下午四点把货送到“项记石灰行”。

讯问结束，船行老板韩起仁、被监控的董美雯以及“住院”的朱老三同时被收监。案情上报后，公安局领导指令：出动公安部队，协助专案组起获走私军火。

当晚，军警包围了石灰行，将该行老板、伙计全部拘拿，从库房内起获了仍藏匿于四十二个竹筐内的“硬货”，计美制 M1A1 卡宾枪二十支、史密斯·威森左轮手枪三十支、分解成零件的 M1903 式步枪四十支，以及上述三种枪支的子弹合计一万五千发和 MKⅡ手榴弹五百枚。

专案组连夜讯问案犯，董美雯供认其与李思愚曾是情人关系，但已中断来往多年。最近内地政治形势渐紧，董欲移居香港，遂致函李思愚，希望他能帮忙办理。李复函说可以帮忙，但提出了交换条件，即解决一批从香港运入广州的货物的暂存事宜，因怕她泄露机密坏事，只说这是一批走私货，并未说明是军火。由于广州特殊的地理位置，走私活动一向猖獗，董美雯也并不认为这是什么大不了的事。她建议将货物存在自己家里，李思愚当然不同意，让她去租用安全可靠的库房。可是，她并没有这方面的关系，李思愚只好退而求其次，让她暂时待命，一旦需要她做什么，再另行通知。

接下来，李思愚就找到了项沉开。项沉开供述，元旦前几天，李思愚托一个赴广州办事的香港朋友捎来口信，询问是否可以在他的石灰行里临时存放一批“硬货”。帮会出身的项一听就明白是怎么回事，但他没有拒绝——因为这种事的报酬都是很高的。他按照李的要求把石灰行的位置函告后，却一直没收到回信。原以为此事到此为止了，日前却忽然收到一封电报，一看便知此事已定，就让伙计腾出库房准备堆放货物。刑警问及这批货的下家，项老板说他不知道，李思愚没有交代过货到后怎么处理，只说“暂时存放”。

船行老板韩起仁供称，他跟李思愚早在抗战后期就已相识，建立了贩运走私物资和偷渡出入境人员的固定通道，新中国成立后他们也没有收手，没想到这次却“翻船”了。

专案组把一应情况向上级报告后，市局领导专门开会讨论接下来如何处理。最理想的当然是守株待兔，等候前来取货的下家，追查这批军火的去向及用途。于是，不知内情的石灰行伙计当天就被释放，由账房先生负责，维持石灰行继续运转，并安排刑警化装成伙计埋伏于内。可是，一连多日，并无下家前来联系取货，最后只好取消行动，这个案子也就留下了遗憾。

1951 年 6 月 7 日，广州市军管会对该案进行宣判：韩起仁因长期从事走私犯罪活动，被判处无期徒刑；朱老三、董美雯、项沉开分别被判处有期徒刑二十年至九年不等。俞飞腾杀害包瘦彬一案另案处理，俞被判处死刑，立即执行。

“藏宝图” 之谜

一、女老板自尽

这是还差几天就要交小暑的一个夏日黄昏，空气中弥漫着一种雷阵雨就要来临时特有的闷热。太阳已经沉入地平线以下，最后一抹余晖给路旁白杨树的枝叶染上了一层浅红。六十多年前的山城重庆，许多马路有着明显的坡度，有的还比较陡，这条用清一色的麻石板铺就的狭窄马路就是特别陡的那种。

此处名唤下马坡，位于长江、嘉陵江的北岸，属于重庆市第二区。

几分钟后一起拦路抢劫案的受害人华锦秀，这时正从马路的东头往上走来。这是一个三十多岁的女子，穿着天青色的连衣裙，体态稍胖，在坡度较陡的这段路上从下往上行走，感觉倒像是在爬山，已经有点儿吃力了。

老天爷似乎存心要跟她过不去，说变脸就变脸，随着一声震耳欲聋的雷声，天空倏地罩上了一层黑色天鹅绒。又是几下隆隆的雷声，蓝色的闪电轻而易举地把天鹅绒撕破一道长长的缝隙，在大地上投下一片短暂的强光。在蓝光消失之后，豆大的雨点噼里啪啦地砸下来。华锦秀出门时没带雨伞，匆忙之间一边抓起肩上挂着的那个紫罗兰色的坤包遮在头上，一边快步往路边的树下跑。雨太大了，白杨树的茂密枝叶也难以挡住从天而降的雨水。而这一带路两旁都是一两米高的石坝，石坝上面才有人家，华锦秀无处可躲。正在她觉得犯难的时候，不知从哪里奔来一个跟她年岁差不多的男子，手里撑着一把直径足有一米的浅黄色油布伞，罩在了她的头顶。

华锦秀心里一喜，可是厄运随之降临。她还没来得及开口道谢，一把明晃晃的匕首已经直直地对准了她！

“拿着！”

匕首就像一个控制大脑思维的遥控开关，华锦秀顿时失去了思维能力，机械地从对方手里接过了雨伞。

对方似乎懒得开口了，把雨伞交到华锦秀手里后，就猛地扯下了她另一只里手拿着的坤包。雨还在下，那人也不走，就和华锦秀并肩站在雨伞下面。这时如果有路人经过，看到这一幕，一定以为这是一对夫妻或者情侣。

夏日的雷阵雨来得快，走得也快。强盗和华锦绣也就不过在雨伞下站了五六分钟，雨就停了。华锦秀的头脑此时已经逐渐清醒，可是，她还没想好自己应该作出什么反应时，那个男子已经朝前跨出数步，撒腿朝下坡的方向逃窜。华锦秀发现自己的坤包已经不在他手里了，而他拎着的是一个被当时老百姓称为“洋面袋”的长方形白布口袋——想来那人已经把坤包装进洋面袋了。

华锦秀眼睁睁地看着那人从视线中消失，想呼喊“捉强盗”，可这时路上并无行人，她担心强盗听见喊声会返身回来捅她一刀，于是定定神，收起那把大雨伞，继续往前走。

华锦秀此行的目的地是“金富祥饭馆”，今晚有一个名叫裴俊君的人在这家饭馆请人吃饭，她是唯一的陪客。裴俊君是华锦秀的同居男友，半个多小时前，裴俊君给她打电话说他要请人吃饭，邀她作陪，并嘱咐她从二人住处的那口皮箱里取出五十万元（旧版人民币，折合新版人民币五十元。下同），连同一本《七侠五义》一起带去饭馆。现在，钞票、小说连同她的坤包一起被强盗抢走了，饭费怎么支付？华锦秀想了想，寻思着还是先走到高处问一问“金富祥饭馆”离这儿有多远再说吧，如果离得不远，那她就先去跟裴俊君打个招呼，然后再回家取钱。

所谓的高处，其实是一块巨大的平坝，华锦秀顺着斜坡一步步走上去，待踏上平坝的路面，她发现根本不必向人打听，前面数十米处正亮着“金富祥饭馆”的灯箱招牌。

“金富祥饭馆”是一家新开张的饭店，两开间的门面，有三进，中等档次，很干净。华锦秀是个爱干净的人，如果在平时，她肯定会很喜欢这里，可是今天遭了劫，她心情不爽，进门也没有兴趣看饭店的装饰了，问清裴俊君订的包房便径直走过去。裴俊君和一个四十来岁的男子正在里面吹着电扇喝着冰镇汽水，见华锦秀进去，便指着对方向她介绍：“这是陈先生……”他注意到华锦秀神色不对，也没带以往出门不离身的那个坤包，便觉得不对头，急转话题，“锦秀你怎么啦?”

华锦秀刚张口说坤包被人抢了，里面装着从裴俊君皮箱里取的钞票和书时，裴俊君和陈先生两人便一下子从椅子上弹了起来，一个惊呼“啊”，另一个的眼睛睁得比牛眼还大，直直地瞪着她，吓得她恨不得转身逃出包房。陈先生意识到自己失态了，随即恢复正常，朝裴俊君看了一眼。裴俊君也恢复过来，询问华锦秀是怎么一回事。华锦秀刚说了说被抢劫的时间、地点和强盗的身材模样，裴俊君便拔腿往外奔，陈先生甩下了一句“华女士你先点菜”后，也跟着跑了出去。

裴、陈这一去，就没有再回来。这边华锦秀听了陈先生的话还真点了菜，并且要了一箱啤酒。可是，冷菜、热菜都上来了，啤酒也搬进来了，时间过去了一个小时，那二位却还没有回来。华锦秀又等了将近一个钟头，终于意识到裴俊君二人今晚是不会再来了，便想离开。可是，她却走不了了。那箱啤酒没有打开过，饭馆可以收回；可那些冷菜热炒，虽然没有动过一筷子，店家却是必须全价收费。华锦秀对此表示理解，可问题是此刻她身无分文，没法儿支付。于是，华锦秀就让跑堂请来老板，把情况说了说，问是否可以让她写张欠条，明天派人把饭钱送来。老板面有难色，说：“这个……这个……”华锦秀便知对方不同意。于是，又提出了另一方案：麻烦饭馆派人随她回家去取。

这个提议听起来比较合理，老板愿意考虑，便问华锦秀家住哪里。华锦秀说住在第五区铜元局那边。老板就摇头了，说你那儿是南岸，要过江的，现在是晚上，我店里生意正好，派一个伙计出去还不知几时回得来呢，这不妥，这不妥。

华锦秀本就因被抢劫加上裴俊君和陈先生一去不返而心情糟糕，眼下见老板这也不好那也不妥，顿时恼了，说你总不能把我留这儿一宿吧？说着，她突然有了主意：“这么着，我们去派出所吧，听凭派出所民警发落，我正好遭了抢劫还要报案呢。”

饭馆老板想想也只有这样了，反正派出所也不远，步行过去不过七八分钟。到了辖区的寸滩派出所，这餐饭钱就好解决了，倒不是民警同志垫付了，而是华锦秀回答民警的问话，姓名、住址、职业一说，民警进去里屋打了个电话，出来后对饭馆老板说你可以走了，这顿饭钱少不了你的，明天绝对可以送到饭馆来。至于原因，稍后下文会有交代。

老板走后，华锦秀说了说遭劫的经过，民警做了报案笔录。记完，已经快八点钟了，民警说这个案子我们会调查的，让华锦秀快回去，晚了就不方便了。华锦秀刚遭了劫，现在让她一个人回去心里还真的颇为忐忑。她期期艾艾地跟民警一说，民警也觉得犯难。于是就去向值班的副所长请示。副所长说这好办，请隔壁何木匠送她回去，让她到家后付一点儿脚力钱就是了。

就这样，华锦秀平安返回了南岸家里。当时，派出所民警也好，华锦秀自己也好，根本没有想到她留在这个世界上的时间，竟只能以小时来计算了！

华锦秀是土生土长的重庆人，她的父亲华遐敏是民国时的一个县府办事员。不过，出身富家的老华是留过洋的知识分子，思想开明，眼界也宽，所以女儿刚满八岁就让她上学了。华锦秀一直读到初中毕业，中考落榜，方才结束学业。这时，华家所处的南岸这边已经划入重庆市区，老华在市政管理处当科长，手里有些小权，不用也浪费，就通过关系给华锦秀在铜元局找了一份会计工作。这铜元局开创于清光绪二十八年，到了1930年改成了专造子弹的兵工厂，不过当地人叫惯了，仍以“铜元局”称呼。华锦秀在铜元局工作期间，结识了一个机械工程师。那人名叫李纯道，湖北汉口人，是个留英的海归。回国后被汉阳兵工厂聘为工程师，据说对步枪颇有研究。全面抗战爆发后，汉阳兵工厂内迁重庆，李纯道也跟着过来了。有段时间，他受命主持测试铜元局（当时的官方名称是“中华民国第二十一兵工厂”）制造的步枪子弹。李纯道是带着一个测试组来铜元局的，所以活儿自有那班组员干，他则待在办公室里抽烟、喝茶、看报纸，听听汇报，看看材料。办公室对面就是会计室，李纯道渐渐就跟美女会计华锦秀相识了。到他完成测试使命离开铜元局时，华锦秀已经成了他的未婚妻。

华锦秀和李纯道结婚后，不久就怀孕了，根据父母和李纯道的建议，她为保胎而辞去了在铜元局的工作，在家休养。可是，后来生下的却是一个死婴，华锦秀当场惊晕，从此不再考虑怀孕之事。这时，李纯道在铜元局附近开了一家榨油厂，华锦秀就负责工厂的财务，并帮助丈夫管理生产。榨油厂属于加工行业，赚取的利润有限，可是能够保证每月都有进项，加上李纯道在兵工厂当工程师的薪水，夫妻俩的日子过得还是蛮滋润的。可惜好景不长，到了抗战胜利的前半年，李纯道在参加一种仿美式枪械的实弹射击试验时，枪膛发生爆炸，当场殒命。

丈夫死后，华锦秀获得了一笔抚恤金，她分文不拿，托人全部捎给李纯道在武汉的父母了，她自己从此就靠着经营榨油厂过日子。不久，抗战胜利，李纯道生前的一个名叫蒋志平的结拜兄弟，得知李纯道遭遇不测，前来重庆探望其遗孀。华锦秀以前从李纯道口中听说过蒋志平，只是没有见过，谁知这次两人竟一见钟情，迅速同居。蒋志平是国民党的陆军情报军官，抗战期间一直在沦陷区做地下工作，抗战胜利后还没安排他的工作。他跟华锦秀好上了以后，干脆就留在重庆不走了，很快就在重庆警备司令部谋得了一个职位，还是干老本行——收集情报。

华锦秀与蒋志平一起过到 1949 年 3 月，蒋志平忽然失踪了，不知是给哪方干掉了呢，还是奉命撤往台湾了，反正多方打听，依然杳无音信。华锦秀的父母觉得，她一个女人，要想在没有靠山的情况下打理工厂难度颇大，而其父亲此时已经退休，无权无势，无法助其一臂之力。于是，他们就给女儿找了个对象，就是今晚在“金富祥饭馆”请客的裴俊君。

裴俊君是重庆人，经营荐头业——就是如今的职业介绍人，说起来跟华锦秀那个失踪的“丈夫”蒋志平还是朋友。华锦秀对裴俊君印象还不错，再说她一向唯父亲之命是从，也就接受了裴俊君。不过，她坚持采取与对待蒋志平一样的方针：只同居，不结婚。因为，她心里只有一个丈夫，那就是已经永远离她而去的李纯道。

华锦秀在南岸也算是一个小有名气的女人，只要提起“铜元局华小姐”，大家就知道是“纯道榨油厂”的女老板。这就是寸滩派出所警察在跟铜元局派出所通过电话后，马上认可华锦秀提出的“明天派人把饭钱送到饭馆”方案的原因。同样，华锦秀被民警指定的那个何木匠送回家后，立刻拿了一张两万元的钞票作为酬金给了对方。所以，次日何木匠听说华锦秀自杀的消息后，连说“她是个好人”，为其遭遇唏嘘不已。

新中国成立后，华锦秀还是经营着她那家榨油厂。她跟裴俊君同居时双方有过约定：各做各的生意，互不干涉，经济独立，相当于现在年轻人实行的AA制。两人同居将近两年以来，一直相敬如宾，不但没有吵过架、红过脸，互相之间连重话都没说过一句。因此，华锦秀对于裴俊君突然对她破口大骂，甚至动手殴打觉得不可思议，难以接受。

裴俊君直到后半夜两点多钟才回家，当时，华锦秀已经睡了。裴俊君进了卧室，把华锦秀唤醒，开口就责怪她路上不小心，让强盗把坤包抢了去。华锦秀听着就觉得很不爽，她原本是不想去当陪客赴那个饭局的，而且裴俊君事先也根本没跟她打过招呼。直到下午榨油厂快下班时，裴俊君才把电话打到隔壁铜元局仓库警卫室，说让她去陪同接待一下陈先生，并回家带上放在皮箱中一个信封里的五十万元钞票和那本《七侠五义》。华锦秀说她有些头痛，是否可以不去。裴俊君说这可不妥，我已经跟陈先生说过你要来的，再说我还得付饭钱呢，没那五十万元不行。华锦秀听裴俊君把话说到这份儿上，才决定去一趟。

没想到，出了点儿事裴俊君就这样不依不饶地责怪她！熟睡的华锦秀被叫醒心里已经很不爽了，这会儿听裴俊君为五十万元钱跟她喋喋不休，愈加烦了，说不就五十万元吗？我赔给你就是！说着，起床拿了五十万元给了裴俊君。裴俊君没收她的钱，说五十万元确实是一笔小钱，可问题是我受不了这口气。华锦秀说你受不了，我还受不了呢！不过这口气总是可以出的，我已经报案了，派出所警察说会进行调查的。令华锦秀没有想到的是，裴俊君听说她已经报案后，竟然开口骂骂咧咧起来。华锦秀哪里受得了这种冤枉气？当下就跟裴俊君吵了起来。裴俊君见她顶嘴，大怒，二话不说打了她两个耳光！

华锦秀自小到大从没挨过任何人的打，这下更是觉得受了奇耻大辱。她的性格内向，平常沉默寡言，吃了这等大亏只知道嘤嘤地哭泣。而裴俊君动手后，可能觉得自己做得过分了，一声不吭地回卧房休息去了。等他一觉睡到七点醒来，下楼进入客厅，不禁吓了一跳：华锦秀悬挂在屋梁上，身体已经发硬了！

这天是1951年7月3日。

二、池塘里的浮尸

当时，南岸地区属于重庆市第五区，分管这里的公安机关是重庆市公安局第五区分局，简称“五分局”。五分局接到报案后，随即派了三名刑警前往华锦秀家勘查。裴俊君发现华锦秀悬梁后，立刻出门叫人报案，自己则把大门关上，不让任何人进入。

此举给刑警勘查现场提供了方便，一番例行程序进行下来，他们初步认定华锦秀的死亡原因是上吊自尽。这个结论是从现场，包括楼上两人的卧室、书房中没有任何打斗的痕迹和死者口袋里的那封遗书等证据得出的。稍后，市局派出的法医也赶到了，经对尸体颈部索沟痕迹以及解剖检验，得出的结论跟刑警的相同。

这时，华锦秀的父母、兄弟也陆续赶到了。刑警、法医的现场工作已经结束，离开时带走了裴俊君。此举并不意味着对裴俊君有什么怀疑，而是需要他去分局进行正式调查，还要制作笔录，同时也有对其进行保护，以防其被愤怒的死者家属殴打的意思。

次日，重庆市公安局技术室对华锦秀的遗书笔迹、指纹鉴定的报告也出来了，确认遗书确是华锦秀本人亲笔，而且遗书的纸张上只有她一个人的指纹。至此，警方对于华锦秀自杀事件的最终结论也就形成了，认定华锦秀自杀是因同居男友裴俊君为五十万元遭劫的事打了她两个耳光，她一时气恼，愤而悬梁。从法律角度来说，裴俊君对华锦秀的自杀无须承担刑事责任；至于民事责任，那应根据华锦秀遗属的态度决定是否追究。

五分局在对该事件进行调查时，刑警去了接受过华锦秀报抢劫案件的寸滩派出所核实情况。寸滩派出所属于重庆市公安局二分局，分局领导对于该案引发严重后果非常恼火，下令刑警队立案侦查。刑警队人手紧，这个案子的案值又不大，所以也就只指派了一个留用刑警老储单枪匹马调查该案。

老储在调查下马坡抢劫案的时候，另一个人也在忙碌，甚至比老储忙得更起劲。这人，就是裴俊君。

华家的亲属还算是讲道理和比较斯文的。华锦秀的父亲华遐敏这时已经年近七十，虽然曾在民国政府中当过小官，但是属于技术型文职，没有参与过残害共产党人、民主人士的活动，也没有百姓向人民政府检举过他有欺压民众的恶行，而且他在新中国成立前就已经退休了，因此新政权建立初期，只根据他自己填写的登记表将其叫去谈了一次话就完事了。不过，老华自己还是很识相的，知道应该夹着尾巴做人。现在女儿出事，他对家人反复叮嘱，按照政府说的做，政府怎么说我们都必须服从。因此，警方向华家人解释了裴俊君不必承担刑事责任的原因后，他们也就认了；至于民事责任，他们也放弃追究了。

老华只对裴俊君说了一个字，那个字是从胸腔深处吼出来的——

“滚!”

这样，裴俊君算是逃过了一劫。不过，此刻就是华家教训他一顿的话，他也无所谓，因为他的心里是一心一意要把那个强盗找到，跟其清算间接杀害华锦秀之罪的。

裴俊君要寻找那个强盗，还是具有一定能力的。裴俊君以前做中药材生意时，因为经常要跑三关六码头，有时甚至要去青海、西藏，为了安全的考虑，他必须得寻找靠山。在旧时的四川民间，最牢的靠山就是帮会，最大的帮会就是袍哥。所以，裴俊君早在抗战前就已经参加了袍哥组织，四川人称为“操袍哥”。不过，裴俊君的本意不过是找个靠山，所以“组织上”通知他需要出钱的时候他很主动，让他出力的时候他就推三托四了。因为，他做生意也是需要时间的，时间就是金钱这观念早在抗战前就已经深深刻在裴俊君的脑子里了。如此一直到抗战胜利后，裴俊君改行经营荐头店了，他跟袍哥组织渐渐就疏远了。这倒也好，新中国成立后，公安局的帮会成员名单上根本没有出现“裴俊君”这个名字。

裴俊君虽然不操袍哥了，但并不等于他跟袍哥的弟兄就形同陌路了。他跟以前的一些袍哥分子还是偶有交往的，逢年过节吃个饭，平时听说谁遭了事儿手头短缺的，也会慷慨解囊。在江湖上，这叫“人情留一线，日后好相见”。现在，他裴俊君摊上事儿了，就需要原袍哥中的朋友伸手相助了。这几天，裴俊君一直在外面四处奔波，寻找那班已有一段时间没联系的袍哥朋友。之所以要用“寻找”这个词，是因为这段时间正值声势浩大的“镇压反革命运动”，他那些哥们儿被捕的被捕，失踪的失踪，很不好找。有时好不容易找到一个两个，也是公安局正在寻找的对象，他们哪里还敢出面替裴俊君去查访强盗？

以上裴俊君的经历，是7月7日他在重庆第二区铁马街遇到一个朋友时告诉对方的，然后裴俊君自己也失踪了。过了一天，7月8日下午两点多，有人在第二区观音桥的一个池塘里发现一具浮尸。重庆市公安局二分局接到群众报案，派出刑警到现场把尸体打捞起来，根据其口袋里做生意的票据、信封等物调查后确认，死者正是裴俊君！

二分局刑侦队对裴俊君其名已有印象。华锦秀因遭遇抢劫引发与同居男子裴俊君的口角自杀之后，二分局这边自然是要对这起案值不算大，但后果很严重的抢劫案予以重视的，刑侦队每天上午的例会上都要把该案说一说，要求刑警们在调查各自分管的案子时顺便对该抢劫案件留一份心，如有线索就报刑侦队采取措施。现在，强盗的线索还没有发现，华锦秀的同居男友裴俊君的尸体却在池塘里浮起来了！

重庆市公安局根据二分局的请求，立刻指派法医前往观音桥现场对尸体进行解剖检验，得出结论：死者是被人毒死后抛尸池塘的。法医认为，死者的死亡时间大致是在前一天，即7月7日晚上八点至十点之间，从其胃内尚未消化的食物来看，被害前他曾吃了一餐有牛肉、鸡鸭和鱼等荤菜的晚餐，还喝了酒精度较高的白酒。死者尸体的外表并无伤痕，脸部神情也呈平静的状态，由此可以推断其死亡时并未感受到什么痛苦，似乎是在醉酒的昏沉状态下死亡的。所以，可以初步认定，死者服下的是一种通过麻醉神经导致心脏停止搏动的毒药，很有可能是混在白酒中喝下的。

1951年时公安刑警的技术水平还很低，刑警队伍中别说什么博士、专家了，就是持有大学——哪怕是跟刑侦专业没有关系的大学毕业文凭的人也可以用“凤毛麟角”来形容。因此，现场一个只念过三年小学、从部队转业的年轻刑警向法医提出质疑也属正常。这个刑警其实是那种肯动脑筋的年轻人，他对法医关于“死者是被人下毒杀害后抛尸池塘”的说法感到不解，提出质疑说：死者是否有可能在服下毒药后自己走到池塘边上投水自尽?

这个法医是从上海市公安局调到西南公安部又分配到重庆市公安局的，是个留用的老法医。面对质疑，他是先检讨后解释，检讨自己未能把情况说清楚，解释是：如果被害人是在服毒后自己投水的，那么不论他服下的毒药怎么厉害，投水之前他是应该有呼吸的，所以肺里也应该吸入了水。可是，这个死者的肺内没有水，就说明他在落入池塘之前就已经停止呼吸了。

二分局领导当即决定组建五人专案组对该案进行侦查，刑侦队长金必旺出任专案组长，四个组员分别是储兴德、陶大根、章凤翔、马疾，其中的章凤翔，就是那个向法医提出质疑的年轻刑警。

当天晚上，专案组就开会分析案情。出于刑侦职业的敏感，五个刑警都对裴俊君在华锦秀死后没几天遇害感到蹊跷，但一时又不知道两个案子的联系在哪里。当时，刑警们还不知道裴俊君这几天正在联系袍哥分子，企图查访那个抢劫华锦秀的强盗，专案组只能就案论案，从裴俊君被害的情况进行分析：法医认定裴俊君是中毒身亡，那专案组的调查方向就是他是被何人下的毒。法医认为裴俊君所服的毒药很有可能是连同白酒一起进入体内的，那就循着这个方向去调查——死者生前的最后一顿晚餐是跟谁吃的？在哪里吃的？

议到这里，金必旺忽然想起了一个问题，立刻去隔壁屋里给法医打电话询问。问毕返回会议室，他脸上的神情似乎比刚才轻松了些。原来，金必旺想到死者胃里有尚未消化的牛肉、鸡鸭和鱼等荤菜时，心里忽有所动，就打电话向法医请教：死者胃里的食物残渣中是否有辣椒、花椒之类重庆人每餐必吃的调料。法医说死者生前是否食入花椒还说不准，不过辣椒、辣椒酱肯定没有，因为那是红色的，就是嚼碎了也还是红色，应该一目了然，可是解剖时没有发现红色残渣。于是，金必旺就形成了一个观点：裴俊君的最后一顿晚餐，应该是在外面的饭馆吃的，因为如果是在家里吃的话，像裴俊君这样土生土长的山城人，不可能不吃辣。而且，裴俊君吃饭的这家饭馆应该是下江人（旧时重庆人对湖北、江西、安徽、江苏、上海诸地人的统称，意思是长江下游）开的，专门经营不放辣椒、花椒的菜肴，应该是淮扬菜或者沪菜。

这样，专案组就有了调查方向：全重庆市也没几家这样的饭馆，盯着这条线索调查，很快就可以查到裴俊君最后一顿晚餐的进餐地点。

不过，次日专案组还没有开始行动，就获悉了裴俊君最后一顿晚餐的地点。这个情况就是前面提到的裴俊君 7 月 7 日下午在铁马街遇到的那个朋友主动来二分局反映的。这个人名叫窦雄生，是裴俊君以前的老邻居，也是小学同学，现是个南货店老板。前天下午，窦雄生去铁马街参加南货行业同业公会会议，散会后，正巧在街头遇见裴俊君。两人已有半年多没有见过面了，便在路边一处茶棚内坐下喝了几杯茶。窦雄生听裴俊君诉说了他最近的事儿，才知道华锦秀遇劫自杀之事。裴俊君说他这几天正在托原来操袍哥时的那些朋友帮他查摸那个强盗，查到了就立刻报公安局抓人惩办，也算是替华锦秀报仇。裴俊君说他今天来铁马街就是为了跟原袍哥一个“公口”（即“堂口”，袍哥组织的称谓）的一位“红旗管事”柳五爷见面，托他查访此事。他还告诉窦雄生他请柳五爷在一家名叫“鸿洲馆”的广东饭馆吃饭。窦雄生说此事兄弟我也义不容辞，老兄你可能不知道，兄弟我也操过袍哥，还在“公口”里做过“黑旗管事”，我也替你打听，一有消息，马上通知你。裴俊君听了大喜，当时就告诉了窦雄生他在南岸第五区的住址。

四川地区的袍哥都是横向的组织结构，即一个地方有数个、数十甚至数百个“公口”（如重庆、成都等地袍哥最盛时就有三百多个“公口”），互相之间没有层级关系。每个“公口”的组成人员分为十排，但四排和七排按规矩是不设的。头排首脑人物称为“大爷”（又叫“舵把子”），大爷中除了“龙头大爷”或“坐堂大爷”之外，还有专司赏罚的“执法大爷”，另处还有些不管事的“闲大爷”——相当于名誉职务。二排是一个人，称为“圣贤二爷”，这是大家推举出来的人，正直、重义守信，隐喻桃园结义的“关圣人”，但这个人一般是在组织中不起作用的老好人（“圣贤”与“剩闲”谐音）。三排中有一位“当家三爷”，专管内部人事和财务收支，尤其在开“香堂”时，负责安排规划各类事务，这是组织的核心人物。五排称“管事五爷”，分“内管事”、“红旗管事”、“帮办管事”、“闲管事”。“内管事”即“黑旗管事”，必须熟悉袍哥中的礼节、江湖术语，办会时，由他掌管礼仪，唱名排坐、传达“舵把子”的吩咐。“红旗管事”专管外交，负责接待三山五岳、南北哥弟，在联络交往中，要做到来有接，去有送，任务相当复杂。袍哥中有两句流行语：“内事不明问当家，外事不明问管事”。五排以下，还有六排的“巡风六爷”，在办会期间或开“香堂”时，他专司放哨巡风，侦查官府动静，负通风报信的专责。八排、九排的人，平时专给组织中各位拜兄跑腿办杂事，一到开设“香堂”的会期，他们最为忙碌，听从“当家三爷”的支配提调，整个组织就靠这些人上跑下跳。十排又称“老幺”，老幺还要分“大老幺”、“小老幺”（即大爷、三爷的儿子，又称“凤尾老幺”）。从一排起到十排止，总称为“一条龙”。

窦雄生干过一任“黑旗管事”，为此新中国成立后还去公安局作了登记。本来他是不想再跟原袍哥中的那班朋友交往了，因为登记时公安人员也告诫过他。现在，为了裴俊君的事儿，他也就顾不得这些了。他那“黑旗管事”的威望尚有余存，也就用了一天，就搞到了一份活跃在第二区的盗贼名单。今天一早，窦雄生兴冲冲去了南岸想把名单交给裴俊君。可是，到那里一看，门上竟然贴着二分局的封条——那是昨天二分局刑警队前往裴俊君住所查看后贴的。他问了邻居，得知裴俊君竟然已经死了，听说还是被人害死的。窦雄生一惊，觉得此事非同小可，寻思这事别跟昨晚裴俊君约见的那位“红旗管事”柳五爷有关吧？于是，立刻跑到二分局来了。

当下，金必旺听窦雄生如此这般一说，大喜，立刻下令传唤那个姓柳的“红旗管事”。

三、藏宝图的传说

“红旗管事”柳五爷是个四十多岁的中年男子，精瘦，估计原是个鸦片鬼。金必旺跟他一打照面，嘿，这张脸似曾相识！他在脑子里一搜索，想起自己曾经找此人外调过。柳五爷呢，到底是袍哥中主管外交的“红旗管事”，马上认出金必旺来，亲热地叫着“金队长”，伸手到口袋里掏烟。金必旺抢先掏出自己的烟递给对方，说老柳啊，怎么这么巧，上次找你聊别人的事儿，这回怕是要聊你自己的事儿了。

柳五爷不慌不忙地开腔说："金队长，这回还是聊别人的事儿呀，我知道您找我是为裴俊君的事，听说他死了，还听说他死前的最后一顿晚饭就是和我在铁马街'鸿洲馆'一起吃的，所以你们就怀疑我了，是吗?"一边说着，一边划火柴给金必旺点烟，然后又点燃了自己叼着的烟。金必旺说我很欣赏柳五爷的这份坦率直白，那我就不问了，你自个儿说说是怎么回事吧。

柳五爷说，裴俊君原是他当"红旗管事"的那个袍哥"公口"的弟兄，是九排那一档里的，办事不大积极，不过让他掏钱倒很爽快，所以"公口"上层那几位爷对他印象还算不错。而柳五爷呢，因为当着"红旗管事"，管对外交际的，难免要跟各方人士打打交道，有时有事儿就会去找江湖上人头比较熟的裴俊君帮忙，所以，两人也算是关系比较贴近的朋友。这次，裴俊君在外面东奔西走要找人替他打听那个在下马坡抢劫华锦秀的强盗。7 月 6 日，裴俊君托人给他捎话，说次日在铁马街"鸿洲馆"请五爷吃饭，务请赏脸光临。柳五爷料想必为此事，寻思捉强盗也是桩好事，人民政府也支持，能帮得上忙就帮吧，于是就一口答应了。7 日下午五点半，柳五爷准时前往"鸿洲馆"，一起过去的还有那个捎话的老曹和另一朋友老刘，他们都是一个"公口"的弟兄，跟裴俊君关系很好。

裴俊君之所以选择在不供应辣菜的广帮菜馆子请客，完全是考虑到柳五爷的饮食口味。正如金必旺所估料的，柳五爷是瘾君子，还是个"老枪"，新中国成立后禁烟，戒是戒掉了，却患上了严重的哮喘病。医生关照不能沾辣，饮食要清淡，从此他就只能与自小就吃惯了的辣椒、花椒绝缘了。裴俊君知道他的这个情况，所以就在"鸿洲馆"请客。席间，裴俊君说了访查强盗之事，柳五爷答应替他留心。裴俊君很着急，说五爷这事儿要快，我这几天报仇心切，晚上觉都睡不好，您看我脸都瘦了一圈儿了吧，就是为这事儿恨的、急的！说着，裴俊君掏出一沓钞票，说五爷这事给您添麻烦了，这是一点儿车马钱，您先花着，不够回头我再给您送府上去，事儿办完了，我另有酬金奉上。

柳五爷接受委托后，昨天刚刚开始打听，还没得到回音，就传来了裴俊君浮尸观音桥池塘的消息！

刑警向柳五爷详细询问了7日晚餐时的情况，听下来并无可疑迹象，而且，所有的菜肴在场的四个人都吃了，酒呢，柳五爷因病不沾，可是曹、刘二位都是喝了的，他们三人喝了一瓶白酒。

饭后，裴俊君付了账，四人一起离开“鸿洲馆”。出门没走多久，对面路边有人喊“老裴”。裴俊君应声驻步，转脸一看，就应了声，好像也是“老”什么，应该是对方的姓氏，然后又回身对柳五爷说要跟朋友说会儿话，这事就拜托五爷了，多谢！说罢就穿过马路去跟那人说话了。柳五爷记得那人是个瘦高个子，大约四十来岁的样子，穿着白色短袖衬衫和黑色绸质长裤。柳、刘、曹三人站在马路这一侧目送着裴俊君穿过马路跟那人说上话后，方才离开。

金必旺问柳五爷：“之后你们去哪里了？”柳五爷答称三人结伴一起走到前面的路口就分手了，他径自回家，在家住的巷口被人叫住下了两盘象棋，回家后洗了澡，然后坐在门口纳凉，跟一干邻居摆龙门阵到午夜过后方才歇息。至于老刘、老曹后来去了哪里，他就不清楚了。

金必旺让柳五爷暂留分局，派刑警储兴德前往其居住地找他说的那几个下棋和摆龙门阵的邻居核实；又让陶大根、章凤翔去传唤刘、曹二人来分局接受调查。

一番调查进行下来，证实柳五爷所言内容属实。老刘、老曹二人与柳五爷分手后各自回家了，而且回家后当晚并未离开过，都有多名证人予以证实。刑警另外获得一个有些模糊的信息：据老刘、老曹说，他们听见裴俊君称叫住他的那个瘦高个子为“老陈”。

根据法医对裴俊君死亡时间的推断，裴俊君被害应该是在跟柳五爷三人分手后。因此，追查“老陈”的下落就成了专案组接下来要做的最重要的事。

专案组对情况进行分析，刑警马疾提出一个观点：如果是那个“老陈”对裴俊君下的毒，由于法医已经明确是在死者胃中检验出毒药成分，因此凶手的下毒方式只能是把毒药混在液体中让裴俊君喝下，而不可能是混在香烟中致其中毒的——抽烟吸入的毒素不可能进入胃部。这样一来，凶手就必须具备一个作案条件，即要能和裴俊君坐下喝点儿什么，只有这样，他才能把毒药混在液体里让裴俊君喝下。而从那个“老陈”的穿着来看，应该不住在铁马街这一带，因为大热天的，如果他就在家门口溜达，尽可以穿得随便些，大裤衩、无领无袖衫，甚至光膀子的人还不是满大街都是？所以说，如果他不住在附近，就不可能把裴俊君带到家里去喝茶，只能把裴俊君带到附近适宜于喝茶、咖啡、汽水等饮料的场所，当然，也不能排除进某个馆子喝点儿啤酒的可能性。

马疾的这个观点不被储兴德、陶大根、章凤翔三人所认同，原因是裴俊君被害后，还有一个抛尸池塘的问题。这绝非可以在公共场合进行的。因此，那个“老陈”肯定是把裴俊君带到了一个既可以喝东西，又适合隐藏尸体、方便抛尸的隐秘场所。一般说来，这个场所只能是“老陈”事先准备好的一个窝点。考虑到抛尸方便，这个窝点应该在浮尸池塘附近。而裴俊君约柳五爷他们喝酒的“鸿洲馆”就在观音桥附近的铁马街，因此，凶手的窝点也应该在铁马街附近。

专案组长金必旺赞同后一种观点，于是，就决定对以铁马街为中心的方圆一公里的居民进行调查，希望能够发现相关线索。

调查一连进行了三天，专案组五名刑警在观音桥派出所、居委会的配合下对划定的调查范围进行反复查摸，却未能查到任何线索。

7月12日晚上，专案组刑警在分局院子里开了个“纳凉案情分析会”。金必旺既是刑侦队长又是专案组组长，两头工作都要过问，折腾得虚火上升，牙痛发作，说话很不利索，所以尽可能不说话，听专案组其他四人发言。讨论了一阵，大家都意识到他们所面临的这个案子有些诡秘，凶手似乎并不按照常规思路出牌。这种情况通常只有在两种犯罪分子身上才会出现，一是精通反侦查路数的高手，知道刑警会怎样调查案件，所以故意制造反常规的现象以混淆警方视线；二是对什么侦查、反侦查都不懂，只是按照自己的思路随意去做，而他搞的那一套恰恰正是高明的反侦查动作。

这样，大家就只好从另一角度来考虑侦查方向了：裴俊君的死会不会跟7月2日在下马坡抢劫华锦秀坤包的那个强盗有关？裴俊君死前那几天不是在四处奔波扬言要追查强盗吗？那强盗可能听到了风声，而且感觉到危险正在朝自己逼近。他所作的这个案子案值虽然很小，可是如果让警方掌握情况的话，一副铐子是肯定逃不了的。而且更有可能的是，这人另有足够掉脑袋的隐罪，是一名逃犯，一旦落到警方手里，没准儿顺藤摸瓜就把他的脑袋瓜给摸掉了。因此，他会把裴俊君追查其行踪之事提高到关系生死存亡的程度来衡量。而为逃避其追查，只有先下手为强干掉对方。

刑警于是想起了窦雄生曾对专案组说过，他应裴俊君的要求弄到了一份第二区强盗的名单，次日便去找到窦雄生，把那份名单拿了过来。

这份名单上共有三十二名最近干过抢劫活儿的疑似案犯的姓名，部分姓名后面还有地址。之所以说是“疑似”，是因为窦雄生是用道听途说的方式获取这些名字的，其中肯定有不实之词甚至大多数信息都可能是不靠谱的。金必旺是二分局刑侦队长，他手头掌握的最近本区有作刑案嫌疑的名单中，也有抢劫犯罪嫌疑人，与窦雄生这份名单有很大出入。不过，大家认为窦雄生提供的这份名单还是有若干参考价值的，先挑选几个比较靠谱的对象调查吧。

这种调查属于外围查摸，不查别的，先查是否确有其人、体态外貌如何。查到后，再对照7月2日晚上华锦秀报案时留下的对抢劫犯外形的陈述，看是否有相符合的。如果不符合，哪怕对方确实是作过抢劫案的强盗，眼下专案组也不会感兴趣。

这样一番筛选下来，包括刑警队自己掌握的那份名单，共发现有七个人跟华锦秀报案时描述的劫犯外貌相像。于是，专案组用了两天时间把这七名家伙一一找到，带进了分局。可是，讯问一圈下来，七人均与下马坡抢劫案无关，跟裴俊君凶杀案更不沾边了。

这下，一干刑警简直傻了！储、陶、章、马四个人大眼瞪小眼地看着金必旺，金必旺一脸苦笑，说："同志们都看着我干吗？我脸上又没写着线索。"

下马坡抢劫案发生的第十四天——7月16日，专案组刑警从市局每天编印下发的《敌情通报》上读到一条信息：本地那些跟犯罪沾边儿的家伙中间——即所谓的"江湖上"——最近流传着一个传言，说有一份清朝末年缙云山"一点红"留下的藏宝图近日在重庆出现，由一小毛贼偶然所得，江湖上许多有些名气的人士都在打探该图的下落。

金必旺当时还没有把这个信息跟专案组正在承办的案件联系起来，纯粹是出于好奇，问道："老储，这'一点红'是何许角色啊？"

储兴德这年五十出头，是二分局刑警队年岁最大的刑警，也是二分局留用警察中年龄最大的一个。他干刑警已经三十三年了，对山城旧时江湖情况了如指掌。他告诉大伙儿，"一点红"的本名叫何三剑，原是清朝军队的一名未入流百长，所谓"未入流"，就是算不上品秩的最低级别的军官。后来，何三剑跟顶头上司彭把总发生了矛盾，一怒之下杀了彭把总，遁身江湖，最后在缙云山绍龙观当了一名道士。这是个不肯安生过日子的家伙，道士当了没几年，就因违反道规而被驱逐出观。于是，他就仗着一身武功，拉杆子起山头，江湖上叫号“一点红”——这绰号据说来源于何三剑的独门暗器六棱钉，那上面是淬着毒药的，估计那毒药含有强烈的抗凝血成分，人挨一下就出血不止，不一定丧命，但肯定会因失血过多大伤元气，又因创口难愈而发炎溃疡，痛苦不已，因而终生难忘。

“一点红”匪帮人数不满百，影响却很大。“一点红”采取的策略是以缙云山为根据地，严格奉行“兔子不吃窝边草”原则，与当地百姓、寺观僧道、官府保持着良好关系，不但从不损害当地利益，还对冒犯当地利益的其他黑道人士采取措施，号称“护一方平安”。他们的绑票、打劫通常都是长途奔袭，百里打底，也就是说方圆百里之内是不作案的。其作案手法并不拘泥于绑票、抢劫，有时还会盗窃、诈骗，甚至是做生意。只是，如若生意做得不顺看着要赔本了，就露出狐狸尾巴动刀动枪了。据说，“一点红”最远的一次作案竟然去了拉萨，由其亲自带队，把一座寺庙里的一尊尺余高的纯金菩萨偷回了重庆。

进入民国后，“一点红”匪帮开始交厄运了，政府军频频进剿，缙云山并非天险，于是败仗连连。民国三年，“一点红”匪帮终于被彻底剿灭。“一点红”本人被官军追逼至缙云山海拔一千零五十米的玉尖峰峰顶，两支枪的子弹打尽后，他把随身皮挎包里的东西一样样抛入深谷，然后把一个六棱毒钉拍入自己的腹部，跳崖而亡。当时，追捕的官军进入深谷去寻找“一点红”的尸体和他扔掉的物品，尸体和部分物品找到了，却没找到那张传说中的藏宝图。

自此，江湖上关于“一点红”藏宝图的传说不断，近四十年间，说得有头有尾的藏宝图重见天日的传闻至少已有九次，为此还发生过多次帮会、黑道人物之间互相残杀的事件。据说抗战期间国民政府迁都重庆时，戴笠执掌的“军统”还曾组建过工作组专门调查过“一点红”藏宝图的下落，最后仍是毫无结果，不了了之。

当下，金必旺等刑警听储兴德如此这般一说，也就只是当故事听。他们根本不可能没理由地把藏宝图传说跟他们正在承办的专案联系起来，直到当天傍晚金必旺遇到了一个人……

四、武林名宿“九阵风”

金必旺遇到的这位，自1945年抗战胜利以来在重庆的“道上”是有点儿小名气的。这位兄弟名叫唐显扬，涪陵人氏，二十六岁。唐显扬是乞丐出身，旧时的乞丐，如果想靠行乞谋生是不可能的，得另外找点儿副业干干，比如偷窃、抢夺、行骗之类。唐显扬七岁开始行乞，几年下来对于此类“副业”的活儿已经熟稔于胸。渐渐地他发现“副业”比行乞收入高得多，有时干一票就能逍遥一个月，于是就考虑转行。转行后不久，他就发现涪陵这个舞台对于他来说显得太小了，就逆江而上来到重庆。

唐显扬还记得，他抵达重庆的这天正好是日本投降的消息传到山城的当天，从当天晚上开始一直到之后的两三天里，整个城市从高层权贵到底层百姓全都在狂欢。所有人——包括警察在内——心绪都变得特别欢畅，连平时锱铢必较的商家也变得大方起来，出售的商品打折一直打到成本价位，甚至还有免费请客的。这种状况无疑给唐显扬提供了施展“技艺”的最佳机会。他混杂于游行人群中，频频扒窃，屡屡得手。也有偶然失误让人觉察的，不过也没人跟他计较，连警察也是睁一眼闭一眼的，甚至还有个女大学生在察觉他扒窃后，干脆从钱包里掏出几张钞票送给他。

就这样，唐显扬在初抵重庆三天内的收入竟然使他有了开一家半个门面的烟纸店的本钱。他开店后，随即寻找靠山。最好的途径是操袍哥，不过袍哥的组织中有些莫名其妙的规定。比如，被认为从事下等职业的娼妓、烧水烟、修足、搽背、理发、男艺人演女角等，都不能参加袍哥，还有搞盗窃的，妻子乱搞男女关系的，母亲再嫁的，也都遭到鄙视，不能参加袍哥。但是，公然抢劫财货的土匪流氓，却又可以参加。因此，像唐显扬这样的人是不能操袍哥的。不过，这难不倒唐显扬，不能操袍哥，他就找了一个比袍哥还可靠的对象投靠——警察局。他成了警察局刑警大队的耳目、眼线。

从 1945 年底到 1949 年初冬山城解放，唐显扬为国民党警察局刑侦大队效力四年，他向刑警提供的情报，使国民党警方破获了上百起刑事案件，其中不乏大案要案。唐显扬这样做的好处，一是可以直接获得警方的奖金，二是包括袍哥在内的各方势力都不敢得罪他，三是他有时技痒难熬下手作案也无人追究，四是黑道上的那些小混混儿不得不向他奉上“孝敬钱”。新中国成立后，共产党接管了旧警察局，也接管了像唐显扬这样的耳目、眼线。由于唐显扬在这方面干得比较出色，公安局领导决定由刑侦队长金必旺直接掌握他这条线。一年多来，唐显扬向金必旺提供了许多线索，其效率在耳目眼线中名列前茅。

7 月 16 日傍晚，金必旺在二分局附近的一家面馆前遇到了唐显扬。唐显扬对他说：“金队长，有桩事儿不知您是否有兴趣听一听？”金必旺说小唐你要说的事儿我都有兴趣听的。唐显扬所说的事儿是关于最近重庆“道上”所传言的“一点红”藏宝图的，他告诉金必旺说这回的传说并非像以前那样属于空穴来风，而是真有其事，有人已经看到过那张图纸了。据说，藏宝图是一个“雏儿”在第二区寸滩那边的下马坡打劫时获得的。

金必旺一听“下马坡”三字，顿时一个激灵，一指面馆隔壁的冷饮店：“里面坐着说!”

两人进了店堂落座，金必旺给唐显扬要了一个冰激凌，自己舍不得破费，只要了一杯冰水，一口口呷着听唐显扬说情况——那个“雏儿”劫得藏宝图后，因为不识货，也就没当一回事，去了一家面店吃面，他拿着藏宝图左看右瞧不得要领。这时，正好让两个进店吃面的“道上”人看见，其中一位是识货的，当下便怀疑这就是江湖上传说了多年的藏宝图，于是就跟“雏儿”搭讪，最后以一百万元的价格把那张图买了下来。这张图，现在据说已经转让给一个诨号“九阵风”的人。“九阵风”跟唐显扬的一位叫恽民辉的结拜兄弟交往比较密切，他把藏宝图买到手后，看不懂，就请恽民辉协助解读。今天下午唐显扬遇到恽民辉时，得知他尚未弄清楚该图的含义，但是，他们对于这是一张藏宝图毫不怀疑。

金必旺返回分局后随即召集专案组成员开会。大家一议，都认为唐显扬所说的那个“雏儿”所作的那起抢劫案，受害人十有八九就是华锦秀。这样，情况就发生了变化，变得既有清晰的指向又显得更加模糊。清晰的是，看来裴俊君那天让华锦秀从同居住所送往“金富祥饭馆”的并不仅仅是五十万元钞票和一册《七侠五义》，而且还有一张被认为是藏宝图的图纸。这样就可以解释裴俊君为何为了区区五十万元钱就跟一向相敬如宾的华锦秀大发雷霆甚至动手了。模糊的是，这张藏宝图跟已经被害的裴俊君究竟是什么关系？他被害的原因是不是因为丢失了藏宝图？又是什么人对他下的索命毒手？

议到这里，金必旺脑子里忽然电光石火般地闪过一个念头：7月7

日柳五爷三人跟裴俊君在“鸿洲馆”吃过晚饭出来后，那个在路边叫住裴俊君的男子，跟7月2日华锦秀被抢那天在“金富祥饭馆”与裴俊君吃饭的那个男子是否同一个人？

金必旺立刻指派刑警马疾、章风翔前往“金富祥饭馆”向老板、伙计查询。“金富祥饭馆”方面所提供的关于7月2日跟裴俊君一起用餐的那个男子的年龄、外形，与柳五爷三人所说的那个唤住裴俊君的“老陈”相符。

如此，情况就清楚了，从法医检验结论来看，裴俊君应该是在从“鸿洲馆”吃过晚餐后不长的时间里被人下毒的，从时间推算，下毒者应该就是那个唤住裴俊君的瘦高男子，这个男子因为那张藏宝图跟裴俊君有着利益相关的关系。因此，裴俊君在华锦秀丢失藏宝图后，会由一个平日里彬彬有礼的君子摇身一变成为实施家暴的莽汉。之后数日里他发疯似的四处奔波，扬言要为自杀的华锦秀复仇而寻找那个强盗，其实并非真为报仇，而是为找回那张丢失的藏宝图。原本准备在下马坡“金富祥饭馆”从裴俊君手里获取藏宝图的那个瘦高个子，那几天里显然不断地催逼裴俊君。最后，他终于失去了耐心，或者对裴俊君所谓丢失藏宝图之说产生了怀疑，于是就决定以剥夺裴俊君性命的方式来与他了结这段关系。

专案组对下一步如何行动进行了研究，最后决定先查到那张藏宝图后再作计议。

7月17日，刑警通过唐显扬的朋友恽民辉约见了“九阵风”。

“九阵风”的大名叫闵清潮，是石柱人氏，苗族人，五十开外。这人是个武林高手，其祖上早在明朝就已是朝廷的武官，武艺代代相传，传到闵清潮手里据说已经大打折扣，可即使如此，他的拳脚、器械功夫也颇为了得，施展开时，疾如闪电，令人眼花缭乱，而且那种进攻是一波紧连着一波的，一共有九轮，所以江湖上给他起了个诨号“九阵风”。这人是个亦黑亦白之辈，不过他没操袍哥，也没参加或者自己组建过什么帮会组织，只是开了家武馆，据说二十年来教出的徒子徒孙已经遍及全省，湖北、陕西也有。由于名气大，所以他的武馆就成了各方都要关注的一个江湖码头，川中各“公口”的袍哥、其他帮会，以及小偷强盗、地痞流氓、警探便衣，甚至“军统”特务，还有中共地下党、民主人士，都跟“九阵风”结交，各有所需。这样，新中国成立后查查“九阵风”的历史，好事歹事都做了不少，不过，他并未直接参与政治、刑事方面的犯罪活动，也不是任何政党、团体、帮会的成员，所以审查下来的结论是功大于过，免予处罚，还让他继续经营武馆。

新中国成立后，武馆虽然还可以运作，不过花钱学武的人大为减少，“九阵风”的收入直线下降，他要养家糊口，自然要考虑创收问题。7月5日，“九阵风”偶然间听一个练武的徒弟说起有人买到了一张藏宝图。像“九阵风”这样的老江湖，自然是知道“一点红”藏宝图之说的，心里一动，寻思着如果把藏宝图弄到手，破解出藏宝之秘，那岂不是能发大大一笔财吗？于是，他就开始四处打听。

像“九阵风”这样的武林名宿根基深，人脉广，也就只花了一天时间，就打听到了藏宝图的下落——是一个名叫周醒悟的石材商从一个操着外地口音的“雏儿”手里花了一百万元买下来的。巧得很，这个周醒悟以及他家爷老子周志鹏的两条性命都是“九阵风”救下来的。那是十年前，周家父子为生意上的事得罪了重庆警备司令部侦缉大队，一个姓关的中队长要抓他，扬言说逮住了就送渣滓洞。周氏父子吓得魂不附体，逃亡在外，惶惶不可终日。他们寻思这样下去何时才是尽头呢？于是就托人辗转找了“九阵风”，请闵爷从中斡旋。“九阵风”找人一打听，那个中队长是他一个弟子的结拜兄弟，就让徒弟请关队长吃了顿饭，说了说。姓关的自然要买这份面子，答应不再追究周家父子。当然，周家父子必须得破费若干。

现在，“九阵风”得知原来藏宝图是周醒悟买下的，寻思这好办，就派了一名弟子前往捎话，说闵爷听说你得了一张什么图，想见识见识，开开眼界。周醒悟听了，立刻带上藏宝图来见“九阵风”。一见面，行了礼，便把一个扁扁的医用铝盒双手奉上，说闵爷您要的图就在这里面。

“九阵风”把铝盒放在一旁，也不打开看一眼，就问对方这物件的来源。听完后，点了点头。周醒悟便知道老爷子喜欢这张图，而他呢，打自 7 月 3 日把这张图买到手后，已经研究了多日，反反复复看下来也琢磨不透是怎么回事，寻思看来自己跟这份财富无缘。当下见“九阵风”喜欢，而十年前老爷子救了他们父子后拒绝酬谢，那份大恩至今未曾报答，现在何不借机还了这份人情？再说，以“九阵风”在江湖上的名气，如果他破解了藏宝图找到了“一点红”藏匿的财宝，那肯定会分一份给自己的。这样想着，周醒悟就开口道：“这是小辈随手买下的，也看不懂上面是些什么，闵爷您有兴趣就把它留下，闲时琢磨琢磨权当解闷儿。”

“九阵风”也不客气，点头收下了。不过，他从来不白捡别人便宜，当下就拿出一千万元让周醒悟收下，说这张图究竟是不是江湖上传说的藏宝图，容我琢磨了再说。不过，人与财帛，是讲究缘分的，即使真是藏宝图，那也要看我闵某跟这份财帛是否有缘分。倘若有缘分，闵某发了财，那自然少不了你小周一份。

“九阵风”一五一十说到这里，从怀里掏出那个医用铝盒，放在金必旺面前。“金队长，这图我琢磨了几天，看不出有什么机关，既然政府对它感兴趣，那我就交给您了。”

金必旺说我们找你了解此事，是由于调查案子的需要，至于这张图究竟是不是传说中的藏宝图，这是另外一个话题了。你把它交给政府，是对政府的信任。政府在这方面如何处置是有政策的，如果真是藏宝图，并且据图发掘出了密藏的财宝，政府会根据其价值按比例发给你奖金的。你跟我们接触这件事，请你务必严格保密，不要向任何人透露，以免影响我们的调查工作。另外，如果我们在调查中有需要你帮忙的地方，请你到时候一定要伸手相助。如果发现了什么情况，也请你随时跟我们联系，哪怕半夜三更来找我，我都保证欢迎和感谢。

送走“九阵风”后，专案组刑警打开铝盒查看那张“九阵风”用十倍于原价的钱钞从周醒悟那里得来的所谓藏宝图。这是一张十八厘米见方的上等宣纸，上面用毛笔画着房屋、山峰、树林、小溪，并不是那种山水画的画法，只是在纸上看似随意地东画几笔山峰，西画几棵树，南画一截溪流，北画两间房屋，每个图形四周均以虚线画着框框，每条框线外侧都用蝇头小楷注着一组阿拉伯数字，权且当其是坐标，各坐标之间用墨线互有连接。墨线旁边也有蝇头小楷注着的阿拉伯数字，都是四位数。宣纸的右上角画着一个十字图案，线条的四端自上方顺时针依次写着“北”、“东”、“南”、“西”——这是通常地图方向的标法。刑警看下来，觉得图上的汉字、阿拉伯数字都写得很好，看得出执笔者具有一定的书法功力；不过，画画的笔法就显得幼稚了，每个图形一眼就可以看出是描了又描的，由此可以知道执笔人虽然练过书法，但对于绘画显然是一窍不通的。

那么，这是不是藏宝图呢？这个，专案组刑警说不清楚，此刻也懒得去琢磨。因为，大家认为这不是他们分内的工作。他们是侦查案子，这张图如果对他们有用，也只是从其跟案情的关系上面去考虑。现在，金必旺想到的是这样一个问题：从华锦秀的那封遗书内容来看，当时她是按照裴俊君的吩咐取了五十万元钞票和那本《七侠五义》，然后就挎着坤包去了下马坡。她并没有提及这张薄薄的“藏宝图”。这是她没有发现呢，还是知晓此事而没在遗书中说明呢？从逻辑上来说，一个已经准备自杀的女人——而且她的自杀原因是过度愤慨，而不是绝望，应该会把作为导火线的关于钞票和书的细节讲清楚，可是，华锦秀却一个字都没提。这，是不是有点儿不合常理？

金必旺把这个不解提出来让全组讨论，众刑警议来议去，想到了一种可能：华锦秀所说的五十万元钞票和《七侠五义》肯定没错，而根据“九阵风”所说的周醒悟在面馆向那个被称为“雏儿”的强盗买下这张图来看，这图应该是“雏儿”抢劫华锦秀所得。那么，这张图究竟是和钞票一起放在信封里，还是夹藏于那本《七侠五义》中？或者，它甚至是被裴俊君预先藏在了华锦秀的坤包里？

看来，有必要先把这个情况查个明白。只有查清楚这一点，才便于下一步的分析和侦查。于是，专案组决定抓捕那个抢劫华锦秀坤包的“雏儿”。

7月18日，金必旺再次约见“九阵风”，说因为调查工作需要，公安局要找到那个“雏儿”，希望闵老爷子能够予以协助。“九阵风”一口答应，说蒙金队长看重，老朽一定效力，给我三天时间，我把那小子揪到金队长跟前来。

事实上，“九阵风”根本没用三天时间，他是上午九点多离开二分局的，到下午两点多，当他再次出现在金必旺面前时，身后跟着一个人——就是那个被称为“雏儿”的关大福。

关大福是江津人氏，二十三岁，十六岁到重庆来混日子，曾在朝天门码头干过挑夫、在饭馆当过跑堂。1948年，他参与一起抢劫案，不久案子被国民党重庆市警察局侦破，三名案犯都落了网，他是从犯，被判了三年徒刑。新中国成立后，重庆的军管会接管了监狱，甄别下来认定关大福须继续服刑。这样，他到1951年6月26日才刑满出狱。关大福回到江津老家去转了转，觉得在小县城混没什么前途，于是又到了重庆。可是，新社会跟旧社会不同了，他在重庆没有户口，找不到工作。于是，他就想到了抢劫作案。尽管关大福有前科，可是在“道上”的人眼里还真是个“雏儿”，在下马坡利用暴雨骤降之际抢劫华锦秀倒是成功了，可是往下他就外行了。你作案成功后，该去找个隐蔽的地方检点“战利品”吧，他却不是，径直进了一家面馆，要了两个冷菜、一碗酒、一碗面条，在等候上菜的时候就迫不及待地检查“战利品”了。如果这时候进面馆吃面的不是周醒悟，而是便衣警察，那他百分之百当场就被人赃俱获了。

言归正传，那张一百万元卖给周醒悟的藏宝图（关大福不知道“藏宝图”的说法）是从哪里找来的？

关大福供称，是夹在那本《七侠五义》的包书纸内层的。

关大福的供词使专案组诸刑警隐隐感到这张图的背后似乎隐藏着某个重大秘密。于是，专案组就决定把藏宝图送交市局技术室进行鉴定，先弄清楚究竟是不是藏宝图再说。

五、有人要买“藏宝图”

1951年时的公安技术鉴定水平跟如今相比当然是非常落后的。重庆市公安局技术室对这张藏宝图的技术鉴定，只有一个技术性的说法，不过，对于专案组来说，这个说法已经够了——

送检物与传说中的“一点红”藏宝图没有任何关系，因为“一点红”死于民国三年，如果真有藏宝图，藏宝图所使用的纸张就应该是民国三年之前生产的。可是，送检物的宣纸却是抗战后生产的。

这么一来，专案组就要考虑一个新问题：这张宣纸上画的既然不是藏宝的内容，那会是其他什么内容呢？这张图纸可以使一向斯文的裴俊君对女友华锦秀大发雷霆，导致后者悬梁自尽；可以导致裴俊君被人毒死后浮尸池塘，足见其内容分量之重。那上面的图形和阿拉伯数字中隐藏着什么重要机密呢？

金必旺和四刑警围着这张从技术室取回的图纸进行研究，考虑到天热，手指上的汗液会对宣纸造成污损，所以金必旺找了一块玻璃把图纸平平整整地压在桌上。几个人反复看了许久，年龄最小的马疾有了一个发现——图纸上面的山峰、房屋、树林、小溪等图形一共有十三处，初看上去杂乱无章好像是随意布局，可是仔细观察，可以看出它们似乎是有章法的：图纸中心位置的那个房屋图形的笔画线条要比其他十二处图形显得粗，这个图形与其他图形之间的连接线也比其他十二个图形之间的连接线略粗。因此，是不是可以说明这个房屋图形所标明的位置代表着整个图纸所要表明内容的中心坐标？

金必旺听马疾这么一说，脑子里似有灵光闪现，马上拿来一把尺子，以图纸中心位置的那处图形为基点，分别测量了该位置与其余十二处图形的距离，一一记下，然后又量了墙壁上贴着的四川省地图，便有了新发现：图纸上那十二处图形与中心图形之间的距离，正好与地图上重庆周边永川、江津、綦江、合川、合江、涪陵、长寿、邻水、泸州、潼南、铜梁、壁山这十二个县城跟重庆市之间的距离成正比。

这就是说，这张被江湖上认为是“一点红”藏宝图的图纸，其实是一张以重庆为中心包含着周边十二个县城的区域图。那些房屋、山峰、树林、溪流不过是绘图者为蒙蔽他人而故意画上去的，估计并没有隐藏着什么秘密。图纸所包含的秘密应该在那些阿拉伯数字里，当然，围绕着每个图形的虚线构成的框框可能也是有含意的。那么，这张图纸隐藏着什么秘密呢？鉴于当时的政治斗争形势，专案组诸刑警的思维自然而然地要往“敌特嫌疑”方向倾斜了——这会不会是一张国民党反动派潜伏特务的组织系统图或者联络图之类的东西？

专案组组长金必旺马上向分局领导汇报了这个新发现。分局随即向市局报告，请示该案是否要移交市局侦办。市局领导研究后，决定仍由二分局刑事专案组侦查该案，每天须向分局领导报告侦查工作的进展情况，分局领导可视情况与市局政保处沟通，必要时政保处可以派员参与该案的侦查工作。

7 月 20 日上午，华锦秀在下马坡遭关大福抢劫的第十八天，“九阵风”闵清潮派徒弟小汪来二分局向金必旺捎话，要求约个地方见面。金必旺看到“九阵风”这里有情况，心中暗喜，当即让小汪回复其师：一小时后老地方见。

“九阵风”急着要见金必旺，是因为今天早饭后，武馆来了一个三十多岁的男子，说要跟闵师傅说一桩事儿，一边说着，一边朝左右站着的那几个弟子扫溜。“九阵风”知道是什么意思，便把手一挥示意徒弟们回避。然后，对方就开口了，介绍说自己姓丁名进文，特地从壁山过来拜访闵师傅。“九阵风”打量对方，这人说话和神态举止虽然有一副江湖人的做派，可是举手投足间却看不出是习武之辈。“九阵风”老而不衰，思维敏捷，当下便寻思对方十有八九是为藏宝图而来。

果然，丁进文开口就说，听说闵师傅手头有一张图纸似是藏宝图，不知能否让晚辈看一看？“九阵风”听着，没开口，只是看着对方，缓缓摇头。丁进文又说了一遍，老爷子这才微笑着问对方可懂江湖规矩——其意不言自明，既是藏宝图，便是秘不示人的，怎么可以给你看呢？

丁进文作揖致歉，说晚辈失礼了，希望闵师傅见谅，然后说他来重庆求见闵师傅就是为这张藏宝图，愿出五千万元求闵师傅转让该图，如若据图寻觅得“一点红”的藏宝，可以跟闵师傅对半分享。

“九阵风”听着，想了想，说阁下的话我可以考虑，你下榻何处，回头我去拜访。丁进文听后大喜，起身向老爷子鞠躬，说他是昨晚抵达重庆的，因是特为此事过来拜访的，所以下榻于武馆附近的“致和旅社”，并说晚辈不敢劳闵师傅大驾，回头还是我登门聆教吧。于是，两人说定明日此时再在武馆见面。

金必旺听“九阵风”这么一说，心中对于那个丁进文开出的价位颇感吃惊。五千万，那是一个什么概念？就正儿八经的创业成本来说，这笔钱可以在重庆市最好的地段购置数套不错的楼房，或者开三五家两开间门面的商店。那丁进文仅仅凭着一个道听途说来的消息，就敢作出如此大手笔的决定吗？况且，这种买卖就像倒腾古玩字画一样，买了就买了，一手交钱一手交货，不兴反悔退货的。其风险甚至比古玩字画买卖还要悬，因为古玩字画在成交前还可以反复看货，以辨真伪，而藏宝图那可是连一眼也不能看的。这个丁进文是何许人呢？

由于专案组已经把这个案子向敌特方面考虑了，所以对于丁进文的出现也改变了眼光看待。专案组经过研究，决定对此人进行监视和调查。

刑警从“致和旅社”查到了丁进文入住的登记资料，据壁山县壁城镇派出所出示的证明表明，其为壁城镇人氏，自由职业，此次来重庆是联系业务。于是，金必旺便指派刑警陶大根、章凤翔前往壁山调查丁进文的底细，储兴德、马疾则负责对丁的监视。“九阵风”那里，金必旺关照让老爷子对于次日登门的丁进文以“外出”为由避而不见，先拖住他再说。

陶大根、章凤翔两人前往壁山，经查确有丁进文其人，此人出身富家，抗战前其家已败落，遂以教书为生。抗战时，他结交了两个来壁山躲避战火的下江古董客，跟着他们鼓捣古董，获利不错，便辞去了教师职业，做起古董生意，为便于活动，参加了袍哥。新中国成立后，他继续倒腾古董生意，交游颇广，但至今未发现有政治问题，经济收入和家庭开支也未发现异常。

陶大根、章凤翔针对上述情况进行分析：从丁进文的经济情况来看，他无论如何是拿不出五千万元去跟“九阵风”做藏宝图买卖的，估计他是受人之托。所以，有必要查一下他是受了何方的委托做这件事的。怎么调查呢？两人先请壁城镇派出所通过居委会查摸了丁进文自7月2日华锦秀遭劫以来的行踪和活动情况，得知他这段时间并未离开过壁山，一直在家里整理之前收购的那批古董。不过，大约在7月18日，他曾收到过一份电报。

刑警便往壁山县邮电局调查，查得电报署名“重庆市南纪门白虎巷聚丰斋蒋云忠”，内容是让丁跟重庆“九阵风”洽购“一点红”藏宝图之事，具体事宜让丁去重庆后面谈。

陶大根、章凤翔返回重庆向金必旺汇报壁山之行的调查情况，金必旺顿生疑窦。“聚丰斋”蒋云忠自己在重庆，想从“九阵风”手里收购“藏宝图”为何要舍近求远，让远在壁山的丁进文去跟“九阵风”联系？而从“九阵风”的陈述看来，他跟丁进文素不相识，蒋云忠这么做有何用意？丁进文这两天里始终处于刑警的秘密监视之中，并未跟蒋云忠有什么接触，这似乎也不大符合正常的合作惯例，他跟蒋云忠究竟是什么关系呢？

金必旺决定把此事弄个明白。他去找了辖管“聚丰斋”的重庆市公安局一分局刑警队，要求他们协助找到一个了解蒋云忠与“聚丰斋”内情的可靠对象。一分局刑警队副队长李大荣跟金必旺曾是同一个部队的战友，同时转业到地方后又是哥们儿，当下自无二话，随即通过管段的南纪门派出所把“聚丰斋”的一个青年店员小彭给找来了。

小彭虽在私营店铺工作，却是个积极分子，已经加入了共青团，还当着副支书，正积极争取入党。金必旺跟他聊下来，了解到了以下情况——

蒋云忠这家古玩店铺是其父亲传下来的，父子两代已经经营六十多年了，在重庆地面上也算得上是准老字号了。蒋老板继承了其父的性格，既贪婪又胆小，心眼却是玲珑剔透，喜欢算计别人，行业中人称“玲珑铁公鸡”。按说，但凡经营古玩店的，通常都跟黑道上有些或深或浅的关系，与江洋大盗、倒斗君子（盗墓贼）有点儿交往，至少也得弄个脸熟，以便知晓个信息，收些便宜货。可是，蒋老板对于这一套都不敢染指。那么，这样一个胆小如鼠的商人，难道是一个好好先生？也不见得。蒋云忠喜欢玩一些算不上犯法但却是比较损的手法，比如利用古玩行业“卖假货不犯规”的行规，经常跟其他几个关系密切的老板串通起来，互相配合，抬轿子吹喇叭，把赝品假货天花乱坠吹成真货，把低等品级抬到中等甚至高等品级。反正只要能够来钱而又不用承担法律责任的生意，来多少接多少，根本不会考虑“良心”两字。

然后就说到这回跟“藏宝图”的瓜葛了。蒋云忠消息比较灵通，重庆地面上但凡跟古玩界有关的新闻，他不敢保证在第一时间获得，但第二、第三时间知晓应该是没有问题的。“一点红”藏宝图的消息一出来，蒋云忠就获悉了。但他听着也是听着，因为这种情况像他这样的一家古玩店根本是无法玩的，即使把“藏宝图”弄到手里了，他也拿不出寻宝的投资，就是筹措了资金，也承担不了那份风险。那么他又怎么沾手了呢？那是有人找上门来送给蒋老板一个旱涝保收的机会。大约是7月16日，蒋老板召集几个店员开会，说了“藏宝图”之事，说这图已由“明风武馆”馆主“九阵风”以一千万元的价格收购下来了。江湖上有朋友请他设法跟“九阵风”接触，谈个价位，转让“藏宝图”。至于价格，他们可以出到一亿元以下，人家给的佣金是百分之十。蒋老板跟店员说这些，为的是请大家帮他做一个风险评估。因为这桩买卖对于“聚丰斋”来说是中介业务，而“九阵风”是重庆地面上赫赫有名的角色，各界都有他的弟子、朋友，江湖上还有一班兄弟，这个人是得罪不得的。所以，蒋老板觉得必须有安全保障才敢沾手这桩买卖。

小彭等人七嘴八舌议论起来，都说可以做一做，因为买卖“藏宝图”不算犯法，政府就不会找麻烦；至于跟“九阵风”的关系，因为是中介，所以也谈不上得罪他，愿意签约就签，不签拉倒，“聚丰斋”并无损失。蒋老板听下来觉得有理，于是决定接下这笔大生意。不过，蒋云忠不想张扬出去，也不想让“九阵风”知道是“聚丰斋”在跟他做这笔买卖，所以就想找一个代理人。这个代理人应该不是重庆人，以防事后嘴碎话多乱说一气惹出意外来，同时又要跟“聚丰斋”有比较牢靠的关系。蒋老板反复考虑后，就想到了璧山的丁进文。

丁进文跟蒋云忠的关系，说起来比较微妙，既是买卖真假古玩字画的上下家关系，又是指点古玩知识的师徒关系。难得的是两人竟然一见如故，特别投缘。以蒋云忠的秉性，向来是不肯对外界透露他的经营秘密的，至于对古玩的鉴定和造假本领，那更是对自己店里的伙计都有所保留的。可是，他跟丁进文却说得很多，连自己向来秘不示人的战国青铜剑等宝贝也肯拿出来让丁进文鉴赏。而丁进文对蒋云忠也是比对自己的老爸还要忠顺，每年春节都要特地从璧山赶到重庆来给蒋老板拜年，且必携重礼。因此，蒋云忠想要找一个人替自己出面跟“九阵风”谈转让“藏宝图”之事，非丁进文莫属。

小彭告诉刑警，蒋云忠往壁山发了那份电报后，丁进文当天就回了一封电报，说待他处理好手头的事情后，立刻来重庆，抵渝后先到“聚丰斋”聆教。

丁进文是在7月19日抵达重庆的，一到就直奔“聚丰斋”，跟蒋云忠密谈。谈些什么内容，小彭等店员就不清楚了。当天，丁进文就离开“聚丰斋”前往“致和旅社”入住了，想来是为了不让“九阵风”知道他跟蒋云忠的关系。

专案组对小彭所说的情况进行了分析，对蒋云忠有些怀疑，于是就指示小彭对蒋老板多加留意，有什么异常情况随时跟专案组联系。

回过头来，再说丁进文跟“九阵风”的接触。他每天两次去武馆求见“九阵风”，“九阵风”由于没有获得专案组新的指令，所以只是虚与委蛇。这样倒也符合旧时江湖上“藏宝图”之类的重要秘笈持有者的态度，通常他们都是爱理不理地对待登门要求转让者的。这样，待刑警陶大根、章凤翔从壁山外调回来后的次日——7月23日，丁进文再次造访武馆，说家里有事，他明天要回一趟壁山，盛情邀请“九阵风”当晚去附近的“啸天饭庄”吃饭，生意不成情义在，过几天他还是要来重庆继续跟闵师傅谈这件事的。“九阵风”本想拒绝的，因为天太热了，他不想出去。可是丁进文说的是吃晚饭，他就答应考虑考虑，丁就说那我下午过来听您老的消息。

丁进文一走，“九阵风”就跟金必旺联系，说了丁约请吃饭之事，问应该如何应对。从眼前查摸蒋云忠的意图来说，金必旺自然是认为应该保持跟丁进文的联系的，于是就让“九阵风”赴约，关照他席间跟丁进文多聊聊，看能探听出点儿什么秘密。下午，丁进文来武馆听回音，“九阵风”与其约定：晚上七点“啸天饭庄”见。

哪知，“九阵风”这一去，他那武馆就出事了！

六、武馆枪击案

“九阵风”开的武馆在新中国成立后的经营状况每况愈下，今年一入夏，前来报名学武的学员更是少得可怜。尽管中国武术有“冬练三九，夏练三伏”之说，可是新中国成立后社会治安明显改善，人们也有活儿干了，既不必习练防身功夫，也没有时间了，别说武馆是要收费的，就是每天早晨公园里、城墙根儿免费白教的习武场地，练习者也是寥若晨星。平时“九阵风”武馆来学艺的只有十来个徒弟，其中两个是外地来的，住在武馆，其余都是重庆本地的，日间来学武，下午四点左右回家。因此，平时住在武馆的也就“九阵风”和账房先生刘二爷，以及那两个外地弟子。

这天傍晚，“九阵风”应丁进文之邀去外面下馆子了，武馆里只留下刘二爷和两个徒弟。刘二爷大名刘照天，是“九阵风”的连襟，他是操袍哥的，在“公口”里还是二排“圣贤二爷”。不过正如江湖上戏言“圣贤二爷”就是“剩闲二爷”，刘二爷就是这样一个不起什么作用的老好人。而且，跟旧时武馆中供职人员都须会武的惯例不同，刘二爷不但不会武术，还是个弱不禁风病恹恹的老头儿，只因他跟“九阵风”是亲戚，所以“九阵风”才把他留在武馆。

这天晚上七点多钟，暮色初降，刘二爷坐在武馆院子里的那棵大银杏树下，一手摇蒲扇，一手端着把紫砂壶呷着沱茶，饶有兴致地看着那两个住在武馆的徒弟练习太极推手。忽然，大门轻轻地开了，刘二爷以为是“九阵风”赴宴回来了，哪知定睛一看，却是两个陌生汉子。刘二爷站起来迎上前去，拱手道：“二位先生是……”

前头那人冲刘二爷点头微笑：“您好！闵爷在吗？”

“哦，他出门了……”

刘二爷正说到这里的时候，忽见后面那人返身把大门关上，还推上了门闩。刘二爷心里不禁起疑：哪有这样访客的？他正要问“你们这是干什么”，忽然那二位同时亮出了家伙！那是两支身上烧蓝闪着幽光的崭新手枪，枪口对准刘二爷的胸膛：“老家伙，敢动敢叫，必死！”

刘二爷虽然不会武术，可是他年轻时操过袍哥，还是“公口”的“圣贤二爷”，自是见多识广，当下倒也没有多少惊惧，微微一笑道：“二位好汉，有话好说，别动刀动枪的。江湖上走动的都知道，凡事抬不过一个‘理’字嘛！”

“这话我们爱听，只要按照我们说的办，可保你平安。转身！往前走！”

刘二爷照办，被那二位用枪逼着往院子里侧的厅堂里走。那两个徒弟仍在切磋推手，竟然没留意刘二爷已经被劫持。直到刘二爷被押到原先他坐的藤椅前，那二位示意他落座后，两个徒弟方才意识到情况有异，对视一眼，同时收手。当他们把目光扫向两位不速之客时，看到的是对准他们的黑洞洞的枪口！

这两个年轻人虽说是前来重庆向“九阵风”学武的弟子，但在武术方面来说，并非新手上路，他们一个来自自贡，一个来自内江，都已习练武术七八年了，在当地堪称好手，为使自己的武艺更上一层楼，专程来重庆拜师。当下，两人中的那位来自内江的小尤二话不说，一个闪身箭步上前，正待出招，谁知对方已有防备，好像也没听见有什么声响，一颗子弹已经出膛，正击中小尤的右肩膀！

来自自贡的那个徒弟小吴平时喜欢阅读军事类书籍，知晓些枪炮知识，当下暗吃一惊：对方的手枪不但是真货，而且还是无声的！好汉不吃眼前亏，他下意识地收住招式，倒抽一口冷气，怔怔地看着对方：“无声手枪？”

“对！无声手枪！怎么？你也想试试吗？他现在可知道滋味了！”开枪的那人指着已经退后数步捂着右肩伤口的小尤道。

小吴无奈地摇头：“不敢！”

“不敢就好！听着，就地蹲下，双手反剪背后！”

小吴遵命照办。

对方把一副手铐扔向刘二爷：“把他们一人一个圈儿扣起来！”

刘二爷见对方真敢开枪，便知来者不善，当下哪敢吭声？只得乖乖照办。他把尤、吴合铐之后，见小尤的伤口流血不止，就脱下身上的白布短褂给他包扎起来。然后，老爷子被其中一人用枪逼着进入室内。另一人留在院子里看守着小尤、小吴，不让他们动弹。

那人把刘二爷逼进室内后，用手枪顶着他的后脑勺问道：“‘九阵风’把‘藏宝图’藏在哪里了？”

刘二爷装糊涂：“什么藏宝图？我不知道啊！”

对方也不跟他啰唆，让他用钥匙把账房所有的橱柜、抽斗都打开，翻箱倒柜一一搜查。然后，又押着刘二爷去了“九阵风”的卧室。“九阵风”的卧室陈设极简单，就一床一桌一椅一箱子而已。那人也都一一翻检过，还是一无所获。

那人便把刘二爷绑在“九阵风”卧室中的那把椅子上，往嘴里塞了块抹布，出门冲同伙吹了声口哨。那人把小尤、小吴押进厅堂，绑在柱子上，嘴巴也都堵住，出门而去。

那两个不速之客在武馆行凶的时候，“九阵风”正在饭馆跟丁进文喝酒聊天。因为事先金必旺关照过让套问丁进文跟蒋云忠究竟在干些什么勾当，所以“九阵风”有意把用餐时间拖得长了些。这就苦了武馆里被绑着的那三位，那位让子弹在肩膀上钻了个洞的小尤痛苦更甚。待到九点以后“九阵风”回到武馆发现出事时，小尤已因失血过多快要昏过去了。

“九阵风”毕竟是武林名宿，当下虽然大为震惊，章法却丝毫不乱。他先把刘二爷、小尤、小吴松了绑，吩咐小吴去二分局找金必旺队长报案，自己则拿出旧时武馆必备的专治外伤的秘制药粉药丸，给小尤止血疗伤。待到金必旺带人赶到武馆时，老爷子已经气定神闲地坐在院子里的银杏树下喝着茶听刘二爷叙说情况了。

1951 年时的重庆，虽然军管会已经收缴过枪支弹药，可民间还是颇有私藏的。所以，那时有些案件涉及军用枪支，不算特别意外。问题是，今晚在武馆发生的案子中，登门的案犯所持的却是崭新的无声手枪，这可是新中国成立以来在重庆乃至整个西南地区发生的持枪案件中从未有过的。而且，案犯还动用了同样崭新的手铐。这使专案组诸刑警一听就意识到对方不是寻常的犯罪分子。

果然，市局技术室的痕迹鉴定人员对小尤肩膀上的那颗子弹和铐住二人的那副手铐进行鉴定后得出结论：无声手枪和手铐均是美国 1948 年生产的产品，与当年提供给国民党重庆中美特种技术合作所的“美援军用物资”中的同类产品相同。

专案组马上将这一结论与之前对本案与敌特分子有涉的怀疑联系起来，认为可以初步认定本案是敌特案件了。于是，立刻上报分局领导。二分局连夜报告重庆市公安局。

与此同时，金必旺不待领导下令，就命令刑警加强对蒋云忠、丁进文的监控，必要时可以采取行动予以拘捕。根据这个指令，受命监视丁进文的刑警储兴德、马疾在次日上午发现丁进文离开旅社准备返回壁山时，便果断将其控制。

武馆案件发生后的次日——7 月 24 日，重庆市公安局经过研究，决定将该案件作为敌特案件进行调查，指派政保处翟魁元副处长出任重新组建的专案组组长。翟魁元带去了五名侦查员，鉴于原二分局专案组五名刑警自 7 月 3 日以来已经对该案调查了三个多星期，对案件和相关人员已很熟悉，故全部留下。这种情形听上去有些“不顺畅”，可是当时却是存在的。领导没有宣布金必旺等五刑警是不是新专案组成员，只是让他们继续参加侦查工作。不过，原二分局对该案侦查工作的领导权，却是明确宣布转移到市局，由市局政保处直接负责。

翟魁元副处长是从第二野战军部队下来的一位团职情报军官，对秘密战线工作有颇多实践，反特经验比较丰富。他上任后的第一时间，就跟金必旺聊起了之前三个星期的侦查工作情况，临末两人交换了意见，一致认为昨晚武馆发生的那起案件跟蒋云忠指使丁进文收购“藏宝图”是有关系的，而且很有可能是一种“佯购”行为，真正的意图是为了试探“藏宝图”究竟是否在“九阵风”手里，以便对武馆实施抢劫。昨晚丁进文的所谓请客，应该是调虎离山之计。因为如果“九阵风”在武馆的话，凭着其丰富的江湖经验和那身武艺，那两个案犯纵然持枪仍无胜算。而他们已经通过丁进文近日跟“九阵风”的接触，确认“藏宝图”就在这个老爷子手里。当时正是一年中最热的大伏天，“九阵风”出门赴宴时只穿了一套玄色香云纱衣裤，飘飘逸逸，一眼就可以看出他身上不可能掖着“藏宝图”。所以，把“九阵风”这只老虎调走后，那两个家伙就敢登门搜劫“藏宝图”了。可是，令他们没有想到的是，武馆里并没有什么“藏宝图”。

翟魁元问了对蒋云忠、丁进文两人的监控情况，听说丁进文上午已经被秘密拿下，点头表示肯定，然后说那就干脆把蒋云忠也抓起来，讯问其后台。如果运气好，估计这个案子往下无须特别费力就可以解决了。

于是，“聚丰斋”古玩店老板蒋云忠就接到通知，让其去市古玩业公会开会，一到那里，他就被捕了。

翟魁元亲自主持了对蒋云忠的讯问，蒋云忠供述内容如下——

蒋云忠由于做古玩生意的原因，对社会上跟古玩相关的传言比较注意，他以前曾经尝到过这方面的甜头。之前他在茶馆喝茶时无意间听说南岸有一座古墓被盗掘，可能是几个乞丐所为。于是，他就全城乱转，见到乞丐就给一个铜板，打听此事。当天晚上，竟然就有两个乞丐深夜来敲“聚丰斋”的店门，向蒋老板探询出售古玩的事。这笔生意，让蒋云忠赚了一根五两的金条。因此，蒋云忠每天早晨都必去“聚丰斋”附近的“云腾茶馆”喝茶，探听跟古玩相关的传言，关于“一点红”藏宝图的传言就是他从茶客那里听说的。

7 月 16 日早晨，蒋云忠照例去“云腾茶馆”喝茶，他刚进门，跑堂就迎上来：“蒋先生来啦！那边有人已经为您准备好了茶水早点，请——”

请蒋云忠喝茶的是坐在右侧角落里的一个四十来岁的中年男子，他独自坐在那里，面前放着一壶普洱茶。见蒋云忠过去，起身点头致意，拱手作揖，口称“蒋先生”，请其入座。蒋云忠还礼，请教对方尊姓大名，那人答称：“敝人姓钱，草字逸君。”

蒋云忠落座后，跑堂随即送上一壶西湖龙井茶和几样茶食、点心，都是蒋云忠爱吃而平时舍不得点的。两人边吃边聊起来，钱逸君开门见山问蒋云忠是否听说重庆地面上冒出了“藏宝图”的传闻，蒋云忠说听说了。对方又问蒋先生对“藏宝图”是否感兴趣，蒋云忠说他于“藏宝图”本身并无兴趣，不过如果有人根据“藏宝图”找到了财宝，他对其中的古玩是有兴趣的。蒋云忠还说，据说那图是在“九阵风”

手里，那老头儿虽然武功了得，江湖经验也不缺，但拿着“藏宝图”去掘宝的可行性不大。因为即使手头有了图纸，也不可能顺顺当当找到宝藏，再说找到后的挖掘也需要花费人力物力，所以得准备好一大笔钱才能顺利实施。而“九阵风”不具备这种经济条件。钱逸君听着笑了，说不瞒蒋先生说，敝人就是考虑到这一点，所以想从“九阵风”手里把那“藏宝图”买下来，我有经济实力挖掘宝藏。今天我跟蒋先生见面，就是想请您出面去跟“九阵风”谈此事，我愿意出大价钱买下那张图。我听江湖上传说那张图“九阵风”是花了一千万元买下的，我可以花五倍甚至十倍的价钱要他转让。只是，我并非此行中人，平时从不在江湖上走动，因此对江湖上的规矩不甚了解，贸然登门只怕人家不会搭理，更别说谈这么大的生意了。所以，我想请蒋先生出面去跟“九阵风”商谈此事。这，就是今天我跟蒋先生见面的目的，不知蒋先生意下如何？

蒋云忠听着，寻思这倒是一笔不错的买卖。于是跟钱逸君具体商谈，最后达成意向：蒋云忠以“聚丰斋”的名义出面去跟“九阵风”洽谈转让“藏宝图”事宜，价位最高可开至一亿元。蒋云忠的佣金是成交价的百分之十，先付三百万元作为经费，如果成交，该款项从佣金中扣除；不能成交，蒋云忠无须退还。

接下来的情况，前面已有交代，蒋云忠为防得罪“九阵风”，就找了丁进文去跟“九阵风”洽谈。钱逸君那天在茶馆与蒋云忠分手时约定，如果蒋云忠有事要约见他，可去一趟七星岗“鹏程戏院”，在门口招贴栏里贴一张“蒋老板招收古玩鉴定师，有意者可与聚丰斋联系”的字条，次日他就会在茶馆等他。蒋云忠把丁进文招来重庆跟“九阵风”接触数日后，由于谈不下来，就想着跟钱逸君商量，便于22日贴出了字条。

次日，蒋云忠在“云腾茶馆”跟钱逸君见面，说了情况。钱逸君同意让丁进文先返回壁山，过几天再来重庆洽谈。不过，从“生意不成仁义在”这方面来说，应该让丁进文出面请“九阵风”吃顿饭。蒋云忠就吩咐丁进文如此这般去做了。

蒋云忠交代完，翟魁元问了问钱逸君的外貌。陪审的金必旺一听，立马朝翟魁元丢了个眼色。于是，翟魁元就知道这个自称姓钱的家伙，相貌与曾两次跟裴俊君见面的那个瘦高男子“老陈”一致！

如此，就基本证实了之前原专案组的分析判断：武馆案件确实是敌特分子通过蒋云忠用调虎离山计将“九阵风”调离后实施的，为的是获取那份显然隐藏着重大秘密的“藏宝图”。

七、水落石出

当天晚上，专案组开会分析案情。大家对本案是敌特案件的定性已经没有异议，至于那“藏宝图”，估计应该是一份对敌特活动具有重要意义的组织联络图之类的机密材料。

那么，往下的侦查工作应该怎么进行呢？大家分析认为，敌特的“武馆行动”扑了个空没有达到目的，但由于那份被称为“藏宝图”的机密材料的重要性，甚至可能还有紧迫性，所以对手应该仍会继续设法获取“藏宝图”。敌特方面对此会怎么考虑呢？一干侦查员站在对手的位置上作了分析，认为敌特分子在“武馆行动”失利后，会有两种考虑：一种是认为蒋云忠提供的情况没错，“藏宝图”确实在“九阵风”手里，而派出的特务在武馆未能搜检到，说明该图被“九阵风”藏于别处了；另一种则是认为“九阵风”跟“藏宝图”没有关系。这两种考虑中，对手如果定位于第一种，那他们就会继续盯着“九阵风”采取行动，绑架甚至暗杀都有可能；如果定位于后一种，那么他们就得另起炉灶，重新寻觅“藏宝图”的下落。

敌特方面会定位于哪一种呢？专案组反复讨论下来，认为目前没有理由排除这两种可能中的任何一种，敌特方面甚至双管齐下同时实施也难说。于是，专案组就决定派员对“九阵风”暗中进行保护，如果敌特方面果真企图对老爷子下手的话，到时就趁机行动，一举破获该案。与此同时，还应考虑到敌特的后一种定位，所以也需要开辟新路子，主动出击，调查敌特的蛛丝马迹，顺藤摸瓜，解决该案。

据蒋云忠供称，那个找他转让“藏宝图”的瘦高男子名叫钱逸君，这应该是一个假名。不过，目前专案组对于此人使用真名还是假名并不关心，因为即使是真名也没法儿找到他。侦查员眼下关心的是：采取什么措施才能查摸到这家伙的线索？

翟魁元请金必旺回顾了钱逸君在本案中四次露面的情况，一干侦查员听下来都陷入了沉思。片刻，有人提出一个观点：目前要寻觅钱逸君的线索，看来只有围绕这几次露面时的情形着手了，如果能在其中哪次露面过程中发现某个特别的情节甚至细节，没准儿就可以据此查摸到钱逸君的蛛丝马迹。

于是，大家就勾画着钱逸君四次露面的情形：第一次是 7 月 2 日在下马坡“金富祥饭馆”跟裴俊君相约吃晚饭，这个饭局由于华锦秀的意外遇劫而没有进行下去，前专案组曾向饭馆方面调查过钱逸君露面的情况，未能获得线索；第二次是 7 月 7 日，在铁马街马路边唤住了正和柳五爷等人一起行走的裴俊君，刑警曾在那一带进行调查，也没有什么收获；第三、四次就是蒋云忠于前几天两次在“云腾茶馆”跟其见面，专案组尚未对此进行过调查。现在，专案组对此进行了讨论，认为钱逸君的第二次露面没有继续调查的必要，因为他既然是在马路旁突然闪现后招呼裴俊君的，那就说明他事先并未跟裴俊君有过联系，而刑警事后已经查遍了铁马街一带所有可能适合钱逸君对裴俊君下毒的场所，均无收获，说明作案现场要么不在铁马街，要么虽在铁马街，却是一个隐秘处所，钱逸君当时根本不会留下踪迹。那么，钱逸君的第一、第三、第四次的露面是否有调查的价值呢？后两次没有调查过，当然有必要向茶馆方面细细调查；第一次，还是可以再调查一下的，或许饭馆方面能够提供某个新的细节，没准儿案子就能据此而侦破了！

次日，专案组就派出侦查员前往“金富祥饭馆”和“云腾茶馆”以及七星岗“鹏程戏院”去调查。遗憾的是，三路调查都未能获得任何线索。

7 月 27 日晚，专案组再次集聚一起讨论案情。大伙儿七嘴八舌议了一阵，有侦查员提出了一个新的思路：7 月 2 日钱逸君第一次露面与裴俊君在下马坡“金富祥饭馆”见面，为的就是从裴俊君手里获取那份后来被以为是“藏宝图”的敌特联络图，那他们事先一定是有约定的。按理说，那份“藏宝图”理应会被裴俊君视为特别重要的东西，那他为什么不亲自回家去取，而要打电话让华锦秀给他送去呢？估计事发突然，钱逸君是在事先没有预约的情况下忽然通知裴俊君携“藏宝图”前往下马坡见面的。而裴俊君当时已经来不及回南岸住所取“藏宝图”了，所以只好打电话通知华锦秀送去。因此，通过调查 7 月 2 日裴俊君的行踪，可能有希望查到钱逸君是通过什么方式通知裴俊君去下马坡赴约的。

这个观点获得了大家的一致认同。专案组决定，从了解裴俊君 7 月 2 日的活动情况着手，对其当天下午的行踪进行详尽调查。

裴俊君是当时重庆市小有名气的荐头店经营者，他在第一区、第二区、第五区分别开了一家荐头店，其中开得最早的那家是位于第一区校场口的“大众荐头店”，其余两家是后来开的“大众店”的分店。三家店中，校场口的那家是装有电话的，所以平时裴俊君一般都坐镇那里。裴俊君死后，这三家店由其家人委托账房李先生暂时主持营业。专案组于是就派侦查员前往该店找李先生调查7月2日裴俊君的活动情况。

李先生是个五十多岁的老者，一看就是个认真得近乎刻板的老古董。侦查员碰上他还真该暗道“侥幸”：他管着账，还管着考勤——这并非老板吩咐，而是他自己主动做的，而且顶真到连老板裴俊君是否来上班、是否迟到早退都一五一十记录得清清楚楚。当下，李先生听侦查员说明来意后，一声不吭地拿出考勤记录递过来。

侦查员打开一看，考勤记录中显示裴俊君7月2日中午十二点四十分到店，至下午五点三十分方才离开。

那么，裴俊君这段时间在店里干什么呢？

裴俊君跟李先生是在一个小房间里办公的，据李先生说当天他在接待顾客、接打电话和看报纸，中间还掏钱叫一个店员去买了西瓜，切开了大家一起吃。至于裴俊君跟什么人打过电话，或者接听过什么电话，他都不清楚。

侦查员下一步调查是去邮电局。邮电局的通信设备只能查主叫电话，这使想连裴俊君接听的电话号码一起查一查的侦查员有些失望。邮电局提供的“大众荐头店”7月2日下午的主叫电话号码只有一个，那就是裴俊君在当天下午五点二十分打给华锦秀的电话。

这就是说，裴俊君是在五点二十分之前接到钱逸君的约见电话的。当时他如果回住所取了“藏宝图”再前往下马坡赴饭局的话，就超过了钱逸君所要求他赶到的时间，因此他就给华锦秀打电话让她把那本藏着“藏宝图”的《七侠五义》送去。侦查员想到这一点，对于无法查到五点二十分之前几分钟打给裴俊君的电话号码感到遗憾万分！

钱逸君的那个主叫电话号码是无法查到了，是不是还有其他办法可以弥补这份遗憾呢？专案组长翟魁元和二分局刑侦队长金必旺两人对此进行了讨论，说着说着，金必旺突发奇想："也许钱逸君让裴俊君去下马坡赴饭局的通知不是通过电话告知的，而是派人直接去荐头店当面对裴俊君说的呢？"

翟魁元认为言之有理。如果钱逸君是通过电话通知裴俊君赴饭局的，那裴俊君应该跟对方说清楚东西不在身边，还得去南岸住所拿，可以要求延时；可是，他并没有这样做，那就有可能是钱逸君派人来通知的。这样，裴俊君如果回去取了"藏宝图"再往下马坡赴约，那肯定超时颇多。而按照敌特"地下工作"的纪律，显然不允许发生这种情况，所以，他就不得不通知华锦秀送去了。

于是，专案组就决定派员二赴荐头店调查。

7 月 29 日上午，翟魁元带着三名侦查员去了校场口，逐个找荐头店的店员谈话，要求他们回忆 7 月 2 日下午来"大众荐头店"跟裴俊君接触的人的情况。这时离那天已经四周，要让人回忆起当天的情况真是有点儿强人所难。所以，一轮谈话进行下来，包括账房李先生在内的七名店员说了几个来店内找裴俊君的顾客，从时间上来说，都与之前专案组分析的应该在五点二十分前不久的情况不相符。综合七名店员提供的情况，那天下午四点半以后并没有人来店里找过裴俊君。

侦查员想到了另一种可能：那么，裴俊君在那个时段是否离开过荐头店去了外面呢？大家回忆下来，也都摇头。

翟魁元等人大失所望，只得告辞而去。刚走了五六十米，后面忽然传来叫声："同志，想起来了！"

侦查员们回头一看，追上来的是荐头店的年轻店员宋繁荣。刚才，小宋也接受了侦查员的调查，他说时隔多日已经记不起那天的情况了，印象中那天下午四点半后没有人来店里找过裴老板。侦查员离开后，小宋去后面院子里上厕所，从裴俊君和李先生的那间小办公室前的过道经过时，他忽然想起一个细节：7 月 2 日那天他收拾了店堂桌子上大伙儿吃剩下的西瓜，然后去后院打水准备擦桌子，从过道上经过时，看见裴俊君站在窗口隔着窗子跟一个小姑娘说话。

翟魁元四人听宋繁荣这么一说，随即返身回到荐头店。他们根据小宋所说的情况查看了现场。荐头店的旁边是一条小巷子，那间只有七八平方米的办公室朝巷子的方向有一个窗户，盛夏时节窗户自然是敞开着的。据小宋说，那天他看见裴俊君就是在这个窗子前跟那个小姑娘说话的。等他从院子里打了水返回时，那小姑娘已经不在了。

翟魁元马上想起邮电局提供的荐头店 7 月 2 日下午主叫电话的时间是五点二十分，而前一天向账房李先生调查时他所说的吃西瓜的时间跟这个时间节点是相符的。因此，可以认定钱逸君通知裴俊君的方式并非打电话，而是让人——也就是那个小姑娘来荐头店通知的。

翟魁元请宋繁荣说说那个小姑娘的体貌特征。小宋说，小姑娘的年龄在十四五岁左右，扎着两根小辫子，面容看上去比较清秀，肤色白皙，穿一件白色短袖衬衫，袖口上镶着浅绿色的花边，左侧衣襟上有一枚长条形的徽章。从过道这个角度看过去，无法看清楚她穿的是裙子还是裤子。

那么，裴俊君和小姑娘说了些什么话呢？这个，小宋很抱歉地表示他没听见，一是因为他们说话的声音很轻，二是他压根儿没想过要留心听一听。

侦查员又想到了另一个问题：当时那间小办公室里还有其他人吗？比如李先生？

小宋摇头。再问李先生，他说他当时好像在店堂里跟店员说话。

翟魁元让侦查员走访了巷子里外的居民和商户，没有收集到关于这个小姑娘的线索。

返回驻地后，专案组随即开会对宋繁荣看到的那个小姑娘进行分析。众人七嘴八舌议了一阵，不得要领。翟魁元朝坐在门口的老刑警储兴德扔去一支烟，说老储同志您为什么不发言？您是老刑警，熟悉重庆地面上林林总总的情况，快把肚子里的货端点儿出来吧。

新专案组组建后，储兴德的工作热情不是很高，因为他是留用刑警，按理应该不掺和这个已经认定的敌特案件，但领导没有发话让他停止侦查，他只好留下。可是，他也不愿意发挥主观能动性，开会一直保持沉默，工作也是派下什么去干什么，以免引起别人的猜疑。没想到，他这种情绪让翟魁元发现了，现在点名要他发言。于是，老刑警只好开口。

翟魁元的眼力厉害，储兴德一开口，差不多就已经找到寻觅那个小姑娘的方向了：小姑娘的那件袖口滚浅绿色花边的短袖衫，应该是某所学校的校服！

储兴德这一说，众人马上想起宋繁荣还说过那小姑娘的左侧衣襟上佩戴着一个长条状徽章呢，这不就是校徽吗？

从小宋所说的那小姑娘十四五岁这一点来判断，她应该是一个初中生，而在当地，也只有中学才有校服和校徽。专案组立刻着手调查全市哪所中学的女生是穿袖口滚浅绿色花边的白色短袖校服的，很快就有了结果：那是慧晖初级女中的校服。

当天下午，慧晖初级女中的全体学生接到通知：全部返校，不得请假！

除了专案组的全体侦查员，翟魁元还从市局、二分局临时借调了十名女警组成十个小组，分别和每个学生进行谈话，了解她们7月2日下午的活动情况。一番折腾后，终于找到了那个去过“大众荐头店”的小姑娘——初二年级学生陈岳芳。

据陈岳芳说，那天是父亲陈扶富让她去“大众荐头店”找老板裴俊君捎个口信的，口信内容是：今晚六点半在寸滩下马坡“金富祥饭馆”设晚餐，请裴老板准时到达，并把东西带上。带什么东西，父亲没有说。

侦查员随即让陈岳芳带路前往她家。路上，陈岳芳告诉侦查员，她的父亲是观音桥“私立中平医院”的院长，今天应该是上班的，问是去医院还是家里。翟魁元于是就把人分成两拨，一拨去家里，一拨去医院。

金必旺率领着原专案组的四名刑警去了医院，在院长室跟陈扶富一见面，他马上断定此人就是之前专案组久觅不得的那个“老陈”——“钱逸君”!

与此同时，翟魁元那拨侦查员在陈宅搜出了电台、密码本、武器弹药等特工器材，当场逮捕了陈扶富的妻子——敌特报务员崔玉莺。

陈扶富、崔玉莺归案后，作了以下供述——

这对夫妇都是南京人氏，既是邻居又是同学，双方家境都不错，两人都在邮电局工作，陈扶富是邮检技术员（即邮电局指派协助特务机关检查邮件的人员），崔玉莺是报务员。两人于全面抗战爆发前一年结婚，婚后经人介绍双双考入复兴社特务处（“军统”前身）。经过训练后，夫妇俩分别成为“军统”的情报、报务人员。

这对特工夫妇跟着“军统”从南京到武汉，又从武汉到重庆。然后，陈扶富又被派往上海做起了“地下工作”，中间还曾做过汪伪“七十六号”的俘虏。抗战胜利后，这对夫妇才得以团聚，正要领着女儿回南京，却接到命令让就地“转业”——陈扶富成了“私立中平医院”

的院长，崔玉莺则回家做了全职太太。其实，两人还是从事特务活动。医院是一家秘密情报中转站，陈扶富是站长，“全职太太”崔玉莺在家里干的是协助丈夫整理和传递情报的活儿。

1949年暮春，陈、崔接到由“军统”改组成的“国防部保密局”的命令，让他们利用目前的身份潜伏，任命陈扶富为“国防部保密局川东反共特别纵队上校司令长官”，崔玉莺则是丈夫的下属，封了个“少校报务主任”。“保密局”发下了武器、电台、密码、毒药、经费，却没给一兵一卒，也没让陈司令招兵买马，甚至连任务也没下达。陈扶富是老特务，就此知道所谓“川东特别纵队”不过是一块空招牌，“保密局”留着是作为预备力量考虑的。如此，当年在上海饱尝“地下工作”之苦的陈扶富好不开心，寻思拿了津贴不干活儿，这不是一桩美事吗？

不过，如此好事到1951年6月中旬就结束了。6月15日，按照每月两次打开电台跟台湾联络的规定，陈扶富让崔玉莺打开电台，收到了一份密令，让他这个“川东反共特别纵队”司令官开始活动，第一步工作就是跟其下属取得联系。半个月后，陈扶富与台北总部指派给他的副官、代号021的裴俊君见了面。根据台北密电所述，裴俊君原是国民党重庆警备司令部秘密情报员，1948年其关系转入“保密局”，受命潜伏。当时，“保密局”让裴俊君负责保存一份联络图，这份联络图中的潜伏特务就是“川东反共特别纵队”的骨干成员，均归陈扶富领导。

6月30日陈扶富跟裴俊君见面时，关照对方在下次见面时把联络图带上交给他，几时见面，随时听他通知。裴俊君一口答应说“没问题”。两天后的下午，陈扶富让女儿去“大众荐头店”给裴俊君捎口信，约其到下马坡“金富祥饭馆”见面，强调把“东西”带上。没想到裴俊君没把联络图随身携带，而是让华锦秀从住所拿来，更没想到的是华锦秀中途遇强盗打劫把联络图顺走了。接下来，他当然是要全力找回联络图，这就是裴俊君打着为华锦秀复仇的幌子连日四处奔波的原因。

可是，裴俊君并未找回联络图，只是打听到联络图已经被江湖上误以为是“藏宝图”，落入了“九阵风”闵清潮之手。而这时，“保密局”总部接到陈扶富的密电后，指令将裴俊君“即予密裁，以正纪律”。陈扶富知道裴俊君这时正在铁马街请袍哥中人吃饭打听“藏宝图”的消息，于是，就去铁马街截住他，将他邀往观音桥。裴俊君以为是去其当院长的医院，但陈扶富却把他带到池塘畔的草地上坐着说话。他在听取裴俊君关于“藏宝图”下落情况的汇报后，取出两瓶自制的酸梅汤，递给裴俊君一瓶，自己先打开喝着。裴俊君正说得口渴，随即打开一饮而尽。毒药立刻发作，裴俊君倒地而亡，陈扶富将其尸体推入池塘中。

台北总部虽有联络图的底稿，可是从安全角度考虑，必须取回那份流落在江湖上的“藏宝图”，为此，专门从另一条潜伏线上调来两名行动特工协助陈扶富。陈扶富找了“聚丰斋”老板蒋云忠，以买“藏宝图”为名骗其去向“九阵风”证实“藏宝图”确在其手中后，又让蒋云忠指示丁进文调虎离山，指令那两名行动特工前往武馆下手夺图。哪知，情报有误，功亏一篑。

讯问结束后，翟魁元把“藏宝图”的照片拿到陈扶富面前，让他交代联络图的内容。陈扶富也是第一次看到这份联络图，但当初“保密局”命其潜伏时已经交代过判读方法，于是就要求拿一本《四角号码字典》给他，对照着照片上的那张图纸一一道来。诚如之前专案组对该图的判断，上面所画的房屋、树林、山峰、溪流的图形与中心位置的那处房屋图形，就是代表着重庆市与周边十二个县城的位置，各个图形、虚线方框和阿拉伯数字，则是潜伏在那十二个县城的特务组织头目的姓名、住址的密写。陈扶富很快就根据图纸的数字对照字典译出了一份有十二名潜伏特务姓名、住址的名单。

当时这些县城不属重庆管辖，于是重庆市公安局上报西南公安部，由西南公安部下达至川东行署公安处，连夜行动，将这十二名潜伏特务悉数捕获。可是，那两名临时调给陈扶富去武馆作案的特务却未能查获。

1951 年 10 月 31 日，重庆市军管会对该案作出判决，陈扶富被判处死刑，立即执行；其妻崔玉莺及那十二名潜伏特务分别被处以七年至无期徒刑；蒋云忠、丁进文分别被判刑五年、三年；陈扶富、崔玉莺未成年的女儿陈岳芳免予处罚。

毒杀准明星案

一、少女猝死

1952年2月14日，星期四。对于本案发生地上海市的广大市民来说，这应该是一个平常的日子。不过，对于居住在嵩山区重庆南路仁安里69号的少女喻宝珠来说，这一天却是她短暂人生的终结之日。

这天上午九时许，住在新闸路的叔公喻鼎举和其妻姚丽端外出闲逛，因为两家相距不远，就说去看看宝珠吧，这两天她都是一个人在家里住。老两口来到仁安里，见69号大门紧闭，倒也不觉奇怪，年轻人喜欢睡懒觉，估计是还没起床。

不过，敲了五六分钟的门，外加喊了几嗓子，屋里依旧没有任何反应，这就有些奇怪了。

大门装的是司必灵锁，不能排除小姑娘已经出去的可能性。问了几户邻居，却都说没见宝珠出去过。上海老里弄的居民，只要家里待着人，十有八九都是从早到晚敞开着大门的，邻家门口的情况都在眼皮底下，有人进出一般都会注意到。如此，喻鼎举、姚丽端夫妇就有些担心了。闻声过来的邻居已聚了十多人，大伙儿相帮敲门、叫唤，屋里还是没有动静。这时，每天都要下里弄了解治安情况的重庆南路派出所户籍警小顾正好路过，见状一问情由，说那就赶紧找锁匠开门吧。

锁匠很快就来了，试了试，却无法打开门锁，因为里面是扣上了保险的。这就说明里面有人，有人却不开门，十有八九是出事了。小顾当即示意锁匠破门。

喻家所住的房子在仁安里算是比较上档次的，有客厅、厨房、卫生间、大小卧室，还有一个面积三平方米的壁橱。这么大的屋子，只住着喻宝珠母女两人，以当时的居住条件来说，肯定会让绝大多数邻居眼痒。破门而入后，尽管已有思想准备，呈现在众人眼前的一幕还是引发了一阵喧哗——客厅的打蜡地板上，散落着饼干、开口笑、豆沙球、小蛋糕之类的点心，一个彩印马口铁饼干听倾侧在桌子边沿，桌前，穿着花睡袍的喻宝珠倒卧于地，双目紧闭，脸色青灰，看得出她停止呼吸已有一段时间了。

小顾立刻拦住要往屋里拥的邻居：“都往后退！哪位同志去给派出所打个电话！”

重庆南路派出所郭所长接到报案电话，非常重视，赶紧派人前去保护现场，同时向分局报告。嵩山分局当即指派刑警前往现场勘查。

一干刑警赶到仁安里，刑技人员一看死者的脸色，再掰开嘴巴稍稍一嗅，就认定乃是中毒身亡，应该是氰化物一类的毒药。法医对死者遗体的解剖结论证实了刑技人员的估断，喻宝珠确系氰化钾中毒身亡，死亡时间应在当天上午七点到八点之间。根据现场情况及一般生活规律，刑警还原了死者生前的最后一段轨迹——

早上六点半（床头柜上的双铃闹钟设定的时间），喻宝珠起床洗漱，用保温瓶里的开水冲了一杯“阿华田”，坐在客厅餐桌前，打开那个表面喷绘了彩色图案的马口铁饼干听，那是一罐“冠生园”什锦果糕点，里面装的是饼干、开口笑、小蛋糕、豆沙球四样点心。糕点没吃几个，喻宝珠忽然感到不适，从椅子上站起来，可能是想去卫生间。但药性急剧发作，她站立不稳，身体骤然下滑。这个过程中，她下意识地扶住桌子支撑身体，结果把饼干听碰翻，里面的一部分糕点掉到地板上。喻宝珠也随即跌倒，挣扎了片刻——从现场痕迹判断，这种挣扎持续时间极短，其身体从餐桌边翻滚到右侧墙边的沙发前，然后就断气了。

法医从死者的胃液中检测出微量的氰化钾成分。按照通常的作案手法推理，氰化钾应当是混于其摄入的饮食中的。可是，随即进行的检验却令人颇为意外，无论是“阿华田”还是什锦果中，都未能检出氰化钾成分。接着又对受害者被毒杀前使用的漱洗用具诸如牙刷牙膏、杯子毛巾、雪花膏热水瓶等一一进行检验，也未发现氰化钾成分。这就奇怪了，难道氰化钾是混在饼干听里的某一个小糕点中，恰恰被受害者吃下去了？

法医和刑警对那个饼干听进行了研究，整体完好，揭开了一半的防潮封纸还搭在沿口，应该是不久前打开的，这似乎可以排除被人偷偷混入有毒糕点的可能性。当然，这一判断需要通过调查才能证实。这种调查的涉及面可能比较广，首先需要亲属的配合。

死者之母喻雅仙此时尚在苏州。发现喻宝珠出事后，喻老先生本打算马上通知侄女，但分局刑侦队的意思是不要擅作主张，听警方统一指挥，所以他还没有跟苏州方面联系。现在，刑警请死者叔公喻鼎举往苏州云林庵拍发加急电报，告知正在该庵小住的佛教信徒、死者之母喻雅仙："家有要事，请即返沪"。

二、母女美人

喻雅仙这年三十五岁，其女十八岁。江南地区通常都以虚龄计算，所以母女俩的实际岁数应该分别是三十四岁、十七岁。喻雅仙生就一副美人坯子，身材颀长，脸容俏丽，肤色白润，更兼善解人意，说话语气温柔，打自少女时代起，身边围着的适龄男子就多得不计其数。喻雅仙的人生经历比较复杂，她对外自称其父是前清盐运使，官居四品，在那时候可以算是高干阶层了。但据知情者透露，其父是四品官不假，不过她是私生女，其母身世不详。

所谓的"不详"，是一种比较委婉的说法，暗指其母并非"正经人家"的女子，多半是娼妓、戏子一类，否则，那位四品大员完全有能力将其母纳为小妾。不过，喻雅仙自幼的生活状况还算可以，出生后就被生父以领养为名收在府上，有奶妈、娘姨照料。十六岁时结识了生父的一位好友之子凌鸿川，凌是留洋海归，与一美国商人合伙在公共租界华德路经营一家实力蛮强的洋行，财大气粗。凌鸿川是单身，但身边从来没缺少过女人，都是年轻貌美的富家小姐，个个能用英语对话，最后一点据说是学宋子文的样。凌鸿川与喻雅仙一见钟情，不久，喻雅仙未婚先孕，二人随即结婚，婚后生下女儿凌宝珠（即此案受害人喻宝珠）。

有这样的家境，凌宝珠的童年自然也是过得十分滋润的。凌宝珠七岁的时候，这份滋润日子到了头。太平洋战争爆发后，公共租界被日军占领，汪伪政权没收了同盟各国在沪侨民的产业，凌鸿川与美国商人合伙经营的洋行也在没收之列。其时，凌鸿川与喻雅仙曾经有权有势的父辈已然作古，产业又遭没收，一时无依无靠，一家子的生活质量大大下降。

凌鸿川因此对日伪恨之入骨。不久后，凌巧遇中学时代一位马姓同学。马某系“军统”派沪的行动特工，得知凌鸿川的遭遇，便将其拉入“军统”组织。凌自幼拜师习练武术，在美国受过高等教育，又有长期经商的经验，算是“军统”里的特殊人才，稍加训练，即成为一名身手不凡的行动特工。可凌鸿川的运气不佳，加入“军统”不到三个月，就在执行刺杀日军军官任务时受伤被捕，次日死于刑讯。

日本宪兵队与汪伪“七十六号”特工总部随即出动，缉拿凌鸿川的亲朋好友，以追查其上下线，企图将“军统”在沪地下组织一网打尽。马某因此被捕，不久亦遭杀害。他被捕前已向上峰急报，要求对凌鸿川的遗孀和女儿妥加保护。“军统”上海区行动迅速，及时将喻雅仙母女转移到浦东惠南镇，以小学老师的身份作为掩护。喻雅仙被迫改名换姓，“良民证”上的姓名叫“臧芝香”，女儿凌宝珠也改名为“臧宝萍”。直到抗战胜利，母女俩返回上海市区，喻雅仙才恢复原名。

在浦东惠南镇这段时间，喻雅仙与同在一所小学当老师的曾显聪好上了。曾显聪是沪上颇有名气的电气器材商曾伯堂之子，人称“电气小开”，和喻雅仙一样，也是来此地避祸的。喻雅仙大概是有了嫁给曾氏的想法，没让女儿恢复原姓，而是随了母姓，从此便叫作喻宝珠。

回到上海市区后，喻雅仙的亡夫被“军统”追认为烈士，发给一笔抚恤金。喻雅仙向“军统”提出，要求追回当初被日伪没收的洋行财产，却气得差点儿吐血——日本政府宣布无条件投降后没几天，美国军舰刚停泊在黄浦江上，凌鸿川的那位洋行合伙人卡特先生即通过美国海军出面，抢先把洋行财产从日本人手里收回，还顺带把凌鸿川在大西路上祖传的一幢花园洋房也作为洋行产业给收回了。美国海军按照卡特的意思，为其出具了一纸产业证明，在国民党的“前进指挥部”开进上海接收敌伪资产后，卡特凭借这份证明，把洋行和花园洋房等不动产全部折价兑换成黄金，然后搭乘美国军舰回国了。

如此一来，喻雅仙和女儿就成了无家可归之人，暂时寄居在新闸路叔父喻鼎举家。幸亏也已返回市区的“电气小开”曾显聪施以援手，在征得其老爸同意后，把自家产业中的一套位于重庆南路仁安里的房子提供给喻雅仙母女居住，并为其提供日常开销。

曾显聪是有妻室的，其妻汪西凤系沪上大营造商汪呈祥之女。其时汪老板已经病逝，家资与产业由其四个儿子共同继承。据说曾显聪与汪氏多年不睦，两口子要么家暴，要么冷战。家暴并非男暴女，而是汪西凤对丈夫作河东狮吼。按说以曾家的实力和社会关系，应该是不惧汪老板的，但曾伯堂一向讲究和气生财，又好面子，而汪家四兄弟又都是帮会人士，据说与官方的关系也十分密切，所以不敢对汪家如何。曾显聪作为纨绔子弟，自然不可避免地染上了寻花问柳的恶习，从老婆那里得不到温柔，就在外面加倍荒唐。直到去浦东惠南镇避祸遇上喻雅仙后，方才收心。

抗战胜利后，他立刻聘请律师与汪西凤打起了离婚官司。汪西凤的狮吼已不像过去那么有底气了，她的四个兄弟中，有一个抗战期间与汪伪“七十六号”有染，被国民党政府逮捕法办，判处死刑；而汪家的大半财产也被作为敌产没收，剩下的汪氏三兄弟气焰立降，汪西凤也跟着降温。这更是让曾显聪对离婚志在必得。不过，汪西凤娘家一致认为不离为好，聘请了上海滩一个被称为“法界勾兑大王”的郁姓律师从中斡旋。郁律师的“勾兑大王”并非浪得虚名，他收了钱钞，积极性很高，工作效果显著，明明法院已经受理了案件，却突然退回，让原告一而再再而三补充材料，这一补充就花了半年时间。然后等待开庭，又是一等再等，好不容易开庭了，竟然判决不准离婚。到1949年春夏之交上海解放时，案子还在原告方的上诉阶段。

上海解放后，汪氏三兄弟全部被人民政府作为恶霸逮捕，判了重刑。汪西凤的嚣张气焰自然彻底熄火，此时她没了依靠，更加不肯离婚了。但曾显聪铁了心，况且已有相好喻雅仙，非要离婚不可。当时的司法政策规定，以上海解放当天为界，旧政权法院已经宣判的民事类财产型案子（包括有财产分割内容的离婚案），一定案值以下的一律维持原判，不予复查；超过一定案值的案子，凡是原告或者被告向旧法院提出上诉的，上诉无效，但可以重新向人民法院提起上诉。

这些规定并未登报公布，别说寻常当事人了，就是律师也不一定知晓。曾显聪的律师是“三青团”积极分子，虽无具体罪恶未受追究，但他比较识相，不敢再出头露面，这种属于人民法院半内部的信息当然不会传到他耳朵里。曾显聪也蒙在鼓里，傻等了一年多，直到1951年8月才向法院提出上诉。当时对旧法院判决有异议的民事案子相当多，法院忙不过来，于是又有了新规定：上诉的案子需要先进行初查，初查通过后方才正式受理。曾显聪又折腾了好几个月，1951年12月中旬方才等到判决书，人民法院准予离婚。曾显聪、喻雅仙自是欢喜，一面催促汪西凤赶紧搬离，一面着手准备结婚。

可是，真所谓好事多磨，汪西凤对此判决不服，提起上诉。本案发生时，案子还没判下来，曾显聪、喻雅仙暂时也就没法儿结婚。

然后就要说到本案的被害人喻宝珠了。这个姑娘与其母相比，更胜一筹，长相自然是继承了其母的所有优点，兼具笑容甜美，与被称为“冷美人”的喻雅仙形成鲜明对照，而且更加受人欢迎。十四岁那年，喻宝珠在上海大同电影制片厂摄制的故事片《大江之子》中饰演了一个配角，公映后反响不错，给制片方和观众都留下了深刻印象。

世上没有十全十美之事，这对母女美人占尽了外在优势，内在缺陷也比较明显。由于从小被宠着，社交活动又多，喻雅仙本来是完全有条件读完大学的，却只读到初三，而且没有参加毕业考试，因为那时她已经未婚先孕了。稍后，学校发给了喻雅仙一纸肄业证书。从此，喻雅仙就与高中、大学无缘了。

女儿喻宝珠在读书方面还不如其母。母女俩住在重庆南路仁安里曾家的房子里，“电气小开”曾显聪每月为她们提供的花销不菲，喻雅仙不需要工作，日子却过得比寻常人家优越得多。喻宝珠对读书并无兴趣，她感兴趣的是广泛交际，外加文艺表演——乐器她是不碰的，她下不了这份苦功夫，但她舞跳得好，溜冰也不错，还擅长表演，总是学校文娱晚会上的第一明星，还时不时被社会上的公司年会、庆典之类的请去助场。十四岁上拍摄过电影后，她更是对这种机会盯着不放，学业自然就荒废了。

喻宝珠的学习成绩原本平平，隔三差五逃学又拒绝补课，期中期末考试的成绩可想而知。初二上学期，她全部功课门门挂红灯，开创了所在学校最差成绩的纪录。教导主任暴跳如雷，年级组长急得跳脚，级任老师（班主任）连跳黄浦的心都有，成绩出来后的当晚联袂紧急家访。喻雅仙闻知后却若无其事，端出茶点对老师们热情款待；喻宝珠也是满脸甜美笑容，反复向老师鞠躬道歉，连说“我要努力”。次日，昨晚家访的那三位正在校长室汇报时，喻宝珠请学校门房把一份退学申请送到了校长室。

退学后，喻宝珠更是自由自在，如鱼得水。春节前，随着若干男女到访仁安里，喻宝珠忽然成了本地段的名人。

上海的电影业改造是新政权对资本主义工商业实行社会主义改造的最早试点，早在1950年初，长江电影制片厂首先实行公私合营。1951年9月，昆仑影业公司与长江电影制片厂合并，成立公私合营性质的长江昆仑电影制片厂。1952年1月，以“长昆厂”为基础，联合文华影业公司、国泰影业公司、大同电影企业公司、大中华影业公司、大光明影业公司和华光影业公司，组成国营性质的上海联合电影制片厂。

当时，参与联合的电影企业都把各自公司筹拍的电影项目或者剧本带往“联影厂”，其中大同公司带去的一个剧本《永远的力量》受到了“联影厂”领导的青睐，认为可以作为“联影厂”成立后的首部影片。于是，一面请作者对剧本进行修改，一面筹备拍摄，力争在当年国庆节前公映，作为向新中国成立三周年的献礼片。在影片的筹备会上，众人对哪个演员饰演哪个角色作了构想，有一半以上的参会者推荐曾在电影《大江之子》中饰演过配角的喻宝珠出演《永远的力量》中的女二号。大伙儿聊得起劲，有人提议，何不去喻宝珠家里当场测试一下，立即得到响应。

于是，“联影厂”调派了中吉普、工具车（即后来所谓的“面包车”），载着十几名导演、演员、摄影师前往重庆南路仁安里，顿时引起轰动。那年头儿上海滩的追星风气之盛不亚于六十多年后的今天。当时的闲人多，寻常小弄堂口停下中吉普、面包车，已经引起他们的注意了，待到发现从车上下来的这批穿着打扮颇显另类的男男女女中有好多竟然是平时难得近距离目睹尊容的明星，立时一传十、十传百，招来了众多围观者，把弄堂挤得水泄不通。

派出所闻讯全部出动，嵩山分局也派出了民警，总算把围观者劝退，让出一条通道，使来宾得以来到喻氏母女的住所。母女俩倒是在家，不过来宾发现他们的临时起意忽略了一个实际情况，人家的住房面积对于十几位来访者来说显然不够大，人都挤进去是可以的，却没有那么些凳子椅子，即使有也放不下，更别说当场让小姑娘表演了。于是，只好把喻宝珠接到厂里去面试。

如此一折腾，喻宝珠的名声就迅速传播开了，次日已经波及全市。市民的口头传播肯定有误差，传到后来，出了多个版本，其中一个最离谱的版本是，文化部电影局有文件下达到上海，点名要把喻宝珠作为明星培养，这次电影厂的人来仁安里就是为落实北京指示。这么一来，居委会自然重视，连派出所、分局内部开会研究社会治安情况时也要求户籍警对喻宝珠多加关注，注意不要让闲人无故登门干扰喻宝珠母女的正常生活。

户籍警小顾是个参加工作不过年余的青年，自是遵命行事，跟居委会阿姨交代过几次，关照她们，喻氏母女如果遇到什么情况，必须多加注意，尽力帮助解决，而且要知会所里，所里要做记录的。不曾想到，电影厂来人不过三个星期，小姑娘就出事了，而且一下子就出了大事，把性命给弄丢了！

三、他杀还是自杀

喻雅仙在苏州云林庵接到其叔父喻鼎举的电报时，已是当天天黑之后。她把电报连看了几遍，不知发生了什么事，就出庵去附近的旅馆找陪同她前来还愿的曾显聪商量。两人商量下来的意见是立刻返沪，搭乘夜班火车回上海。买票后，喻雅仙让曾显聪去火车站前的邮电局发了一封电报，告知叔父自己即刻返沪，免得他老人家着急。

喻鼎举收到回电，马上打电话告知嵩山分局刑侦队。刑侦队要求他去接站，先把喻雅仙接到仁安里那边，途中暂时不要透露喻宝珠死亡的消息，只以“突患急病”搪塞，待刑警过去后由刑警告知。

喻雅仙抵达上海北站后，见两个堂兄堂妹随同叔父、婶婶一起来接站，不禁觉得奇怪，忙问发生了什么情况，是不是女儿出了意外。喻鼎举说先回家吧，到家再说。喻雅仙更是觉得不对头，哪肯罢休，盯着追问。这也是意料之中的，喻鼎举遂说宝珠去溜冰的时候被人撞了，受了外伤，正在医院救治。医院要求交一笔不菲的款子，我们凑不全，只好把你叫回来一道想法子解决。喻雅仙信以为真，哭哭啼啼地说家里有些现钞，不够的话可以把首饰卖掉。一旁的曾显聪立刻表示，钱不算事，都包在他身上，只要人没事就行。

一行人坐了出租车往重庆南路赶，曾显聪原本也想陪同喻雅仙过去，被喻老先生婉拒，让他先回自己家休息，有什么情况会及时跟他联系。到得仁安里，刑警已经在居委会等着，见喻雅仙回来，就跟了上来。喻雅仙进门发现家里的物件被动过了，不禁一个激灵，跟着见刑警进门，脸色顿时大变。待到听刑警说喻宝珠中毒身亡，蓦地像是被施了定身法一样，一双眼睛直勾勾地盯着刑警：“你们说什么？宝珠她死啦?”

刑警下面的话还没出口，喻雅仙突然一跃而起，往客厅一侧的玻璃立柜走去。刑警不知她想干什么，但还是下意识地站了起来。就在这时，喻雅仙已拉开立柜的玻璃门，从里面拿出一双作为摆设的银筷子，紧握尾端，抬手便往自己颈部戳去！刑警还没来得及作出反应，喻雅仙那个习练过形意拳的堂兄瞧着不对，一个箭步蹿过来，在筷子尖即将戳进颈部的一瞬间，一把抓住了筷子。几个刑警惊出一头冷汗，连忙上前连扯带拉把喻雅仙劝回桌前，按坐下来，说先请听他们把话说完。又对喻鼎举一家说，你们四位也不必回避，一起听听，帮着分析分析。

大致介绍了喻宝珠出事的情况后，话题便转到了毒药的来源上。喻宝珠摄入毒药的方式应该有三种，一是混杂于饮食中，包括开水、“阿华田”和那个饼干听里的小糕点；二是在刷牙时使用了混入毒药的牙膏；三是直接吞服毒药。

上述可以混杂毒药的开水、“阿华田”和小糕点都经过化验，并无毒药成分检出，这样就可以初步排除。现场勘查时提取的喻宝珠使用过的牙刷、牙膏也已经过检验，可以排除其作为中毒载体的可能。那么就剩下最后一种可能，即她自己吞服毒药。鉴于氰化钾的强烈毒性，喻宝珠吞服毒药后肯定会立刻发作，在她一息尚存的短暂时间内，唯一能做的就是垂死挣扎，根本不可能把用来存放毒药的容器——可以是小瓶子，也可以是通常医院用来装药的纸质小袋，或干脆就是普通的纸张，等等——处理掉。所以，如果她是自己直接吞服毒药的话，现场应该留下包装。可是，警方在勘查现场时并未发现这类包装。

刑警说到这里时，喻鼎举提出了一个问题，会不会有其他人在喻宝珠死亡后进入过现场，把毒药包装或者警方目前没掌握的某种混杂了毒药的食品取走了？刑警说，这一点我们在分析情况时已经考虑到了，从理论上来说，不能排除这种可能性，不过，我们在勘查现场时注意到，客厅的地板是打过蜡的，上面只有死者一个人的活动痕迹，也没有被擦拭过的迹象。

此外，警方还想到了一种几乎是不可能的可能，会不会有人在这听什锦果未曾开封前，通过某种特别的方式——比如使用注射器之类的工具往饼干听里注射毒药，甚至在厂家的生产线上对饼干听里的一两枚糕点做手脚？

经过检查，饼干听整体以及锡封防潮纸完好无损，没有针孔。今天下午，警方又去了冠生园生产该款糕点的车间，提取了这听糕点的生产数据，实地观察了流水线的包装状况，根据记录找到了包装这听糕点的当班工人。初步了解下来，并无值得怀疑的情况。这是一条1949年2月刚从国外引进的包装流水线，称重、装听、密封、压盖都是由机器控制自动操作的，几乎没有做手脚的空间。

喻宝珠那个会形意拳的堂兄提出一种可能，会不会是她先把毒药从包装中倒出来，然后把包装物处理掉了，比如扔进了抽水马桶？

刑警不由得对这个三十五六岁的汉子刮目相看。不过，这种可能警方也想到了。假设这种情况存在，那么，她把毒药从包装物中取出来之后如何存放呢？还是要找一个容器，即使是一片纸，事后也应该有个去向呀。或者是连纸一起吃下去了？但解剖时并未在胃内发现纸质残余物。也有一种可能，即她把毒药倒在手掌里，然后把包装毒药的纸袋或纸张扔到抽水马桶里冲走，可尸检时法医对其两手涂抹化学试剂进行过测试，也未发现毒药成分。既然如此，那只有暂时排除这种可能。

这时，喻雅仙的神志似乎清醒了些，情绪也没有刚才那么激动了。她突然开腔说，照你们民警同志的意思，我女儿有自杀倾向，但这根本不可能！宝珠是个很开朗很豁达的姑娘，每一天都过得非常快乐，过年前电影厂来人要请她去拍故事片，她更加开心了，只要跟我在一起，就会说到这事，完全沉浸在即将成为明星的喜悦中。像这样一个生活中只有鲜花和掌声，从来没受过任何委屈的小姑娘，怎么会自杀呢？她没啥想不通的呀！

刑警说，刚才只是尽量详尽地介绍警方的分析，并非确定的结论。之所以把你从苏州请回来，就是想听你说说喻宝珠生前各个方面的情况，只有掌握了这些情况，才能作出正确的判断。也请你相信警方，我们一定能把这个案子查个水落石出。

接下来的询问，就围绕着喻宝珠生前的各种情况展开，其间，喻雅仙每每想到女儿的惨死，几次失控，捶胸顿足号啕大哭，直至昏厥，被婶婶和堂妹搀扶回卧室。

四、立案侦查

从喻宝珠死亡那天开始，嵩山分局刑侦队就认为不管是他杀还是自杀，都应立案调查，而且大部分刑警都倾向于认为是他杀。当时的规定是，命案需报告上级公安机关即上海市公安局，可是，当天报上去后，市局并未作出回应。于是，嵩山分局只好暂不立案，而是指派三名刑警先行展开调查。后来才知道，市局刑侦处对该案的判断与分局刑侦队是相同的，也倾向于是他杀，主张立案侦查。但是，市局领导的观点却是“先调查，如果发现确凿的他杀证据，再予立案侦查”。

直到十四年后“文化大革命”开始，才有大字报披露背后的原因。原来，市局领导层接到来自文化系统的电话，说鉴于喻宝珠之死在社会上引起了较多议论，担心影响到上海解放后首家国营性质的电影制片厂的声誉，请求在不违背政策的前提下，尽可能低调处置此事。因此，市局领导层经过讨论，决定暂不立案，但会议记录表明，与会者一致认为：一俟发现可以认为是他杀的证据，则应即刻立案。

如此，嵩山分局刑侦队就指派了三名刑警对喻宝珠之死进行调查。调查进行到次日下午，仁安里发生了一桩微不足道的小小纠纷，由此引出被认为是喻宝珠之死他杀依据的物证，这才组建专案组，正式开展命案侦查。

当时，抗美援朝战争正在激烈进行中。上一年 7 月 15 日开始的开城一板门店谈判虽已进行了半年多，但时断时续，美国为了获取谈判资本，不断在战场上搞军事冒险，先后发动了“夏季攻势”、“秋季攻势”，甚至使用了细菌武器。为应对美国可能发动的直接针对中国大陆的细菌战争，中共中央向全国人民发出“动员起来，搞好卫生，减少疾病，提高健康水平，粉碎敌人的细菌战争”的号召，一场全国范围内的爱国卫生运动由此拉开了帷幕。各地都成立了“爱国卫生运动委员会”，嵩山区政府也成立了区一级的“爱卫会”，号召本区市民积极参加爱国卫生运动，具体措施落实到本区各公私单位、中小学和基层居委会。

为制造声势，每个基层单位都把上级下达的“除四害”的指标完成进度“上墙”（即用黑板报、墙报形式予以公布），互相之间还自发进行比赛，未完成指标的要予以督促，完成得好的给予表扬。在这种声势下，全市男女老幼，不管是否有单位，只要具备正常活动能力的，都必须积极参加。本案发生时是冬天，苍蝇、蚊子、蟑螂是没有的，只有老鼠可以消灭。大伙儿都盯着老鼠，一段时间下来，老鼠大幅度减少。不过，指标没有减少，于是就有人从郊区农村或者外地弄老鼠来交差，甚至还出现了物质性的互通有无，死老鼠一时成为抢手货。在这种情况下，因争夺一只死老鼠发生矛盾就容易让人理解了。而这起小矛盾的发生，也使警方对喻宝珠之死的性质有了一个准确的判定。

仁安里有一户居民，户主老陈系国营物资公司的卡车司机，这在当时是一个使人羡慕的职业，与其他工人相比，收入也高出一截，还有一些便利可用，所以，老陈在仁安里算是一个人物。老陈的妻子刘大嫂是家庭妇女，即现在所谓的全职太太，做家务之余，还热心参加居委会工作，最近刚被居委会指定担任居民小组的小组长。喻雅仙、喻宝珠母女家就属于她负责的居民小组，所以这两天她比较忙，时不时被居委会主任或者户籍警叫去询问喻家的情况。

老陈夫妇婚后生育了两个孩子，姐姐十一岁、弟弟八岁。姐弟俩是同一所小学的，姐姐四年级，弟弟一年级。姐姐学习成绩不错，担任班长、少先队中队长、大队委员，弟弟才入学半年，天生顽皮，成绩不佳，还时常惹事闯祸。这次放寒假伊始，老师家访，对家长说了孩子的情况，要求假期期间注意加强家庭教育，争取开学时以新的风貌展现在同学和老师面前。姐姐便自告奋勇承揽了这茬活儿，每天对弟弟耳提面命，进行文化和思想品德教育。这男孩儿倒是个可塑之材，每天主动遵照姐姐的吩咐一样样落实，还时不时进行一些发挥。

让姐姐没想到的是，接下来，弟弟就把主意打到她头上来了。小学生也有消灭害虫的任务，不过弟弟是例外，因为他上学半年以来，一向不听老师招呼，课余时间玩耍尚且来不及，哪有时间去打老鼠拍苍蝇？所以甘愿上白榜，照样若无其事地过日子，小小年纪有这份心理素质不能不使人叹服。寒假期间，经姐姐教育启发，他一心要脱胎换骨做个好孩子。2 月 11 日学校开学，刚上了半天课，老师就注意到了他的变化，当着全班同学的面给予表扬。稍后，老师又专门和他谈话进行激励，把他的上进心推到了一个新的高度。

于是，弟弟就想到了要完成“除四害”指标，空闲时间也不玩耍了，屋里屋外四处转悠，到处找老鼠。喻宝珠死亡的第二天下午，姐姐放学回家，发现家里有一只死老鼠，这对于正犯愁完成不了“除四害”指标、恨不得钻地打洞也要弄到死老鼠的少先队中队长来说，真是求之不得的好事，当下把死老鼠装进一个纸盒，准备明天上学时拿到学校。哪知，弟弟的积极性比姐姐高，发现姐姐的“藏品”后，家庭作业也不做了，立刻把纸盒往居委会送，反正人家会给他开收条，交到学校去一样算指标。

没想到，这一送，倒把姐弟俩的母亲刘大嫂弄了个尴尬。当时为配合爱国卫生运动，街道布置对每户居民进行定期卫生检查，按照检查的情况给予评级，分为“最清洁户”、“清洁户”、“不合格户”和“最差户”。不过，“最差户”一般是没有的——那属于对抗人民政府号召，给扣一个“蓄意破坏抗美援朝”的罪名也不是没有可能。不过，想当“最清洁户”也不是那么容易。刘大嫂憋着一股劲儿，从春节前就开始努力，终于摘到了“最清洁户”的牌子。同一居民小组数十户中，只有两家被评为“最清洁户”，另一家就是喻雅仙家。她倒不是靠个人努力，而是靠房子本身优越的设施条件轻易夺标。

根据区里的规定，接连三次获得“最清洁户”的居民，将由街道颁发奖状，奖励看一场最新翻译的苏联故事片。刘大嫂想获得这项荣誉，一直在琢磨如何把家庭卫生搞得比喻家好，想来想去总觉得底气不足。昨天发生了喻宝珠猝死之事，她心里一松，喻雅仙的女儿死了，哭都来不及，哪有心思搞卫生？这下笃定可以夺标了。哪知，这节骨眼儿上，儿子忽然拿来了一只死老鼠，进门就对居委会主任说是在自己家里发现的。

这下刘大嫂傻了，家里发现老鼠的，不管是死是活，卫生搞得再好也没有资格评到“最清洁户”了。她还没想清楚往下该怎么办的时候，主任已经让卫生委员把在她家发现死老鼠的情况记录下来了，还打招呼说，按照规定这要上白榜的，刘大嫂你尽管是积极分子，但我们办事一视同仁，请你理解。

刘大嫂赶紧回家，想弄明白这只老鼠是怎么溜进自己家的，还没进门，就听见姐弟俩的吵闹声。原来，弟弟交了死老鼠，拿着写着自己姓名的收条兴冲冲回去给姐姐看。姐姐弄清楚原委，自是恼火，忍无可忍打了弟弟一记耳光。弟弟本是顽劣少年，当下就把“脱胎换骨”丢在脑后，立刻还原本色，找出弹弓偷袭姐姐。虽说是手下留情，没用石头弹子而只用了纸弹，也把姐姐脑门儿上打出了一个疙瘩。刘大嫂问明情况，说你们别吵了，先和妈妈一起把死老鼠怎么出现在我们家里的原因查个明白，设法杜绝，否则以后再有老鼠进门，别说"最清洁户"了，不挂白牌（最差户）已经算是给面子了。

这一番查下来，在两个孩子卧室的床底下发现了一个底部被咬破了的"冠生园"出品的什锦果空纸罐。刘大嫂心下诧异，家里从来没有买过这种糕点，怎么有一个空纸罐呢？看来就是这个空纸罐把老鼠引来的。这只老鼠多半是在哪里吃了老鼠药，药性发作后到处乱窜，溜进了自己家，发现了这个空纸罐，闻到残留的糕点香味儿，就咬破了底部，临死前尝到一点儿糕点渣子，也算是死得其所。

刘大嫂就拿着这个空罐去了居委会。当时的宣传观点认为，老鼠就是敌人，居民发现鼠情应该像发现敌情一样向居委会报告，再反映给爱卫会，供专家分析，以便制订更为精准的灭鼠方案。巧得很，户籍警小顾正好在居委会。刘大嫂向卫生委员说明情况的时候，起初他也没当回事，听着听着，原本有点儿瞌睡的他眼睛渐渐睁大，最后定格在刘大嫂拿来的那个空罐上。他立即一跃而起，从一本报告纸上扯下两张把空罐包上，对刘大嫂说："去你家看看。"

小顾不是刑警，他去刘大嫂家不过是要保护现场——他已经认定这个空罐很可能与喻宝珠的猝死有关。看过两个孩子的卧室后，他把房门关上，扯过一张凳子坐在门前，请随着一起过来的居委会主任给派出所打电话报告。

派出所得到报告，马上转报分局。不一会儿，三个负责调查喻宝珠死亡情况的刑警王秀木、阮嘉平、郑寒笙合骑着一辆三轮摩托车风风火火赶到。听小顾说了说情况，刑警转而问刘大嫂和两个孩子，这个空罐是怎么个来路。可是，刘大嫂和她的一对子女对此也是莫名其妙。刘大嫂说，要不是老鼠叼进来的？刑警断然否定，罐子比老鼠大出许多倍，怎么个叼法？

正说着的时候，男主人老陈下班回家，听清刑警上门的原因，赶紧解释说，他前天上午出门买菜，经过弄堂口的垃圾箱时看见了这个空罐，垃圾箱在弄堂的左侧，空罐在右侧的墙边。估计是有人经过时顺手抛入垃圾箱，却差了些许准头，扔到垃圾箱的边沿，又弹落到对面的墙边。他觉得这个空罐不脏，又没损坏，就捡起来放在菜篮子里，买完菜就带回家了。那个年月，用罐子、盒子、瓶子包装的糕点糖果对于寻常人家来说乃是奢侈品，除非有亲友赠送，一般是买不起的。有人赠送的话，吃完了内盛的糖果糕点，也肯定会把空罐留下，作为盛放小物品的容器。所以，老陈随手捡个空罐拿回家之举，在当时是很正常的。

刑警把空罐送到市局进行技术鉴定，技术人员从空罐里残留的糕点细屑中检得微量氰化钾成分，此外，还在空罐表面发现了数枚指纹，其中包括死者喻宝珠的。

嵩山分局以此作为依据，再次向市局报请立案，终于获准。市局对该案的侦查比较重视，指派刑侦处第二科科长钟乃道和资深刑警张崇师与嵩山分局之前奉命调查的三名刑警郑寒笙、阮嘉平、王秀木组建专案侦查组，钟乃道任组长。

当晚，专案组开会研究案情，对新发现的那个空罐作出如下推断——

空罐里曾经盛放过沾有氰化钾的糕点，那只老鼠溜入陈家后，循着糕点香味找到空罐，在底部咬了个小窟窿，含有剧毒的糕点残渣导致老鼠死亡。当然，刑警的工作跟爱国卫生运动没有关系，他们关心的不是老鼠的死因，而是准明星喻宝珠的死亡之谜。这个空罐必然与喻宝珠的死亡有关。从空罐表面遗留的喻宝珠的指纹推断，此物很可能是这个姑娘抛弃的。那么，她是如何得到这罐糕点的，又是什么时候把空罐抛弃的？如果喻宝珠是吃了这些有毒糕点死亡的，在她抛弃空罐到中毒死亡之间的这段时间里，这些有毒糕点又存放在哪里？

五、一个嫌疑人

案发第三天，专案组刑警分别对上述问题进行调查。

刑警张崇师、郑寒笙、阮嘉平三人去仁安里走访群众。这天是星期六，当时距实施双休日制度还有四十多年，因此周六照常上班。刑警分头走访了仁安里所有家里有人的住户，忙到下午六点多，刑警阮嘉平走访居民费长礼时，终于查摸到了一些线索。

费长礼在十六铺客运码头工作，上长日班。每天早上七点出门，骑自行车到单位，在单位食堂吃了早饭，正好八点上班。据他反映，2月13日早上骑车出门时，看见喻宝珠从家里出来，手里拿着一个彩色罐罐。两人照面时，喻宝珠还冲他甜甜一笑："爷叔，上班去啦？介早啊！"

自行车出弄堂口刚拐上马路，对面人行道上有个端着钢精锅子的老太太被路面上的薄冰滑了个趔趄，人没摔倒，锅子却脱手掉落地下，豆浆泼了一地。老费下意识地捏了下车闸，把车停下朝那边观望。就在这时，他听见身后传来"咚"的一声，接着，喻宝珠就走出弄堂，目睹了对面那一幕，不无同情地叫了声："啊呀，打翻脱哉！那奈能办啦！"一边说一边穿过马路，要去相帮老太太把锅捡起来。但已经有人先一步做了，所以她只是看了看，然后就离开了。费长礼说他记得很清楚，当时姑娘手里已是空无一物。

刑警由此判断，老费听见的“咚”的一声，就是喻宝珠把空罐抛向垃圾箱又弹落在地的声音。因此可以得出结论，喻宝珠是在2月13日上午七时许把那个空罐抛弃的。稍后，卡车司机老陈去菜场买菜经过弄堂口时发现了那个空罐，就顺手捡了起来。

另一路刑警钟乃道、王秀木的调查就没有那么顺利了。他们计划先去向喻雅仙询问。昨天刑警与死者亲属谈话后，见喻雅仙的情绪很不稳定，建议喻鼎举夫妇及那对堂兄妹商量一下，留下一二人陪伴。那一家子视仁安里的住所为“凶宅”，觉得不便住宿，遂决定把喻雅仙带到他们位于新闸路的住所暂住几天，便给刑警留下了地址。可是，今天上午过去，刑警却吃了空门。问邻居，都说不知道这一家子去哪里了。刑警王秀木便有些后悔，说昨天没有想到，应该请喻鼎举夫妇的子女留下工作单位的地址和电话的，还应关照一下他们，如果出门的话，要跟居委会打声招呼，以便警方有事可以联系得上。

钟乃道说不着急，咱们上派出所打听去。两人去了新闸路派出所，查下来，喻雅仙的堂兄是有工作单位的，系铁路局机务段的采购员；堂妹是家庭妇女，其夫系闸北一个姓丁的西医，上海解放前夕，那医生不知怎么失踪了，她就回了娘家。如今，她的生活全靠西医丈夫留下的积蓄。顺便问了问，得知这一家子在政治上都无问题，从未参加过反动党团或封建帮会，也向无治安方面的违法记录，即使那个“守活寡”的堂妹，也未听说有过什么生活作风方面的绯闻。

刑警就往铁路局机务段打电话，那边说确有喻某某其人，是供应科的专职采购员。电话转到供应科，不巧，喻去外面采购物资了，具体去了哪里也不清楚。刑警只得请对方给喻留话，让他回来后立即跟警方联系。打过电话，两个刑警连水也没有喝一口，重返喻鼎举的住处，还是铁将军把门。没办法，只得又去铁路局等候，一直等到下午三点钟仍不见人。再去新闸路等了两个小时，下午五点，方才在喻家门口候到了刚刚回家的喻雅仙的堂兄。一问方知，昨天喻雅仙的情绪很不稳定，还发高烧，就把她送广慈医院了。当时是堂兄妹两个把她送去的，医生建议留院观察。天明后，喻鼎举夫妇赶来了，堂兄去上班，留下喻鼎举夫妇和妹妹陪护。

钟乃道、王秀木赶到广慈医院时已是六点，在走廊与送曾显聪出来的喻雅仙的堂妹相遇。昨晚在仁安里她与王秀木见过面，认出乃是分局刑警，就把曾显聪介绍给王秀木。这个名字钟乃道、王秀木之前已经听说过，于是点头招呼，钟乃道还跟曾握了握手。曾显聪昨晚抵沪后，在北火车站就与喻雅仙分手了。喻鼎举夫妇是比较讲究老理儿的，他们倒不反对喻雅仙与曾显聪交往，但认为曾显聪还没有办完离婚手续，不应该跟喻雅仙显得太过亲密。昨天阻拦曾显聪随同他们去仁安里也是这个原因。

喻雅仙下半夜被送进医院后，打了一针安眠剂，一觉睡醒已是上午十点，开口便唤曾显聪。老两口为稳定侄女的情绪，马上让女儿给曾显聪打电话。曾显聪在医院陪了大半天，此刻正要回家，出门就碰上了前来调查的刑警。

得知眼前这位西装革履风度翩翩的男子就是曾显聪，钟乃道暗忖，听说这人几乎天天出入仁安里，喻雅仙母女俩的生活开支全部是由他负担的，那么这罐糕点是不是他买的呢？于是，就把空罐拿出来，问曾是否见过。曾显聪马上说，那是喻宝珠喜欢吃的冠生园什锦果，家里是常年不断的，前几天还听她说要去买马口铁饼干听包装的新品。至于这个空罐，曾显聪说他没有见过。

曾显聪告诉刑警，他最后一次见到宝珠是 2 月 12 日。那天他要陪同喻雅仙去苏州，买的是十点钟的车票，去北站的路上，他让出租车在仁安里拐一下，接上喻雅仙，顺便给喻宝珠留下些现钞——他解释说，母女俩的生活费都是由他提供的，每月不少于两百万（旧版人民币，与新版人民币的兑换比率是10000∶1，下同），还不包括平时给她们买的东西。说到这里，曾显聪忽然眉峰一耸，说我想起来了，这罐什锦果是宝珠自己买的。过年时——年初四或者年初五，我请她们娘儿俩去南京路国际饭店吃罗宋大餐，路过“泰康”（即泰康食品店）时，宝珠进去买了两罐。当时，店员告诉她过几天有三磅装马口铁饼干听包装的新款上市，宝珠当即表示过两天要来看看。12日上午我去仁安里时，宝珠告诉我一会儿就要去“泰康”买那种新品。

聊了一会儿，曾显聪先行告辞。刑警进病房询问喻雅仙。王秀木注意到，和一天之前相比，喻雅仙憔悴不少，两眼空洞，神情木讷。原以为这种状况下跟喻雅仙很难沟通，但刑警还是出示了空罐，试着问了问。喻雅仙的思维倒还是比较清晰，言语表述也算正常。她告诉刑警，女儿从小就喜欢吃冠生园的糖果糕点，两年前，冠生园推出了这种什锦果，先是盒装，后是纸罐装，她都特别喜欢。当然，市场上还有散装供应，但她说散装的味道不及盒装或罐装的，所以只买这两种包装的产品。这次冠生园又推出了马口铁听装的，她自是要赶紧去买。不过，12日上午去南京路有没有买到，她就不清楚了，因为她已经和曾显聪去苏州了。

那么，这个空罐又是怎么回事呢？喻雅仙说，年初五曾先生请我们母女去国际饭店吃饭，饭后逛南京路时在“泰康”买了两罐点心。不过，这两罐点心并没有拿回家里。回家路上，宝珠去小亚家取一幅油画，还在那里待了一阵儿，吃了晚饭，临走时拿了油画，却把两罐点心给忘记了。12日上午曾先生来接我之前，小亚提着那两罐点心上门了，说是宝珠上次忘记拿的。宝珠还埋怨他，说事后给他寄生日贺卡时已经写明不必送来，让他留着吃。可小亚还是执意送过来了。

刑警问，小亚是哪位？跟喻宝珠又是什么关系？喻雅仙说，小亚是喻宝珠在社会上结交的朋友，二十二岁，小伙子人蛮好的，喜欢画画，六七年前就已经拜师学油画了，他的作品参加市里的比赛得过奖，年前还听说有一幅他创作的油画要送苏联去参加社会主义国家青年油画作品展览。年初五宝珠去取的那幅油画，是他特地画了送给宝珠的。

刑警听到这里，禁不住问，这个小亚是不是在和喻宝珠谈恋爱？喻雅仙说，小亚除了画画，还喜欢跳舞，而宝珠也喜欢跳舞，两人是在跳舞时认识的，已经认识一年多了，是不是在谈恋爱那就不清楚了。我经常听宝珠说起他，两人也经常走动。不过，像宝珠这样漂亮的姑娘，还不是走到哪里都有小伙子围着她转。

当晚八点半，专案组开会分析案情。如果喻雅仙的回忆没错，那么那个后来被发现内有被下毒糕点的什锦果纸罐曾在小亚家里放过将近两个星期，直到出事前两天的2月12日才由小亚主动送到喻家。而在这之前，喻宝珠在给其邮寄生日贺卡时已经传递过信息，说什锦果送给他了，可是，他却特地送回来了。而在送回后的次日上午，仁安里有居民看见喻宝珠把其中一个已经吃光了的空罐扔进垃圾箱。

如果说染毒什锦果在空罐被抛弃之前已经被喻宝珠吃掉的话，她肯定当时就殒命了。可事实并非如此，次日上午她还好好地出门，经过弄堂口垃圾箱时还顺便抛弃了空罐。这就是说，染毒什锦果并未被喻宝珠吃掉，而是放在家里的某个容器内。可是，勘查现场时已经搜遍了全宅，并未发现有哪怕一张半张包过什锦果的纸张，更别说其他放过什锦果的容器了。但是，事实就是这样，喻宝珠肯定把未曾吃掉的包括染毒什锦果在内的糕点放在家里，一直放到2月14日早上才吃。那么，她究竟把纸罐里剩下的什锦果放在哪里了呢？一干刑警想了又想，最后想出了一个合适的去处：她把吃剩下的什锦果放进那个新买的马口铁饼干听里了。次日，她早餐可能没在家里吃，所以没出事。2 月 14 日，她在家里吃早餐，误食了放进马口铁饼干听里的染毒糕点，当场中毒身亡。

那么，另一个纸罐的什锦果到哪里去了呢？喻宝珠不可能在两天之内把两罐糕点吃得只剩下少数几枚呀！这个，刑警就分析不出了。还是先调查吧，去找那个小亚调查，因为他此刻在专案组眼里已经成为涉嫌对象了。

2 月 17 日上午，专案组刑警张崇师、王秀木、郑寒笙开始对小亚进行调查。先从外围进行，前往小亚居住地管段派出所了解此人。民警介绍如下——

小亚今年二十三岁，汉族，出生于高级知识分子家庭，其父系著名画家，民主党派人士，政协委员。小亚去年毕业于上海美专，现供职华东工艺美术品研究所，系该所一位年轻的设计员。小亚无刑事或者治安犯罪记录，也未曾参加过任何党派或者帮会组织，政治态度属于一般群众，不像其父那样追求政治进步。可能受家庭经济条件、艺术氛围、画家职业、旧社会遗留的生活习惯等影响，小亚在物质生活方面追求超优，他的穿着打扮既另类又前卫，从头到脚的服饰全部是舶来品。上海解放后，市场上渐渐少有进口服装鞋帽，他就让海外亲戚邮寄。平时经常出没的场所是舞厅、影剧院、溜冰场、游泳池、饭馆、咖啡馆等，出手大方，被人视为“比小开还小开”。小亚家有房产数套，平时不与父母住在一起，而是住在北四川区峨眉路的一处独门独户的私房内。

外围调查之后，就把小亚传唤来所，当面接受调查。这是一个颀长身材、眉目清秀、举止斯文的俊逸青年，以一种若无其事的神态出现在三位刑警面前。在刑警想来，这等神态似乎可以表明小伙子还不知道与其交往甚密的姑娘已经长逝。于是，刑警的开场白是："你知道喻宝珠出事了吗？"

没想到，小亚若无其事地缓缓点头："我听说喻宝珠猝死了。"

"你跟她什么关系？"

"她是我的朋友。"

"什么性质的朋友呢？"

小亚伸了个懒腰，打了一个哈欠："呵——对不起，昨晚在赶活儿，天亮才睡，睡了没多久就被户籍警敲门叫醒了，精神有点儿不济。你们问我跟喻宝珠是什么性质的朋友，我想我们这种关系应该属于谈恋爱吧。"

"你是怎么知道喻宝珠死亡的消息的？"

"昨天我去过仁安里，听弄堂口的老皮匠说的。"

"听说以后呢？"

"听说以后？那我就转身离开，打道回府啊。"

"你这种行为，像是情侣关系吗？"

"这个……请教当面，难道情侣关系还有固定模式？人民政府公布过这样的模式吗？"

刑警一时语塞，不过，在他们看来，即便是不懂事的小青年随便玩玩，也不该如此感情淡薄啊。对此，小亚却有说法："人的感情是建立在互相沟通的基础上的，宝珠已经死了，还怎么沟通呢？所以，恋爱结束了，爱情也就没了。关于这一点，春节前我和她探讨过，她也赞同。"

三刑警听到这里，禁不住互相交换眼色：年纪轻轻，正在恋爱阶段，怎么会探讨这样一个沉重话题呢？这正常吗？看他这副样子，是不是故意装得特立独行，玩世不恭，以掩饰自己的涉案嫌疑呢？

于是，这个话题打住，刑警让小亚说说关于那两罐什锦果的事儿。

小亚听了眉毛一皱，说这种鸡毛蒜皮的事儿你们也感兴趣？好吧，既然感兴趣，那我就如实奉告。

事情的前后经过是这样的——元旦那天，小亚和喻宝珠看了场苏联电影，里面的男主人公是个画家，精心创作了一幅油画送给热恋中的姑娘，由此引出了一段令人感动的故事。从电影院出来，小亚提议去喝咖啡，聊天中，喻宝珠说小亚你也是画家，你也给我专门画一幅油画吧，我肯定喜欢。小亚答应了，当天就开始构思，然后进入创作。为此，他把单位下达给他的设计任务放在旁边。幸亏他这份工作不用坐班，全年除了每月一次去单位领工资或者有时开会、学习什么的，基本都是待在家里，所以单位并不知道。原准备在春节前把画作完成的，可是紧赶慢赶还是没来得及，一直到年初三才完成。这段时间喻宝珠没敢天天过去打扰，两人隔三差五才通通电话，见个面。初三傍晚，喻宝珠借用她家附近一家工厂门房间的电话打到小亚父母家，想撞撞运气，看小亚是否正好在那边。还真让她撞着了，小亚正在参加家庭新年聚会。两人于是约定，年初五下午喻宝珠去取画。

年初五下午，喻宝珠如约登门。正好有小亚的另外两个朋友去给小亚拜年，于是，小亚就说都别急着告辞，我请大家吃饭。小亚尽管“比小开还小开”，但他有一双巧手，而且心思玲珑剔透，见识又广，竟然烧得一手好菜。于是四人就吃了一顿不算丰盛但可以说是精品的晚餐，饭后，喻宝珠拿着小亚给她画的油画离开时，忘记拿那两罐什锦果了。次日，她给小亚邮寄生日贺卡时，留言说什锦果就留给小亚了。但小亚对糕点并无兴趣，再说那几天他很忙，所以就没有给喻宝珠送回去。一直到2月12日，他才有空去跟喻宝珠见面，顺便就把什锦果拿过去了。

刑警感到不解：“从年初五到2月12日，有十三天吧？你跟喻宝珠是恋爱关系，却一直没见面，你自己说说这正常吗？”

小亚心平气和地回答说：“我觉得正常，因为我手头有事，心里也有事嘛，没有空。”

小亚说的手头有事，是他必须赶在15号前把拖下的工艺美术品设计稿和说明文字全部完成。至于心里有事，小亚说属于个人隐私，不愿回答。刑警说现在是在对你进行审查，我们问到什么你就必须如实回答什么。小亚只得告诉刑警，在与喻宝珠交往的同时，还有两个不错的姑娘正在追求他，他有些心动，又拿不准在连同喻宝珠在内的三个姑娘中，究竟应该选哪一个。

刑警马上追问：“这事喻宝珠知道吗？”

打自询问开始一向满不在乎若无其事的小亚听见这话，一瞬间略显迟疑，继而摇头：“她不知道。”

三刑警再次互相交换眼色，对小伙子的疑心更甚。于是就问到了什锦果，问他是否打开过纸罐。小亚马上摇头，说我又不吃，打开密封得好好的罐罐干吗？继续盯着问下去，小亚显出不耐烦的神色，说他要说的话都已经说了，没有其他内容需要补充了。说罢，不管刑警问什么，他再也不开口了。

这个态度，别说作为一个已被怀疑涉案的命案嫌疑人了，就是寻常小扒手，刑警也是不能接受的。但人家不开腔，一时似乎也没办法强迫他开腔，三刑警商量下来，决定先将其留置于派出所，他们去其住处查看过后再作计议。

搜查工作直到下午三点才开始进行。这倒并非刑警延误，而是因为小亚独自居住的房屋系其父私产。而其老爸是著名画家、民主人士、统战对象，建国初期公安机关需要采取针对此类人物的行动时，都必须向上级请示。因为这个被触动的对象可能正奉命秘密进行对敌统战工作，或者掩护、协助我方秘密人员执行特殊使命，如果正在这当口儿突然发现其住所遭到搜查，那就有可能影响大局。此类工作当然是高度保密的，作为基层公安机关根本不可能知晓，因此，专案组在搜查之前，必须请上级确认，搜查对象并无上述情况。好在上级审批的速度还比较快，专案组上午把报告打过去，下午两点就批下来了。于是，刑警对小亚的住所进行搜查，但没有什么发现。

当晚，刑警又紧锣密鼓地对小亚所说的另外两个正在追求他的姑娘小杜和小宓进行调查。组长钟乃道特地关照刑警，我们是调查他是否涉案，不对其他不属于法律规定范围内的情况发表意见，所以他的三角恋爱情况就没有必要向当事人透露，这属于道德范畴的问题，并非法律问题。因此，刑警分别跟小杜和小宓谈话时，始终没对小亚还在跟其他对象交往之情况吐露半点儿口风。调查下来的结果表明，小亚之前在派出所对刑警所说的“心里有事”之说法属实。

按说，对小亚的审查没有发现其涉案的证据，那就应该恢复他的自由。当时的做法是可以放人，也可以送看守所——称为“留置审查”或者“拘留审查”，反正只要承办员认为有必要，就可以“以拘代侦”。不过，这种手段对小亚是否适合那是需要考虑再三的。专案组议下来，想出了一个办法：小亚有美术和工艺特长，那就利用一下，让派出所以“借用”为名跟其供职单位协调，把他“借”到派出所，搞所里的环境美化，派民警日夜陪着他。所里的活儿干完了，可以到下面的街道、居委会去布置“法制宣传画廊”。一个圈子兜下来，命案应该有个结果了。这样，既可以确保小亚无法玩失踪，也便于专案组随时向其了解情况。

这样一来，就苦了两个昼夜陪伴小亚的民警。因为专案组关照过，这人对于侦破案件可能至关重要，必须保证他不溜走、不自杀，而且要将其当作派出所的客人一样对待，不可给他脸色看，他需要民警帮他做什么事情，都必须乐呵呵地去做。这个小亚还真折腾人，喜欢白天睡觉晚上画画或者制作工艺美术品，经常深更半夜让民警陪同他跑到街头去看别处的墙报、海报。这倒还可以接受，难以接受的是他因为家境富裕，花钱如流水，晚上出去动不动就吃夜宵。民警是供给制，每月只发点儿零花钱，哪来钱钞陪他吃夜宵？公家财务制度卡得紧，也不可能列入报销项目。小亚倒是大方，掏钱请客，民警哪敢吃，只好冒着凛冽寒风空着肚子在饭馆、咖啡馆外面等候，满腹怨言还没法儿发泄。

六、迷雾重重

2 月 18 日，专案组开了一次时间较长的案情分析会，回顾检讨之前的工作思路，寻找新的调查方向。

话题还是 2 月 13 日上午被喻宝珠扔掉的空罐中毒药成分的来源。即使用外行人的角度来看，弄清这个问题也是一条破案的捷径，一下子突破，直接扎向案犯。这也是专案组盯着这个方向不放的原因。不过，这距离中心最近的一步，却无论如何无法走通。现在，一干刑警就先循着这个目标展开讨论，理出有条件下毒的所有对象，可以分为三类：一是喻宝珠生前交往的同学、朋友；二是包括喻雅仙在内具备作案条件的喻宝珠的亲属；三是邻居。

刑事侦查通常都是拣最便捷的途径走的，所以刑警最先找的是小亚，但询问下来没有发现小亚涉案的证据，只好将其先搁在一旁。接下来就该调查其他同学、朋友了。调查中需要注意发现像小亚那样跟喻宝珠有超出寻常友情关系的对象，因为以喻宝珠生前的交际面以及她的性格，她很有可能也像小亚那样同时与不止一个男友交往。如果确实存在这种小亚式的男友，那就有可能产生杀人动机。

第二个调查方向是死者的亲属。尽管通常来说一个十七八岁的少女不可能跟自己的亲属结下什么了不得的怨仇，之前的调查中也没有听说过喻宝珠与自己的亲属有什么重大利害冲突，但在没有完全排除这种可能之前，这方面的调查还是必要的。好在喻宝珠的亲属不多，也就是其母喻雅仙、叔公喻鼎举一家。鉴于“电气小开”曾显聪与喻雅仙的那份特殊关系，刑警决定把曾显聪也列入这一类调查对象之中。

第三个调查方向是仁安里的邻居。之前勘查现场时刑警就已对喻雅仙母女跟邻里的关系进行过初步了解，居委会方面说，这对母女平时跟邻居从来不来往，独门独户，自出自进，平时在弄堂里相遇，也就不过互相客客气气打个招呼。母女俩在仁安里其他居民眼里，是属于另类的，好像跟他们隔着一条鸿沟。这中间最主要的原因就是经济状况的差异。喻雅仙母女俩有“电气小开”为经济来源，过着优裕的生活，这跟大多数每天为谋生而奔波的仁安里居民相比，那真不是一个层次，所以互相之间确实也没啥可说的。但是，刑事案件的发生有许多不特定的因素，比如因对某种行为“看着不顺眼”甚至因某句话“听着不顺耳”就杀人的案例，刑警也没少见过。在当时普通人的观念中，像喻雅仙、喻宝珠母女这样过着寄生虫生活而且生活得甚好的对象，毕竟是不怎么顺眼的。万一有人由此生发出怨恨之心，又有下手的条件和机会，头脑发热伸一伸手，不是绝对没有可能。所以，专案组认为有必要对此进行调查。

在这个方向，刑警还想到了另一种可能。前面说过，喻宝珠已被电影制片厂看中，准备邀其饰演一部新上马影片的女二号。上海解放后，故事片上马的数量远远低于解放前，这与电影制片厂的减少、题材审查的严格、拍摄条件的改变有关。对于广大观众来说，倒还不算不幸，因为有苏联影片可以填补新片的不足；但对于演员或者做着演员梦的年轻人来说，那就是悲剧了。可以想象，哪家电影制片厂要拍摄新片的话，想饰演主角、配角的肯定不少，而喻宝珠被初步选中乃是出乎那些竞争者意料的。会不会有人因为过于想获得这个角色，因而丧心病狂要扫除喻宝珠这个障碍？如果这种可能存在，被选择作为凶手下手投毒的，就很有可能是某个邻居了。

专案组定下上述调查方向之后，对工作进行了分工。由于人员不够，钟乃道出面与嵩山分局协调，又调来两名刑警。当然，对于这样一起复杂的命案来说，七名刑警还是嫌少，那就先对上述需要了解的情况中比较容易调查的下手。这几天，专案组刑警就在忙碌这些活儿。

那么，是否忙出什么效果来了呢？先看第一拨刑警的调查——

截至2月20日晚，新调来的两名刑警杨叔仁、黄阿荣一共调查了喻宝珠生前的同学、朋友七十九人，其中三个男生小金、小方、小史都是喻宝珠的男朋友，最早的那位小金在初一就“谈”了，不过只是互相通了一学期情书，最后因为一次跟同班男生打架输了，所以喻宝珠就不再搭理他。小金发誓要挣回面子，于是就去学形意拳。武林谚语云：“太极十年不出门，形意一年打死人。”意思是太极拳学得慢，形意拳学得快。小金同学一年形意拳学下来，果然打遍全校无敌手，因此被校方警告。可是，当他向喻宝珠要求破镜重圆时，喻宝珠已经抛弃了第二任男朋友（也是同校学生）小方，投入了第三任男友小史的怀抱。

小史出身医生家庭，其父史济量系沪上名医，他本人当时在读高二。这个小史比较有趣，他听喻宝珠说了之前两次“谈朋友”的经历，建议喻宝珠不要跟小金、小方结怨，还是和好如初，大家互相之间不要吃醋，搞公平竞争，至于以后究竟打算嫁给谁，那就再说，反正眼下又不着急结婚。喻宝珠听着觉得有趣，试着跟小金、小方一沟通，那两位喜出望外，于是互相之间都有了来往。喻宝珠受此影响，交朋友不再有顾忌，于是又认识了小亚。

调查中，小史向刑警透露，2 月 12 日晚上，由小金发起，召集了男男女女差不多年龄的朋友共七人前往新城溜冰场溜冰，喻宝珠是其中一位。这种聚会他们每月会举行一两次，各人都会从家里带点儿零食小吃，到时候大家一起品尝。这天晚上，喻宝珠带去的就是那两罐冠生园什锦果。他记得很清楚，那两罐点心放在一个小网线袋里，那是喻宝珠自己用几种彩色丝线勾编的。他们溜的是当晚第二场，结束时是八点四十分。然后，大家去了溜冰场附设的茶室，选了靠窗用屏风围着的一副座头，要了茶和咖啡，把各自带的零食小吃拿出来摆在桌上，一边吃喝一边聊天。

小史记得，喻宝珠带来的什锦果很受欢迎，开了一罐，不一会儿就吃光了。喻宝珠马上打开了另一罐，不过没吃光，剩下一些。之所以没有吃光，一是因为其他人带来的小吃零食各有花样，不可能盯着什锦果一样吃；二是茶室忽然停电了，服务员给每桌送来了蜡烛，说一会儿就修好。但过了十几分钟，又说不是电灯线路出了故障，而是电力公司因茶室拖欠电费，上门来把电线剪断了。大伙儿只好结账走路，离开时，不知是谁提议的，各自把吃剩的食品带回去。喻宝珠的那小半罐什锦果是小史帮她装回网线袋里递给她的，当时喻宝珠还说“你拿回去吃吧，我家还有”，但小史受名医老爸生活理念的影响，不大喜欢吃甜食，婉拒了馈赠。

后来，众人就各自回家了。小金、小方是顺道，叫了辆出租车把喻宝珠送回家的。小史说到这里，又想了想，说半路上他们是否会另外去哪里坐坐甚至跳舞什么的，我不敢保证。

刑警循着小史所说的那份在溜冰场茶室聚会的名单，逐个走访了小金、小方等其他人，他们跟小史说法一致。对于刑警着重需要了解的两点，即在茶室停电到服务员点燃蜡烛的那大约五分钟时间里，现场能见度如何，以及结束聚会后小金、小方与喻宝珠是否同行，是把姑娘直接送回家了，还是去了其他地方，受调查者的说法也基本相同——

停电时，窗外马路上的路灯光映照进来，他们这一桌照常看得见桌上的食物和各人的脸，其间并没有人移动过位置，也没人离开过。至于小金、小方两人，他们把喻宝珠送回家后，又让出租车送小金回家，最后是小方付的车费。

为慎重起见，刑警随即又对小金、小方当晚回家后的情况进行了调查，他们的家人以及邻居等（其中小方家住公寓，有专职门卫）都证明，金、方两人那天回家后没再出去过。给刑警的感觉是，两人对于喻宝珠接受小史的建议与其重归于好感到非常高兴，都铆足了一股劲要作一番努力，争取赢得喻宝珠的好感，最后谈成朋友——这说明金、方信心十足，有如此信心的人特别是年轻人，不至于在没有其他刺激的情况下突然改变理念，瞬间丧失信心，走向极端搞谋杀。

刑警在调查中也注意到了另一个问题，即坐在喻宝珠两侧的是哪二位。得到的回答是，那是两个女生，是另外两位同学带来的女友，以前跟喻宝珠不认识，还是第一次见面。由此，专案组暂时排除了这六人投毒的可能。

接下来就是对死者亲属的调查了。专案组之所以把死者之母喻雅仙女士也列入调查名单，并非已经听说了什么对其不利的情况，也没有发现这位年轻的母亲跟亲生女儿有什么矛盾纠葛，纯是出于职业习惯。这是一个中外刑侦界概莫能外的套路，也不知是从何时开始的，反正凡是发生谋杀案件，刑警在进行调查时，总不会忘记对死者的亲属进行一番他们本人可能都不知道的调查。本案中的刑警也是这样，不但把喻雅仙列入调查名单，顺便将其情人“电气小开”曾显聪也捎带上了，而且把这二位作为第一步就需要调查的对象。

负责这一路调查的刑警是张崇师和郑寒笙，两人对喻雅仙、曾显聪是否涉案进行了分析——

喻宝珠把那个曾经装过有毒什锦果的空罐扔掉的时间是2月13日上午七时许，而小亚把那两罐什锦果送到她手里的时间是2月12日上午。据第一拨刑警对喻宝珠的那班朋友的调查，那两罐什锦果是在2月12日晚上八点四十分他们溜完冰后去茶室才开封的，而且肯定不会有什么问题，否则早就出事了。然后，喻宝珠就把剩下的小半罐带走了。之前警方检查过那个装过有毒什锦果的空罐，并未发现针眼或者被液体浸泡过的痕迹，可以排除案犯隔着罐壁下毒的可能。这样，下毒的时间就只有在2月12日晚上喻宝珠被小金、小方送回家后到次日上午六点半之前的这段时间里（喻宝珠通常上六点半的闹钟，七时许在门口碰到了邻居老费，这期间已经完成了起床、洗漱、吃什锦果早餐、把吃剩的什锦果并入马口铁罐子然后出门的一系列动作）。案犯下毒的时间应该是在她睡觉的当口儿，悄悄潜入其住所，神不知鬼不觉地下手，然后再溜走。

要完成这套动作，案犯必须具备一个条件——持有喻家仁安里住所的大门钥匙。喻雅仙、曾显聪当然是有钥匙的，此外，其他人比如在喻家母女住进来之前曾经租住过这套房子的房客（这点已经证实，喻家母女住进来之前，曾家的这套房子是对外出租的）、修理过锁具（如果曾经修理过）配过钥匙的锁匠，以及因某些特殊原因曾为喻雅仙、喻宝珠母女保存过钥匙的亲友等。所以，刑警认为首先应对喻雅仙、曾显聪是否有作案条件进行调查。

2月18日，张崇师、郑寒笙前往苏州，走访了曾显聪下榻的旅馆和喻雅仙小住还愿的云林庵，对两人2月12日晚上是否分别下榻于该处进行了调查。他们查阅了旅馆的登记簿、庵院的下榻记录，上面均显示曾显聪、喻雅仙分别于2月12日白天登记入住，至2月14日晚上接到上海电报后方才匆匆离开。两位侦查员还不放心，又分别向旅馆服务员和云林庵接待居士的师傅当面查询，均得到证实。于是，这对情侣的作案嫌疑就被排除了。

2月19日、20日，张崇师、郑寒笙又对喻鼎举一家四口进行了调查，也没有发现什么值得怀疑的情况。

第三路调查的工作量最大，所以由包括专案组长钟乃道在内的三名刑警进行。从2月18日下午开始，钟乃道与刑警阮嘉平、王秀木遍访了仁安里数百户居民，谈话谈得口干舌燥。居民们对于喻家的说法比较一致，都说她们母女俩喜欢打扮，经常穿红着绿，涂脂抹粉，戴金佩珠，招摇过市，全然一副资产阶级做派；还说喻雅仙与曾显聪相好属于轧姘头，因为听说曾显聪还没有离婚。

刑警对这些内容不感兴趣，但又不能不让人家说，只好瞅机会巧妙地把话题引到他们想了解的方向，比如曾显聪平时出入喻家是单独一人呢还是曾经带过其他人，喻雅仙外出家中只有女儿一人的时候是否有什么人出入喻家，2月12日夜间是否看到过有人出入喻家，等等。一般说来，这么多对象访查下来，总会有人反映一些似是而非的疑点。可是，这次调查却是例外，这么多居民都说没有什么异样情况，喻雅仙吧，就结交了曾显聪一个；喻宝珠吧，就是那个被她唤作“小亚”的打扮有些另类的青年偶尔上门。

对仁安里居民的调查没有收获，三刑警又转向调查以前曾租住过这里的房客。这套房子是1940年时曾显聪之父曾老板的一位客户因没有现钞付货款，折价转让给曾老板的。转让之后，曾租给过三户房客，其中一户是瑞士人，抗战胜利后已经回国了；另外两户是上海人，目前都还住在本市，其中一户杨姓人家就住在附近，另一户姓修的房客的联系方式也查到了。那户瑞士人家当然是没法儿查了，杨、修两户房客都是知识分子，一个在银行工作，另一个是大学老师，他们都说没另外配过仁安里那套房子的钥匙，原先的钥匙在退租时都已经交割给房东了。

然后，刑警又去电影制片厂对角色分配情况作了调查。制片厂方面还不知道他们看中的那个美少女演员已经死于非命，刑警把几个年前曾经访问过喻家的导演、明星等召集起来开了个会，通报了喻宝珠的死讯，众人都唏嘘不已。刑警随即言归正传，问是否出现过竞争角色的情况。厂方的回答出乎他们的意料——那部剧本下马了！问及原因，所有受调查者都闭了嘴，有的点烟，有的喝茶，还有人借口上卫生间离开了。刑警便知可能有难言之隐。会后直接找党委办公室，这才知道原来剧作者已被公安局逮捕，据说是历史罪行。

这样，第三路刑警的调查也未有收获。

2 月 21 日，专案组再次开会研究案情。组长钟乃道说，这个案件的侦查到这一步被卡住，只好考虑改变调查方向。当初法医验尸时曾有结论，说死者生前有过性关系，并有过堕胎史，但我们在调查中询问过死者亲属、同学朋友和邻居，都称对此不知情，现在，应该将此作为重点来进行调查了。不过，这个圈子绕得比较大，我们不知道喻宝珠是去哪家医院做的堕胎手术，因此我们要做好跑遍全市医院的准备，其中包括私营医院甚至没有合法经营资格的地下诊所。

说到这里，钟乃道忽然瞥见刑警王秀木一副欲言又止的样子，便说道："老王有话请讲。"

四十出头的王秀木是留用刑警，毕业于国民党中央警校刑侦专业，在刑事侦查方面实践较多，仅上海解放后参与破获的杀人、抢劫大案就有七八起，而且在其中发挥了关键作用。接下来王秀木提到的线索，让众刑警似乎看到了破案的希望。

这几天，王秀木跟着钟组长去仁安里走访居民，在对37号的黄阿姨进行询问时，正好来了一个邻居，是个三四十岁的妇女，姓丁。这位丁阿姨看到刑警在，知道自己来得冒昧，便说，原来这里也在调查啊，我那里刚送走小阮同志（指与钟乃道、王秀木一起调查的刑警阮嘉平），你们聊你们聊。说着就要出门，被老王唤住，说阿姨你一块儿听听，有什么刚才忘记说的可以再说说。

于是丁阿姨就留了下来，老王继续跟黄阿姨聊。说到喻宝珠生前不好好读书老是喜欢东跑西跑时，丁阿姨插嘴说，这小姑娘确实脚头散，刚才小阮没跟我说起这点，因此我也没说——我经常在外面看到这小姑娘的，戏院、电影院、饭馆门口，有一次看见她从图书馆出来，手里捧着一沓小人书（即连环画），这么大个姑娘了，还看小人书！还有一次，我去红房子医院看望生了双胞胎的侄女，看见小姑娘也在那里排队挂号，不知道是给她妈妈拿号呢，还是自己看毛病。如果自己看毛病的话，这么年纪轻轻的就看妇科，好像太那个了。

当时，老王听了也没当回事，他的心思还在投毒上，对此信息也就忽略不计了。现在领导决定转移调查方向了，王秀木马上想起了丁阿姨所说的内容。

七、准继父的疑点

专案组当即决定循着王秀木所提供的这条线索往下调查，指定郑寒笙、阮嘉平、王秀木三人先去仁安里，后赴红房子医院，把情况查个明白。

丁阿姨对刑警所说的还是上两天对王秀木说起的那些，没有丝毫走样。三刑警商量后，请丁阿姨跟他们去一趟红房子医院，实地指认当时喻宝珠排队的窗口位置，以便确认她挂的究竟是什么号。半路上，刑警询问丁阿姨，是否还记得去红房子医院探望侄女的具体日期，丁阿姨回忆说，应该是三个月前，那天是侄女生双胞胎的次日，即 1951 年 11 月 10 日。

红房子医院是沪上也是中国首家妇幼保健医院，于 1884 年由美国基督教妇女传道服务团成员玛格丽特·威廉逊女士捐资创建，因该医院的房顶呈红色，故被沪上民众唤作“红房子医院”。上海解放后，人民政府接管该医院，改名为上海市妇婴保健医院，现称复旦大学附属妇产科医院，其医疗设施和技术力量仍处于当今中国一流水平。

丁阿姨随同刑警来到医院，指认当时看见喻宝珠排队的位置，刑警向医院一了解，说那是流产手术的挂号窗口。进一步与具体科室联系，因为说得出具体日期和时段，医院很快就查出了该时段的接诊医生。

接诊医生是个三十来岁体态微胖的女子，姓孙。孙医生查阅了自己整理的病案简况记录存根，说的确有这么一个姑娘来要求打胎，已经怀孕十一周。姓什么叫什么忘记了，即便记得只怕也是假名，不过有两个特征她还记得很清楚，一是那姑娘长得很漂亮，身材也好，堪称美人；二是那姑娘穿得有些另类，里面是一件红底白花的天鹅绒旗袍，外面罩着一件浅绿色薄花呢长风衣，足蹬鹿皮高筒靴子，这套装束一看就是舶来品。刑警一听就知道孙医生没说错，因为那套衣服、皮靴在现场勘查时他们曾看见过，印象深刻。

那么，流产手术后来做了没有呢？孙医生说她开出了单子，让患者一周之内来院流产，通常无须住院，术后休息一会儿就可以离开了。因为孙医生只看门诊，不做手术，所以这要去向手术医生了解。

刑警查到手术医生名叫翟倩，这天正好轮到休息，没来医院上班。

这事不能等，向医院问明翟医生的住址后，立即前往拜访。

翟医生比孙医生大七八岁，是个戴眼镜的瘦高个儿女子。可能因为喻宝珠那天是穿了家常服装过去的，而且翟医生那天忙得不可开交，根本没心思去理会患者长得漂亮与否，所以，怎么也回忆不起来是否为这么一个姑娘做过流产手术。无奈之下，刑警只好麻烦翟医生去一趟医院，查阅手术档案。这招算是成功了，翟医生指着手术记录说，就是这个患者，她特别怕痛，打了麻药还惨叫不已，只好骗她说已经加大麻药剂量了，这才克制了些。手术后，翟医生还真担心她一个人走不到隔壁休息室，是让护士小葛把她搀扶过去的，还特地关照小葛，一会儿她离开时一定要把她送出休息室，交给等候在外面的家属。

刑警听着一愣。家属？他们曾问过喻雅仙、曾显聪和喻鼎举一家，都说喻宝珠没打过胎嘛，怎么弄出家属来了？

于是，马上去走访护士小葛。小葛其实也不算小了，这年三十三岁，已有十五年“护龄”，可谓经验丰富，眼光老到。刑警跟她说喻宝珠的姓名，她摇头；给她看摘录的病案记录，还是摇头；又亮出了一张喻宝珠的照片，她马上恍然：“哦！是这个姑娘啊！记得记得！”

小葛记得的其实不是喻宝珠的漂亮，而是喻宝珠那明显夸张的疼痛感以及陪同她来打胎的“家属”。小葛说我见得多哩，老实说，一百个少女来打胎的话，陪同者中的中年男性不会超过十个。而这十个中年男性中，至少有八个就是作孽的人。那天这个中年男子油头粉面，浑身名牌，不是老板就是小开，说话有点儿娘娘腔，对那美女呵护备至。以我的经验判断，那个打掉的胎儿十有八九就是他的孽种。

刑警脑子里马上浮现出曾显聪的形象，便请小葛把那男子的年龄、相貌、穿着等一一细述，听下来立马得出结论：就是曾显聪！

2 月 22 日上午，专案组决定找曾显聪当面核实此事。考虑到“电气小开”交际广，溜达的地方多，只怕一时找不到他，于是全组除组长留守外，其余六名刑警分为三拨，一齐出动去传唤。

第一拨刑警前往虹口曾宅，却扑了个空。曾家人说曾显聪昨晚没回家，也没说在哪里过夜，这是经常的事，所以全家人谁也没在意。刑警随即又去了曾家的公司、厂家，因为“电气小开”在那里都有名义上的职务，襄理、庶务股长、交际股长之类的，虽然通常是不上班的，但偶尔去转转也有可能。一圈转下来，公司、厂家那里都没有打听到他的消息。

第二拨刑警先是去了仁安里，喻雅仙母女居住的房子是登记于曾显聪名下的，他也有钥匙，跟喻雅仙又是同居关系，随时可以出入。喻宝珠命案发生后，专案组并未封门，所以他要过去的话是很方便的。可是，仁安里居所也没人，邻居说喻雅仙没回来过，曾显聪也没来过。刑警稍一商议，转身又去新闸路喻鼎举家。喻雅仙昨天已经出院，其叔父婶婶担心她回到仁安里难免触景生情，就把她接到自己家里，先住一段时间再说。刑警过去一看，曾显聪不在。问了问，说曾显聪昨天把喻雅仙接出医院送到这边后，中午在静安寺“迪龙西菜馆”请喻雅仙和喻鼎举老两口吃了午餐，此后就没露过面。

第三拨刑警分头走访曾显聪的一些狐朋狗友，大半天只找到其中的六位，问下来都说曾显聪没去过，这几天也没联系过，其中有四位连喻宝珠遭遇不幸的消息都不知道。

当天下午两点多，一干刑警在嵩山分局专案组驻地会合，汇总情况后，稍一商量，认为曾显聪的不见影踪似乎显得反常，说不定已经察觉警方在追查喻宝珠打胎之事，因此躲起来了。专案组随即决定对曾宅进行布控，一旦曾显聪出现，立刻抓捕。同时，对虹口曾宅以及曾家的公司和工厂的电话进行监听。

次日，2月23日上午八点多，刑警监听到一个曾显聪打往虹口曾宅的电话，曾在电话中说，他急需一笔款子，金额大约在五六百万元，要求家人下午两点前把现钞送到外白渡桥畔的礼查饭店门口，他在那边等着。刑警通过电话局查明，该电话是从黄浦邮电支局营业厅的公用电话亭拨出的。随即派员过去查问，邮电局方面说，那是普通的市内电话，不需要登记，而工作人员业务繁忙，没有注意到使用者的情况。

专案组分析认为，曾显聪需要这么大笔的钱钞，显然是准备逃往外地暂避风头。这倒是一个抓捕的机会，当即布置前往礼查饭店门口守伏事宜。

礼查饭店建造于1846年，上海解放后改名为浦江饭店，但沪上市民还是习惯使用老称谓。下午一点半，便衣刑警就已进入饭店附近的各个岗位。两点差五分，一辆老式别克汽车在浦江饭店对面停下，从车里下来一个五十岁左右的男子——曾显聪的表舅屠维山，这人是曾家企业的总会计，也是曾宅的管家，曾老板最贴心的亲信。他在轿车旁边站着，点了一支烟，边抽边往各个方向漫不经心地扫视，但那目光并无戒备之意，应是在留意曾少爷从哪个方向出现，而不是出于防范。可是，一直到两点半，他也没有等到曾显聪。屠维山驾车离开后，刑警出于职业习惯，又等了半个小时，才不得已收队。

对于曾显聪这个放鸽子的动作，专案组不仅是失望，更多的是担心。这主儿不可能没来由地玩这一手，他是出于什么目的呢？众刑警分析下来，马上领悟，曾显聪很可能已经意识到警方盯上自己了，故意给家里打电话要求筹措钱钞，施了一招调虎离山，以在浦江饭店门口拿钱为由把刑警引过去，然后，他要么回家，要么去新闸路喻雅仙那里，弄些钱钞后逃离上海。

分析到这里，专案组长钟乃道一拍桌子，说岂有此理，我们这些专业侦查人员竟然上了一个纨绔子弟的当，被他玩得团团转！说罢猛地站起身："兵分两路，去虹口曾宅和新闸路喻宅！"

可是已经晚了。去虹口曾宅的刑警直接闯进门，逐间屋子查看，但根本不见曾显聪的踪影。曾家人不知曾显聪犯了什么事，目睹此状个个大惊失色，围着刑警问长问短。去新闸路喻鼎举住所的那拨刑警，进门就问曾显聪是否去过。喻鼎举点头说来过，可能觉得刑警的神情有异，便小心地询问这是怎么回事。刑警秋风黑脸，说现在是我们问你，曾显聪是几时来的，来干什么？喻鼎举战战兢兢回答，是一个多小时前过来的，不是来找我们，而是来找雅仙——就是我侄女的。

喻雅仙经过这些天的调理，精神状况看上去好了一些，说话声音也清亮了。她告诉刑警，曾显聪是来问她要仁安里住所的钥匙的。刑警不解，仁安里房子的钥匙他应该有的嘛，为什么还要过来找喻雅仙要？喻雅仙说，大门钥匙他是有的，但屋里橱柜的钥匙他没有。那么，曾显聪要钥匙干什么呢？喻雅仙说，他要去南方走一趟，说是为一个朋友的事，但没说是哪个朋友，也没说具体到南方的什么地方。他朋友多，说了我也弄不清楚是谁。这事看来好像挺着急，他说来不及从银行取钱，想起我家里的橱柜中有些现金，就先拿去用用。他平时经常在我这里放一些钞票，我把一部分存进银行，一部分就放在家里以便随时可以取用。我们母女俩的日常开销是比较大的……提及女儿，喻雅仙的声音低了下去，眼圈又红了。

一干刑警分赴仁安里和北火车站。仁安里那边的居民说，曾显聪先前来过，一会儿就匆匆离开了。北站那边，刑警请车站派出所出动相帮布控，站台、候车室、站前广场一一查看，并无曾显聪的影踪。问了售票窗口和检票口，但工作人员只顾售票、检票，根本没空留意是否有这样一个男子。刑警随即把电话打到上海铁路公安处，请他们立刻与下午两点钟后从北站开出的所有客车上的乘警联系，要求逐节车厢查看是否有符合特征的一名男性乘客，如有，即予缉拿。同时，北站的布控也不能撤，以防曾显聪突然出现。

八、谜底揭晓

接下来，专案组刑警需要以最快的速度查摸曾显聪的社会关系，以便筛选出他可能前往投奔的对象，这才可以派出追逃人员有的放矢前往查缉。专案组采取一边筛选一边派员出差的办法，筛选出一个对象，立刻派出一拨人员。曾显聪本人以及曾家的社会关系广泛，专案组的警力肯定是不够用的，就从嵩山分局和市局刑侦处、追逃办借调。这样一连忙了三天，陆续派出七路人马分赴广东、广西、福建、湖北、四川等地。

第四天，2 月 26 日，又查到了一个对象。那人姓钱，广州人，职业不详。此人在一年半前与曾显聪结识，也是个有钱主儿，是老板还是小开就不清楚了。反正提供这一情况的曾显聪的一位王姓朋友告诉刑警，之后钱某只要来上海，就要和曾显聪见面，互相请吃饭、跳舞、看戏，还去苏州、无锡、镇江、杭州旅游过。王某只做过两次陪客，对钱某的了解有限，更不知钱某在广州情况如何；不过，王某说曾显聪接待钱某时，喻雅仙经常作陪，所以她应该知晓。

刑警便去新闸路喻鼎举住所找喻雅仙了解。喻鼎举告诉刑警，喻雅仙上午去苏州了。去干什么呢？还是烧香还愿。上次她去苏州就是为了还愿，可是只住了两天，就因女儿出事被迫中断。这些天，她住在新闸路这边觉得闷得慌，又不想回仁安里的住所，遂决定去苏州把愿还了。她还留下话让转告专案组同志，如果有什么情况需要找她了解的，可以去苏州云林庵找她。

2月27日，专案组指派刑警郑寒笙、阮嘉平两人前往苏州，向喻雅仙了解关于钱某的情况。之前，郑寒笙已与张崇师去过一趟云林庵，为的是向庵院方面核查2月12日至14日期间喻雅仙是否住在那里，这次再去，郑寒笙对路线已经熟了，下了火车就直奔云林庵。还是上次见过面的那个知客师傅出面接待，刑警正要说明来意，管理庵院大众饭食斋粥的典座拿着一个硬纸夹进了门，说有桩小事要问一下知客师傅，刑警于是就让典座先说。典座说的果然是一桩非常小的事儿，没想到，对于刑警来说，却是最关键的线索——

云林庵对外来临时居住本庵的施主、居士实行收费制，费用不高，每天食宿仅付五千元，该费用由典座负责收取，外人来庵时登记，离开时支付，典座每隔半月结算一次后把钱交给监院。这次，典座把上半月的收入账目交监院审核时，监院说账目有误，多收了一份早餐费。典座寻思，自己是按照知客提供的登记资料结算的账目，而且收取费用时外来居士本人也并无异议，如数支付，就想来问问知客，登记资料是否有误。知客说，监院已经来说过这事了，她是个特别顶真的人，每次账目都要向云水堂（又称寮房，即僧尼、居士居住的房间）抽查核实。这次她核查下来，发现有一位外来信徒2月12日晚上没有在庵院过夜，所以13日未用早斋，可是账目上却记上了，出于慎重，她也来我这里询问过这事。

两个刑警听着不禁一怔：2月13日的早斋？那是不是说的喻雅仙啊？于是，就打断两个师傅的对话，要把这事问个明白。典座翻开硬纸夹一看，报出的姓名果然是喻雅仙。郑寒笙、阮嘉平互相交换了一个眼色，简直不敢相信他们竟会歪打正着撞上这份好运气。这些日子，专案组一直在苦苦寻觅2月12日晚上潜入仁安里喻雅仙、喻宝珠母女住所投毒的那个家伙，根据此人必须持有钥匙或者具备开锁手段的作案条件，首先怀疑的对象就是喻雅仙和曾显聪两人。可是，这两人当晚都在苏州，没有离开过各自下榻的旅馆和庵院，这是上次刑警赴苏州调查的结果。现在忽然冒出喻雅仙2月12日晚上不在庵院过夜的情况，那么，那天晚上她去了哪里呢？难道是潜回上海作案了？

如果真是这样，那本案就是母亲谋杀亲女的凶案了，这种案件极为罕见，必须慎而又慎，掌握铁证。于是，刑警便把监院请来，询问她是怎么知道喻雅仙2月12日晚上不在庵院的。监院说，最近一段时间由于烧香拜佛的信徒显著减少，向本庵捐献较多香资的更是微乎其微，所以，庵院四大寮口八位执事（寺庙庵院四个重要部门的八位主要负责者）决定严格执行收费制度，当然，不能多收，但也不能漏收。这是监院负责的事情，所以她很认真，经常暗地抽查。2月13日早斋时，正好她去暗查，发现用早斋的人数与登记不符。当时她没吭声，待典座把账目送上来后，发现典座的确是按照登记人数收取的斋资，那不是出家人应有的诚信做派，所以立即提出质疑。为此，她还向当时与喻雅仙同室的三个居士了解过，她们一致说，喻雅仙在2月12日晚斋后就离开庵院了，是跟本寮房的八人之首（相当于室长）赵居士打过招呼的，并说明天上午八点钟前会回来。次日，喻雅仙果然按时回来了。

刑警跟那三位尚在庵院的女居士当面了解，她们再次证实了这一点。两位刑警商量了一下，也不必向领导请示了，先把喻雅仙带回上海再说。

三个小时后，当刑警把喻雅仙带至嵩山分局专案组驻地时，得到了一个使他们感到意外的消息：曾显聪也找到了！

曾显聪是一个小时前被突发奇想的留用老刑警王秀木拿下的。王秀木的奇想是什么呢？要说这还真是一般人想不到的——曾显聪不是有个正在打离婚官司的妻子汪西凤吗？尽管两人长期水火不容早已分居，但假如曾显聪在这当口儿突然去找汪西凤呢？上海解放后，汪家的势力没了，估计她很想跟曾显聪和好，否则她就没有出路，所以，这种情况下她会接待突然登门的曾显聪的。况且她根本不知道这几天发生的情况，肯定不会对名义上的丈夫有什么戒心的。这种可能，之前专案组分析情况时谁也没有想到，现在既然想到了，自然要去汪西凤的住处看一看。这一去，曾显聪就给拿下了。

喻雅仙被带回上海的时候，曾显聪正在向专案组交代关于陪同喻宝珠去红房子医院打胎的一应情况——

他对喻雅仙感情颇深，如果不是至今尚未办下离婚手续，肯定早已和她结婚了。爱屋及乌，他对喻宝珠也是视同己出。他觉得自己和喻宝珠的关系，介乎父女和朋友之间。而从喻宝珠的角度来看，可能把他作为朋友的成分更重些。小姑娘经常当着其母的面，和他这个未来的继父勾肩搭背，嬉皮笑脸，拍着肩膀称呼“老兄”，或者是“Dear”，这使喻雅仙很不自在。有时喻宝珠和母亲因为一些小事怄气，还会故意刺激母亲，冷不防给曾显聪来个拥抱之类。

在日常生活中，喻宝珠遇到困惑或者解决不了的事情，通常都不跟母亲商量，而是直接向曾显聪求助。去年深秋，她发现自己怀孕了，私服打胎药无效，只得找曾显聪帮忙，并要求他对母亲保密，免得喻雅仙为此歇斯底里。喻雅仙的性格具有严重的两重性，在外人面前温柔似水，但面对曾显聪和喻宝珠，却经常是蛮横无理，为达到目的，动辄以自杀自残相胁。这个忙曾显聪自然是要帮的，但他有一个条件，即喻宝珠必须说出谁是这个孩子的父亲，他要和这个人当面谈谈。喻宝珠无奈，只得告诉曾显聪，孩子的父亲就是小亚。稍后，小亚也认账了，并且写下了一份关于此事的说明，和喻宝珠一起在上面签了字。办妥此事，曾显聪才陪同喻宝珠去红房子医院堕胎，费用自然是由他支付。

本来，这件事算是结束了，没想到，大大咧咧的喻宝珠竟然把打胎的病历带回家，不慎被喻雅仙发现了。可以想象喻雅仙的愤怒，她又骂又打，逼着女儿说出孩子的父亲是谁。遭到拒绝后，扬言要动用家法。喻宝珠见势不妙，只好请曾显聪出场说明情况。在小姑娘看来，曾显聪肯定有法子摆平此事。可事情没她想象的那么简单，喻雅仙的疑心本来就重，出了这种事，她想当然地认为曾显聪就是孩子的父亲，否则，女儿为什么要让他来说明情况呢？

接下来的几天，曾显聪被喻雅仙折腾得几可用“死去活来”来形容。曾显聪的各种解释无效，忍无可忍之下，终于决定和喻雅仙分手。这下，喻雅仙终于清醒过来了：她和女儿的优裕生活靠的全是曾显聪，这一分手，以后的日子怎么过啊？不得已，只好主动向曾显聪示好。曾显聪同意和好，但有一个条件，即这件事到此为止，从今以后不得再提。尽管顶着小开的名声，曾显聪也是个有自己原则的人。他觉得，既然答应了为喻宝珠保密，那就要说到做到。什么时候喻宝珠愿意自己说出孩子的父亲是谁，那是她自己的选择。他相信，这件事日后总会弄清楚的。

喻雅仙为了挽回和曾显聪的关系，除了一口答应，也没有其他办法。但实际上，喻雅仙根本没有打算“到此为止”，她坚信曾显聪和女儿有私情，原先对曾显聪的愤怒转变为对女儿的憎恨。但她把这份情绪隐藏得很好，既没让曾显聪觉察到，更刻意对女儿隐瞒。如此一来，曾显聪还真以为喻雅仙信守诺言，此事已经结束了。

春节过后，喻雅仙提出要去苏州还愿，还要求曾显聪同行，曾显聪并未起疑。稍后，传来了喻宝珠猝死的消息。曾显聪根本没往喻雅仙头上去想，因为他知道喻雅仙在庵院还愿，不可能去上海作案，再说，她一个女人，上哪里去弄氰化钾？近日，风传警方在调查自己，曾显聪对警察办案的印象还停留在解放前，担心和警方纠缠不清，就想出了一个调虎离山的主意，自己消失一段时间，避避风头。去哪里躲呢？他想到了尚未离婚的妻子汪西凤。诚如刑警王秀木所料，汪西凤以为他回心转意，对其热情有加，殷勤款待。

被警方找到后，得知警方的怀疑对象竟然是喻雅仙，他自然是大吃一惊。不过冷静下来细细一想，联系到喻雅仙那神经质的性格，又觉得不是没有这种可能。不过，有一点曾显聪想不通：喻宝珠独自在家过夜，肯定会揿下司必灵锁的保险，并插上门内的插销，凶手仅有钥匙是无法进屋的。

这个疑问，警方很快就弄清楚了。小亚终于承认，2 月 12 日晚，喻宝珠从新城溜冰场回家后，又出门与他幽会，在他的住所待了大约两个小时才离开。

2 月 13 日上午，她与仙乐斯舞厅的舞女胡玳有约，同赴浦东参加一家私企的庆典活动，六点半起床匆匆洗漱，冲了一杯“阿华田”，吃了些什锦果作为早餐。当时她吃的是上一天购买的马口铁听装新品，吃过后收拾时，把昨晚拿回来的、下半夜被其母下过毒的小半罐什锦果并进了马口铁饼干听，出门时顺便把空罐扔掉了。

到这一步，喻雅仙已无话可说，唯有痛哭流涕地作了交代。直到此刻，她仍认为女儿跟曾显聪有奸情，女儿在跟她争夺曾显聪，而曾显聪铁定应该是属于她的，谁跟她争夺谁就是她最大的冤家仇敌，亲生女儿也不例外。因此，她就起了杀心。当然，毕竟是自己的亲生女儿，她也曾犹豫过，但目睹女儿跟曾显聪的那份亲密，她最终还是下了决心。

2 月 12 日晚，她搭乘夜班火车潜返上海，想趁着女儿睡着时偷偷下毒。对于这个计划，她最大的担心是女儿夜间反锁屋门，如果她大声叫门，就会惊动邻居。没想到女儿当晚和小亚幽会，没在家里，为她下毒提供了方便。作案后，她又悄悄离开，去北站买票返回苏州。

那么，毒药是由何人提供的呢？喻雅仙交代，那是其已故丈夫、“军统”行动特工凌鸿川留下的。

该案侦破后，对喻雅仙进行了两次精神鉴定，最后认定其患有“偏执型间歇性精神障碍”，法院未判其死刑，于 1952 年 11 月以故意杀人罪判处其有期徒刑十七年。

中秋二命疑案

一、刑释当日夫妇双亡

1955年9月30日，农历乙未年中秋节。

位于北站区的北火车站，是当时上海市唯一的一个铁路客运车站，一年三百六十五天每天昼夜喧嚣不停。这天是中秋，正好与国庆双节相连，北站的旅客比往日更多，公安也加派了警力，若干支由民警和公安部队战士（相当于后来的武警）组成的巡逻小组频繁穿梭于车站内外。这一幕，对于提着旅行包走出车站检票口的韦焕第来说，不禁觉得颇有些稀奇。这是因为他是上海解放四个多月的时候被捕的，刚从苏北劳改农场刑满释放，他印象中的上海北站还是旧时的样子。

走出人头济济的站前广场，韦焕第对并肩而行的妻子韩少珍说："上海这些年的变化可真大啊!"

韩少珍说："别说北站，就是咱们家那一带你可能也认不出了。"

"那我下午先到咱家附近转转。"

当天下午，韦焕第真的出门转转去了。可是，谁也没有料到，他这一转，竟然把自己转进了阎王殿!

距韦焕第家所在的公平路约一公里开外的唐山路上，有一家浴室——"逍遥池"。这是一个名叫高复生的老板开的。高是宁波人氏，很会经营，二十五年前开设"逍遥池"时，打的是高中低三档通吃的算盘，要把附近的各类消费者都吸引过来。所以，开场就是先声夺人，建造了一个独立的院落，内用花墙隔成三个小院，三个方向开了三个门面，都悬挂着"逍遥池"的金字招牌。

朝西的是面对大众的低档浴室，只向男性浴客开放。内里设施与寻常大众"混堂"（沪上对低档大众浴室的称谓）无异，水泥砌就的特大浴池，其面积比Ⅱ型游泳池（25 米×10 米）还大，早到的浴客可以在里面游泳；大统间更衣，卧榻是通铺，茶房伙计都是五大三粗的壮汉，接待浴客时一开口震人耳鼓——这是沪上"混堂"的经营诀窍，专门对付那些想把"混堂"当旅馆的浴客，让你一次次惊醒，睡不成觉只好离开，腾出位置接待新浴客。

朝南的门面是中档浴室，男女不拘，只要买票，均可享受一应服务。当然，内里的更衣间、浴池都是分开的，进得门去各分东西，装有隔音设备，鸡犬之声不闻，充分保护隐私；备有中型浴池、集体淋浴房两种，供浴客自行选择；另设男女擦背、修脚师，提供收费服务；更衣间装有热水汀、电扇供冬夏取暖或降温之用，每位浴客单设伸缩式躺椅，而且不限时间，男女茶房都面容端正，吴侬软语，轻声细气。

门面朝东的便是高档洗浴场所了，进得门去，宛若入了苏州园林，鲜花草坪，小桥流水，鸟语啁啾。浴客沿着绿藤婆娑的葡萄架曲曲弯弯行至一排飞檐翘角的古典式平房前，有迎宾小姐殷勤相迎，浴资是浴后结算的，浴客只消说想进几号间洗浴便可；穿过大堂一侧的圆形门洞，眼前是三条走廊，左侧是男浴区，右侧是女浴区，中间则是鸳鸯浴区。新中国成立后，人民政府提倡新道德新风尚，鸳鸯浴已经取消，改为“敬老爱小浴区”，专供成年父母携年幼子女使用。

高档区是清一色的单间浴室，进门是更衣休憩小间，可任意调节坐姿的弹簧躺椅、真皮搁脚凳、茶几、茶具、电话一应俱全，茶几一角有电铃，浴客有什么需求，只消按铃，大堂服务台就会指派专人前来伺候。里间就是浴室了，英国进口的白色珐琅铸铁浴缸、淋浴设备和台盆、镜子等，应有尽有。

凡是来过“逍遥池”高档区的浴客，都对“有钱就是有尊严”这句话有真真切切的体会。不过，有一个人对此可能会有异议，那就是刚从苏北劳改农场刑满释放回沪的韦焕第，他是“逍遥池”开张二十五年来死于此间的唯一一个浴客。

上海解放后，社会风气和人们的消费观念逐年发生变化，提倡勤俭节约已经成为大部分市民的共识，加上诸多原先对工人生活不予关心过问的私营厂家都自造了“混堂”，所以，“逍遥池”的生意一年不如一年。到本案发生的建国六周年国庆节前夕，“逍遥池”资方已经数次向政府递呈请求准予公私合营的报告，区、市工商联也三次派员前来了解经营情况。据资方出示的经营台账显示，“逍遥池”这时已经处于入不敷出的境况。要不是政府规定私营企业不能自行歇业，“逍遥池”肯定早已关门了。资方不敢违规行事，只好硬着头皮继续经营，而且还得高中低三档浴区照常营业。可想而知，“逍遥池”早不是以往那样天天浴客盈门的景象了，低档区中午开门后（旧时沪上浴室营业时间是中午十二点到次日早晨六点）倒还有一些浴客，高、中两档则通常到天黑后才有少量浴客光顾。

不过，这天有些例外。中午十二点“逍遥池”刚开门，就有一个十四五岁的少年跑过来，递上钞票说预订一间高档浴区的男性浴间，指明要21号，下午两点左右来洗浴。“逍遥池”的规矩是先洗浴后付费，但预订浴间却须事先付款。当下，服务台收了钱钞，出具一纸单据给对方。下午两点多，果然有一男性浴客持单据前来洗浴，这人就是韦焕第。侍者老丁看他那落魄样子，料想是第一次来，当下将其引领进21号浴间，正要说明室内一应设施的操作方法，韦焕第却一挥手说他以前来过，不必费心。

半小时后，老丁来送开水。他习惯性地看了看21号浴间门框上方的红灯，没亮，那说明并非“请勿打扰”，于是就轻轻叩门，里面没有反应，再叩重些，仍没动静。这种情况平时也经常出现，比如有的浴客入浴前先小憩片刻，自然听不到敲门声。一般来说，这种情况下，老丁通常会过一会儿再来。但他被先前韦焕第的那番生硬态度惹得有些不爽，解放六年多了，劳动人民早就翻身了，再牛的资本家来“逍遥池”，对服务员也是客客气气的，一口一个“师傅”，不像从前那样凶声霸气地大呼“茶房”，你一个落魄主儿算什么东西！现在，既然“请勿打扰”的信号没亮，那打扰你一下也不算违规。

老丁就用备用钥匙打开了房门。出乎意料的是，外间躺椅上并无那浴客，里间的水龙头却是“哗哗”有声。老丁寻思别发生了什么意外，当即敲响里间的房门。敲了几下没反应，他便推门而入，结果惊骇地发现浴缸中泡着一个人——确切地说，是一具尸体。

上海市公安局提篮桥分局的刑警赶到现场时，里间那口放满了热水的特大号浴缸里，水龙头尚未关闭，还在“哗哗”流水，散发的热气笼罩了整间浴室，粉红色地砖铺就的地面、白色瓷砖贴成的墙面以及浴缸边沿等所有可能会遗留脚印、指纹的地方，到处都是水汽凝结的水珠，可想而知什么痕迹也没提取到。好在里间的门是关闭着的，外间并未受到影响，不过刑警只提取到了一个人的指纹和脚印，后经鉴定证实，系死者本人所留。外间还有死者入浴前脱下的衣服，口袋里有一些零钱，以及一张竖体印刷的释放证明书。

市局派来的法医赶到了，随即对尸体进行解剖。死者全身无任何外伤，皮下也未见淤青痕迹，颈部无勒痕，气管内有少量积水，但肺内并无积水。法医推断，死者的心脏应是猝然停止跳动的。当时他泡在浴缸里，心脏骤停后失去知觉，身体歪倒致使口鼻进水。这时死者已经失去了呼吸功能，所以水并未进入肺内。那么，是什么原因导致其心跳骤停的呢？法医排除了心肌梗死，但以当时的医学水平，不能确认是否有其他心脏隐疾，因此，最后的结论是：不能排除某种心脏隐疾在闷热、潮湿的条件下被诱发导致心脏骤停的可能。

市局法医有了上述鉴定结论，提篮桥分局的刑警就退出了这项调查，剩下的收尾工作交给派出所去做了。由于死者口袋里遗留了那份释放证明书，所以警方无须费时费神识别死者身份或寻找其家属。按照当时上海市的治安工作规定，刑满释放返沪者之前所在的服刑单位应于该犯释放前一个月书面通知其住所的管段派出所，因此，协助封锁现场的唐山路派出所民警当然知道韦焕第其人及其家属的情况。当下，民警就把联系殡仪馆接收尸体之事交由“逍遥池”去做。

“逍遥池”开张二十五年以来还是头一回撞上这等倒霉事儿，自是想早点儿了结，刚把民警送出门，就立刻给西宝兴路殡仪馆打电话让派殡葬车把尸体运去。民警呢，按照当时办此类事儿的惯例，也不必亲自出马去通知家属或者让居委会转告（居委会没电话），而是根据户口底卡上的信息，给死者妻子韩少珍供职的“宝隆汽车修理厂”打电话，委托厂方转告噩耗，让家属前往西宝兴路殡仪馆联系火化事宜。

“宝隆汽车修理厂”是一家私营企业，倒不像“逍遥池”那样径直走下坡路，新中国成立后，业务反倒蒸蒸日上。当时中国还不能自造汽车，使用的都是外国车。这些车使用时间长了，发生故障或零部件磨损，就得送厂维修，所以该厂的活儿多得不得了，客户常常要提前一段时间预约才能排上号。户籍警的电话打到厂里，接听电话的庶务科长彭正明大吃一惊，说别弄错了吧，老韦上午才回家，午后我受钱厂长委派还去他家看了看，当时蛮好的，怎么说没就没了？

警察当然不会跟他开玩笑，彭正明便去向董事长兼厂长钱复毅报告。钱外出了，联系不上，于是彭正明就决定直接通知韩少珍。韩少珍在“宝隆厂”食堂工作，这天上午请了半天假去北站接丈夫，午后就上班了。可彭正明去食堂一问，食堂的大师傅却说她已经回家了。彭一怔，难道她已经知晓噩耗了？大师傅说，膳食科长知道她丈夫今天回来，就让她提前下班了。

这样，彭正明只好跑一趟了。好在路不远，而且“宝隆厂”有的是修理好后需要试车的汽车、摩托车，他是有驾照的，就开了辆摩托车直奔公平路。途中，秋雨又淅淅沥沥下了起来，彭正明没穿雨衣，顶风骑着摩托，身上弄得透湿。他寻思，这报丧的活儿本是派出所的职责范围，警察图省事叫厂里办，我何不如法炮制，让居委会通知韩少珍，也省得面对韩少珍那番哭哭啼啼的场面。打定主意，他就去了居委会。居委会干部倒是乐意干这事儿的，听彭正明如此这般一说，治保委员刘嫂立刻叫上居民组长沈大妈，两人赶到韦家门口，却吃了闭门羹——门上挂着一把铜锁，韩少珍不在家。问了邻居，邻居说先前看到韦师母回家的，还说了几句话，她说要去菜场买菜，晚上包馄饨吃呢。

刘、沈便去了菜场，转了一圈，也没看见韩少珍。两人只得重返韦家。韦家还是锁着门，两人有点儿着急了——报丧这事，既然已经答应了，就要尽快通知本主，总不成拖到明天再说吧？这时，住在附近的黄婶过来了。四十多岁的黄婶面慈心善，六年前韦焕第折进局子后，许多人听说会被判死刑，便对韩少珍冷眼看待，有的是为“划清界限”，有的是因为迷信，担心沾上晦气一辈子倒霉。只有黄婶念着韦焕第以前经常热心帮邻居干一些诸如修电灯、修自行车一类的杂活儿，认为现在人家遭了难，她应当帮一把。所以，当韩少珍接到“宝隆厂”的招工通知，却为一对双胞胎子女上托儿所的接送问题发愁时，黄婶主动把这事承担下来。六年来，两个孩子一直由她接送，直到今年上了小学。

六十多年前的上海街头，车辆远不如现今多，如同吃了兴奋剂一样横冲直闯的司机也比较少见，人贩子更是基本绝迹，所以小学生上学放学都是自己步行前往的。不过，黄婶还是继续提供帮助。那时学生学业轻松，放学早，回家的时候家长多半还没下班。黄婶担心孩子贪玩误了家庭作业，就让这对双胞胎放学后先到她家做功课，下午五点多韩少珍下班后，顺路再把孩子接回家。

可是，今天却有点儿反常。此刻已经六点了，韩少珍还没出现。再说韦焕第这当口儿也该回家了，夫妻俩却都没露面。黄婶觉得纳闷儿，便来一探究竟。

三个女人打着雨伞站在韦家门口议论，其他的邻居也围拢过来。七嘴八舌正说着，对面弄堂的胡嫂经过这里，她说大约三点半时亲眼看见韩少珍提了一篮子菜开锁进门的，两人还聊了几句。韩少珍说准备晚上包馄饨，再烧几个菜给老韦接风洗尘。这会儿她应该在家烧菜包馄饨呢，怎么门又锁上了？胡嫂这么一说，一干邻居更觉得奇怪，隐隐怀疑可能发生了什么事儿。当时还没有《物权法》，也没有110，发现邻家情况有异不必找派出所，况且还有居委会的治保委员在场，众人干脆破门而入。

女主人韩少珍果然在家，不过，她已经是个死人了！

二、电击杀人

韦家住的是平房，进门一间是客堂，客堂右侧是里外两个卧室，大人小孩儿各居一间；客堂的里间亦即卧室的隔壁是厨房，厨房后面有一个五六平方米的小院子，沪上称为“天井”。韩少珍就死在这里，她是触电身亡的。菜篮子原本是拎在她手里的，触电时被甩飞出去，撞在墙上再弹落到地上，墙上的石灰都被磕掉了一大片，可见其触电时身体受到的电流冲击是何等强烈，菜篮子里的猪肉、豆腐干、河鲫鱼、香葱以及馄饨皮等，散落一地。

分局刑警接到报案迅速赶来，市局法医再次出动。法医听了一干邻居提供的情况后推断，女主人买菜回来，收起雨伞脱下套鞋（即胶鞋），拎着菜篮子去厨房。她收雨伞时，手上肯定沾到了雨水，湿手触及厨房门的一瞬间，发生了触电事故。

推厨房门怎么会触电呢？这里先要说一下韦家的门窗。韦焕第入狱前是汽车修理厂的技工，整天经手的就是各种型号的金属薄板，即汽车的“车皮”，破损的拆下来，新的换上去。拆下来的旧“车皮”和换新“车皮”时裁剪下来的边角料，就是废金属。不过，这种废金属跟一般意义上的破铜烂铁有区别，不但不锈不烂，而且颜色各异，放在一起五颜六色煞是好看。韦焕第是“外国铜匠”（旧时沪上对钳工的称谓），入住伊始就向厂里买了些换下的各色“车皮”，拿回家裁剪后钉在门窗表面，既结实又美观。

他怕是没料到，韩少珍的触电就是由此引发的——有人从厨房电灯的灯头部位接出一截电线，裸露的那一头系在一枚铁钉上，铁钉的前半段砸进了厨房里侧的门板，后半段连同缠绕在上面的导线横砸在紧贴门板表面的“车皮”上。这样一来，整扇厨房门就通上了电。当天下着雨，地面本来就是湿的，韩少珍的手上又沾了水，触电的几率几乎是百分之百。

刑警估计，凶手做了这番手脚后并没离开，就藏在韦家屋里。待确认韩少珍死亡，这才离开现场，而且把门锁上了。

韦家的地面是泥地上铺了一层青砖，由于家人每天多次走进走出，鞋底的灰土甚至油污就会附着在砖地上，形成一层黑色油泥，沪上将其称为“脚泥”。1958 年“大跃进”时，政府号召城市居民为郊区农民提供肥料，家家户户都用菜刀铲下脚泥，集中到一起，统一运往近郊农村。正因为这种地面对脚印比较“留恋”，刑警现场提取到了数枚跑鞋鞋印，当下就有人怀疑，这可能是死者的丈夫留下的。

先前法医在“逍遥池”就地解剖韦焕第的尸体后，按照当时的惯常做法，不可能把从尸体上脱下的衣衫鞋子再给穿上，而是白布一卷就由殡葬车拉走了。待到死者家属确认尸体后，自会置办寿衣鞋帽请殡仪馆给死者穿戴齐整。韦焕第遗留在“逍遥池”现场的衣衫鞋子，则由民警带回派出所了，回头再通知家属去取。刑警到派出所看了韦焕第的衣物，其中有一双崭新的皮鞋。量了量，尺码倒是跟韦家现场提取的鞋印接近，不过，这双皮鞋的鞋底几乎未沾尘土，应该是刚买的。

当天晚上，提篮桥分局决定对韩少珍被害案立案侦查，当即抽调了四名刑警加上派出所的一名民警组建了一个专案组。专案组长袁辉友系分局刑侦队副队长，山东淄博人，初中文化，1946 年参加革命，从事情报工作，1948 年 3 月淄博全境解放后，调往淄博特区公安局担任侦讯组长，上海解放后来沪，先在市局刑侦处，两年后调提篮桥分局刑侦队。袁辉友接到任务后，随即召集专案组成员开了首次案情分析会。

专案组五名成员都参加了“逍遥池”和公平路韦家两处现场的勘查，组长袁辉友是两次勘查的主持者，因此众人对案发情况已经了然。大伙儿先讨论的是之前在勘查韦家现场时就已产生的怀疑：会不会是韦焕第在家设置了杀妻陷阱并看到她确已触电身亡后，再去“逍遥池”洗澡，不料心脏隐疾突然发作而猝死于浴缸内？

这种猜测并非没有可能，不过须找到韦焕第的作案动机，这就需要了解韦焕第的人生经历。专案组成员张博是韦家管段派出所的民警，系留用旧警察。上海初解放时，公安系统留用了一些旧警察，后来随着新政权自己培养的警察业务不断精熟，逐步将留用人员淘汰，到 1953 年已经所剩无几了。那时候不讲人情，只讲原则，落实上级指示积极迅速，所以可想而知，留下的旧警察要么以前为革命出过力，要么业务精通且向无劣迹。张博属于后一种。他年岁不算大，才三十六岁，却是一个已经干了近二十年侦探活儿的老刑警，公共租界巡捕房、国民党、日伪警察局都待过，参与调查的是清一色的刑事案件。这人很聪明，言语不多，观察细致，勤于琢磨。他在唐山路派出所干的是治安警，但对应属户籍警才掌握的管段内的方方面面情况也都知晓。此刻，他便详细介绍了韦焕第的情况——

韦焕第，1918 年出生于江苏东台一个富农家庭，幼年时家乡遭遇水灾，时疫肆虐，全家三代八口人死得只剩他一人，在家乡无法生存，他就跟着乡里的大人一路行乞来到沪上。从八岁到十二岁，他讨了整整四年饭，偶然遇到了一个机会。那天，他饿着肚子在公共租界二马路（九江路）上行乞时，一辆黄包车从身旁一闪而过，车上的乘客往路旁垃圾箱里扔了一件东西。韦焕第眼尖，捡出来一看，竟是一个钱包，里面分文全无，只有一张印着洋文的铜版道林纸和一页信纸大小的旧纸。韦焕第上过两年私塾，识得若干汉字，却不谙洋文。不过他认得上面的阿拉伯数字，寻思这可能是外国银行的支票；再看那旧纸上的文字，勉强能够分辨出这是一份借款契约。四年行乞生涯，使得这个十二岁的小叫花的阅历远比同龄少年丰富得多，他猜测刚才那个坐在黄包车上的家伙大概是个扒手，窃得了某个富人的钱包，把里面的现钞拿走后扔掉了钱包。韦焕第意识到这是一个千载难逢的机会，就按照借据上的地址找上门去。

韦焕第的判断是准确的。那个失主是租界一家汽车修理厂的老板，姓钱名复毅，那借据是他出借给朋友的一笔五千大洋款项的凭据，而那朋友却抵赖拒还。这天，他带着这份证据去跟律师见面，那张花旗银行的支票则是支付给律师的诉讼代理费，不料在电车上钱包失窃，此刻正急得好似热锅上的蚂蚁。更没想到的是，一个小叫花竟然把钱包还给了他。钱老板大喜过望，拿来一百元钱硬要塞给韦焕第。这当口儿，韦焕第显出了他的少年老成，提出不要分文酬谢，最好是给他一个饭碗。钱老板当场拍板，让他进自己经营的“宝隆汽车修理厂”当了一名徒工。

不仅如此，钱老板还安排韦焕第拜全厂金工技术最好的一位“外国铜匠”王师傅为师。韦焕第脑子机灵，但动手能力有点儿差劲，学了三年满师的时候技术平平。不过，他凭着那份察言观色的本领，结识了一个一度在上海滩鼎鼎有名的朋友，那就是抗战时被称为“七十六号魔王”的吴四宝。

吴四宝早年是公共租界跑马厅的马夫，后来改行当汽车司机，最初给“丽都舞厅”的老板、青帮名人高鑫宝开车，并拜高鑫宝为“先生”，后又转投另一青帮“通”字辈大佬季云卿门下。吴四宝跟钱老板是南通同乡，由于钱的汽车修理厂有机床设备，所以季云卿私藏的武器一旦发生了故障，就由吴四宝拿到钱老板的修理厂修整，需要更换零部件的则用机床设备自制。枪支修好之后，由吴四宝带往郊外试枪。吴四宝每次试枪，都会叫上韦焕第。时间长了，两人就成了一对忘年好友。

1939 年，吴四宝带了一批弟兄投靠汉奸李士群，组建了“七十六号”特工总部的行动大队，他被任命为大队长兼“警卫总队副总队长”。吴四宝带去加入汪伪特工的弟兄中，有一个就是韦焕第。1942 年，因策划抢劫日本人的黄金，吴四宝被日本宪兵队勾结李士群毒毙。吴四宝死后，韦焕第随即离开“七十六号”，改行当了出租车司机。三年后，抗战胜利，“军统”奉命追缉汉奸。韦焕第只是吴四宝手下的一个跟班，说是行动特工，不过是替人家望望风而已。但是，“军统”还是将其列入缉拿名单。惊恐之下，韦焕第逃返苏北老家，以机修谋生，还娶了长相俏丽的老婆韩少珍。1949 年 1 月，韦焕第接到钱老板的信函，说王师傅病逝，修理厂需要技工，希望他回沪——当然并非指望韦焕第的金工技术，而是想借“名匠王师傅弟子”的名义为工厂扬名，在竞争中增添一枚砝码；钱老板信中还说，追缉汉奸的事儿早就不了了之了，让韦焕第不必担心。

这年春节后，韦焕第带着老婆和一对双胞胎子女返回上海滩，重操修车旧业。王师傅早年是英国海轮上的轮机工，跟英国佬学得一手维修技术。后来上岸另谋生计，一报履历，乃是名副其实的“外国铜匠”，自是人人争着要聘他。他先后在船厂、发电厂、纺织厂、机修厂以及租界工务处干过，最后钱老板以入干股的形式作为拴马桩，才把他留在汽车修理厂。王师傅的金工技术的确属于行业翘楚，而且由于频频跳槽，人头也熟，跟钱老板合作之后为工厂创收发挥了很大作用。这人既肯钻研，必认死理，深信“教会徒弟，饿死师父”乃是至理名言，因此一直不肯收徒弟。后来发生契约失而复得之事，须知汽车修理厂王师傅是占股份的，一旦损失他也有份，所以他也很感激韦焕第，在钱老板的劝说下，破例收这个十二岁的少年为徒。

王师傅病逝后，工厂业务受到影响，钱老板就想到了韦焕第。其实，“宝隆厂”的其他老师傅足能对付得了所有汽车故障，让他们同心协力技术攻关造一辆汽车也不在话下（后来制造中国首辆“上海牌”轿车的技术队伍中，就有二位骨干是当初“宝隆厂”的技工）。因此，尽管韦焕第的技术水平一般，但靠着王师傅高徒这块招牌，为厂子拉回了不少流失的客户。可想而知，钱老板自然要像当初拴住王师傅那样牢牢地控制韦焕第，不但薪水加份倍，还把公平路上的一座老式平房送给他作为住所。

不过，好景不长。也就几个月工夫，上海解放了。不久，市军管会贴出布告，勒令凡是参加过伪党政军警宪特以及反动会道门的人员，都须限期前往公安局登记。韦焕第生性胆小，不敢迟缓，立刻奔公安分局登记。分局接待人员也没说什么，让他回家该干啥还干啥。韦焕第以为没事了，不料三个多月后的一天深夜，警察忽然上门将韦焕第铐上手铐捉拿归案，罪名是汉奸。

消息传出，汽车修理厂的工友和公平路街坊邻居间顿时议论纷纷，说韦焕第是“七十六号”特工总部的行动特务，“七十六号”人称“魔窟”，其罪责肯定首当其冲，况且韦焕第和“魔王”吴四宝的关系不一般。如此看来，韦焕第这回折进局子，人民政府纵然不把他枪毙，也得判他无期徒刑，让他老死在提篮桥。韦焕第的老婆韩少珍早已乱了方寸，整日哭哭啼啼，却求助无门。多数熟人避之唯恐不及，只有钱老板上门安抚，让韩少珍不要过于焦虑，要相信人民政府会实事求是处置韦焕第的，甚至断言说韦焕第的刑期最多不超过七年。韦焕第出事后，韩少珍断了收入，钱老板就把她安排进汽车修理厂食堂，还联系一家熟识的纺织厂收托了韩少珍年幼的子女。

1950 年 6 月中旬，羁押于上海市第二看守所的韦焕第收到了上海市军管会的刑事判决书，以汉奸罪被判处有期徒刑六年。这个判决结果使韦焕第的亲朋好友、同事邻居都大大出乎意料，又是一番热烈的议论。有些天天阅读报纸、收听广播，对时事新闻颇为了解的人认为，比照那些业已处理的“七十六号”特工总部行动特务不是死刑就是无期徒刑的案例来看，韦焕第肯定具有“立功表现”。于是，几个朋友相约，以看望韩少珍及孩子为名前往韦家，打出关心的旗号让韩少珍拿出判决书来看，结果却并非如此，判决书上面根本没有“立功”二字，只不过说韦焕第“对所犯罪行供认不讳，认罪态度尚好”。

至于韦焕第本人，他不懂法律，也不看报不听广播，在看守所跟同监房的人犯聊起案由，大都预测他前景不妙，凶多吉少。所以，他对只判其六年大出意料之余，剩下的只有对人民政府的感激。不久，韦焕第被押解至苏北劳改农场服刑，由于他一直深怀感激之情，所以表现很好。与其他服刑犯人相比，韦焕第觉得自己并未吃多大苦头，因为他有金工技术，在劳改农场不用开荒下田。其他犯人冒着烈日酷暑风霜雨雪天天出工，他却在室内指导别人维修农具。有时总场部或者地方政府、驻军的汽车发生故障，那就非得请他出场不可，届时，他所受到的优待甚至超过押其前往的管教。

1955 年 9 月 28 日，韦焕第六年刑期服满。劳改农场正好有辆卡车去南京运货，破例允许韦焕第搭车。韦焕第到南京后，没买上返沪的火车票，管教跟农场驻宁办事处说了说，又允许其免费住了一夜。29 日，韦焕第买到了夜班火车票，当天午夜离开南京。那时的火车跑得慢，用了七个多小时方才抵达上海北站。

韩少珍接到丈夫的电报后，向厂里请了半天假，赶到北站迎接出狱回家的丈夫。到家后，便有亲朋和邻居来看望。午后，韦焕第说他要到附近去转转，韩少珍也要回厂里上班。当时邻居们是看到这对夫妻一起出门的，谁也没想到几个小时后竟然同赴阴曹地府！

三、二勘“逍遥池”

张博介绍了韦焕第的情况，众人还没开始讨论，袁辉友接到市局法医室打来的电话。案情分析会前，他给市局法医室打电话要求了解两名死者胃内食物残留情况，以判断两人的死亡时间。现在，人家给他回话了：韦焕第的死亡时间早于韩少珍大约两个小时。

如此，韦焕第杀害韩少珍之后去“逍遥池”洗浴的估测就站不住脚了。而且，法医室还通知专案组，说主持韦焕第、韩少珍解剖检验的老法医顾祖轸怀疑韦焕第并非死于心脏隐疾，而是和韩少珍一样，也是触电身亡。因此，建议重新勘查“逍遥池”现场。

顾祖轸是留用人员，此时已年届六旬。他早年留学法国学医，回国后却进了法租界警务处做了一名法医，此后，又继续在日伪和国民党警察局做法医，在检验尸体方面积累了很多经验。下午，顾祖轸连续解剖了两具尸体，死者系夫妻，这倒还不算稀奇，使他感到奇怪的是这对夫妇的致死原因。解剖韦焕第的尸体时，他给出的结论是“不能排除心脏隐疾骤发的可能”，对此，他自己也不是很满意。顾祖轸一向认为，对于一个称职的法医来说，作出“不能排除什么什么”的结论应该属于苍白无力一类，于刑侦部门接下来的破案工作毫无用处。解剖韩少珍的尸体确定其系触电身亡后，顾法医重新思考韦焕第的死因，怀疑其也是死于电击，所以，才提出了重新勘查现场的建议。

在“逍遥池”跟专案组长袁辉友见了面，顾祖轸说：“你们把21号浴间的天花板拆开看看。”

之前现场勘查时，由于里间又是水又是雾的，料想无痕迹可供勘检，大家都把注意力集中在死者身上，根本没想到密封得好好的白铜天花板是否有问题。现在，刑警撬开天花板一看，顿时真相大白！

浴间的天花板与屋顶之间有一段距离，由于房顶斜坡的原因，其高度在五十至一百五十厘米之间，这个密封的空间里布放着水管和电线。刑警发现，其中一段备用电线外侧的胶皮已被人割开，上面有曾连接过导线的痕迹。而电线下方四块正方形天花板内侧的交界位置，有一个可供电线穿过的小孔，从孔壁的光泽判断，可以认定是刚刚被钻透的，估计使用的是街头皮匠修鞋的钻子之类。至此，刑警可以认定韦焕第死于他杀，凶手从隔壁钻入天花板，行至21号浴间上方，剖开电线外皮，另接上一截导线。这截导线的另一头自天花板的小孔中穿出，借助挂在墙壁上的浴巾的掩护伸入浴缸。

“逍遥池”的男浴区共有二十二个浴间，但实际投入使用的只有二十一间，留下的一间作为堆放杂物器材的库房。21号浴间是男浴区尽头的最后一间，走廊到此为止，与库房是用墙壁隔开的。库房没有安装天花板，靠墙一侧装有木梯子，上去之后可以弯腰走遍整个高档区所有浴间天花板与屋顶之间的空间，以便维修、更换冷热水管、电源线路。凶手通过上述通道进入该空间，在21号浴间上方做了手脚，把导线引入浴缸，当时未通电。韦焕第进入浴间时，凶手就在隔壁库房守着，待到韦入浴后，凶手推上闸刀，韦焕第触电身亡。接着，凶手拆开几块天花板下到浴间。确认韦焕第已死，他从韦焕第脱下的衣服口袋里取走了韦家的大门钥匙，并穿上了韦焕第的那双旧跑鞋，重上天花板收起电线，装好被拆开的天花板，从库房门退出。然后，凶手前往韦家布置了另一个杀局。

刑警仔细勘查了天花板上部的空间，发现凶手是戴了手套作案的，而其低头弯腰行进时留下的脚印，也在离开现场时擦拭掉了。库房靠墙的那架木梯以及地面上，未能提取到脚印痕迹。不过，刑警发现库房的司必灵锁已被撬坏，此刻是虚掩着的。

“逍遥池”的这间库房，位于高中档浴区共享的那个面积数百平方米的花园里侧，位置隐蔽，门口有一株两人合抱的大银杏树，根深枝茂，绿叶婆娑，即使是阳光灿烂的日子，库房门前也是一片阴暗，更别说当天下午还下着小雨。所以，凶手潜入库房时，料想无人注意到。

尽管如此，袁辉友还是命令经理速将当班员工召来，由刑警分头谈话；已经下班回家的员工，也都派人用摩托车接来接受调查。调查内容一是当天是否看见有人进入或者靠近那间库房；二是被询问人自中午十二时到下午五时这个时段在干什么，何人可以证明。这是第一轮调查。往下还有第二、第三轮，是找证明人谈话。“逍遥池”的员工基本都在中年以上，文盲居多，按摩、修脚、甩毛巾、倒茶等活儿倒是很纯熟，其中的拔尖绝活儿放到现在能上春晚娱乐大众，可是要让他们理解刑警的话，并且互作证明，那就费劲儿了。中间，刑警还对大堂女服务员进行了重点询问，但她从没见过那个替韦焕第预订浴间的少年。

结束调查的时候，外面天色已呈鱼肚白，外滩海关大钟正好敲响了五下。可是，刑警通宵的辛劳却毫无收获，“逍遥池”内部人员没有一个有涉案嫌疑，也没人注意银杏树下是否有可疑人员出现过。

这等结果自然使人沮丧，而且熬了一宿，专案组成员个个又困又饿，袁辉友说弄点儿东西填肚子吧。那时已经统购统销，于是各人自掏钞票粮票，向“逍遥池”借了个锅，交侦查员石索根出门去买了五副大饼油条、五份豆浆回来。正吃着，张博突然站起来，嘴里嘟哝了一句“我去看看”就疾步出门。袁辉友等四人还没反应过来，张博又疾步返回，手里多了一样东西——一个长方形的硬纸盒，一脸兴奋地说：“垃圾还没运走，总算找到了！”

刚才张博忽然想到一个问题。昨天勘查“逍遥池”现场后，韦焕第的遗物是由他带回派出所的，其中有一双崭新的皮鞋，底部甚至找不出曾经踩过路面的痕迹。当时，大家都以为是韦焕第到“逍遥池”洗浴前在皮鞋店购买的，却忽视了一个细节——鞋底未见踩踏过路面的痕迹，说明这双皮鞋并未穿过，即使韦焕第是准备洗浴后换上的，可他毕竟是穿了旧鞋来的，那么，那双旧鞋到哪里去了？之后，发现韩少珍被电死于家里，在现场提取到了旧跑鞋的鞋印。刑警推断是凶手在杀害韦焕第后，穿了那双旧跑鞋前往韦家设套杀害韩少珍。于是，新的问题由此产生。一般说来，那双新皮鞋不可能就这么提在韦焕第手里，应该有包装，要么是厂家原配的硬纸盒，要么是提兜或者报纸之类。可是，“逍遥池”现场没有发现任何外包装。那么，外包装哪里去了？只有一个答案——凶手离开现场时带走了。

张博倾向于认为这双皮鞋是当天韦焕第出门后从某家皮鞋店购买的，外包装应该是厂家原配的硬纸盒。凶手逃离现场时，手里拿着一个硬纸盒容易引人注目，所以，通常来说他应该立刻处理掉。扔到什么地方呢？张博想起花园一侧的那个垃圾箱，出去一看，里面果然有一个跟韦焕第的鞋尺码相配的硬纸盒！

这是一个男式皮鞋的原配纸盒，已经给雨水淋湿了，上面还沾着其他垃圾的污垢，提取指纹什么的是别想了。不过，纸盒里面还是干的，而且有一张发票。发票表明，这双由上海私营“康开皮鞋厂”生产的

40码黑色牛皮鞋是昨天（即9月30日）出售的，出售商店是四川中路上的“宏康鞋帽店”。

袁辉友随即作了安排，他和张博待“宏康”开门后前往调查该店出售这双皮鞋的情况，其他三位同志早餐后抓紧时间睡觉，下午全组开会分析案情。

上午八点半，“宏康”准时开门营业。这是一家两开间门面的商店，原是单一出售男女老幼皮鞋的专卖店，后来学着同行的经验，增添了卖帽子的专柜，店名便由“皮鞋店”改成了“鞋帽店”。老板姓张，是个年近六旬的瘦小老头儿，具有老一辈上海生意人耐心、细致、和气的特点，还有点儿怕事，接待刑警时神情间流露出些许惶恐。

他告诉侦查员，昨天下午一点多，“宏康”门前停了一辆小吉普车，车里下来两个男子，一个是不到四十岁的瘦高个子，穿着藏青色卡其布中山装和灰色细帆布裤子，脚上是一双已经洗得近乎发白的蓝色跑鞋；另一个是年约六十的胖老头儿，身穿银灰色西装，足蹬黑色皮鞋，头戴希腊渔夫帽，手持一根两端镶着白铜的紫檀木“斯的克”（即手杖），一看那副气派就知道是个安然度过“三反”、“五反”等一系列政治运动的成功商人。

两人进了店堂，那胖老头儿对迎上前招呼的张老板说：“麻烦给他挑选一双皮鞋，式样大众化些的，价格不必顾虑。”说着，又亲热地拍了拍瘦高个子的肩膀，叫着对方的名字，不过店方不论老板还是伙计都没听清，但下面的话倒是听清楚了，“你回家来了，我要送你一样礼物。常言说，‘穿新鞋，走新路’，我倒是希望你‘走老路’——还是到我那里去吧！”

那瘦高个儿脸上露出感激的神色，频频点头，却没吭声，张老板就给他挑选了一双中档皮鞋。旧时经销皮鞋的生意人眼睛里都藏着一把尺子，顾客进门看店员的脸，他们却盯着人家的脚，每每都能估测得准确无误，使人叹服。所以，拿出的皮鞋一穿就觉得很跟脚。那胖老板就掏出钱包爽快地付了款，瘦高个儿则连说“谢谢”。

顾客出门时，张老板和伙计送至店堂门口，看着两人上了那辆小吉普，目送吉普驶离。他们留意到，开车的司机是一个三十来岁的男子，他没有进店堂，一直坐在车内；不过，当胖老板两人走出“宏康”时，司机迅即下车为他们拉开车门——由此判断这小伙子是胖老板的专职司机。张老板还留意到，那辆小吉普挂的是军方牌照

听到这里，张博立刻作出判断，那胖老板就是韦焕第原供职的“宝隆汽车修理厂”厂长钱复毅；那辆挂军用牌照的小吉普，显然是“宝隆厂”为部队修理后正在试车的车辆。

当天午后，专案组改变了召开案情分析会的打算，改为传讯钱复毅和他的司机，同时派员赴“宝隆厂”，对钱复毅是否涉韦焕第、韩少珍夫妇被害案进行调查。

四、绯闻

根据分工，传讯钱复毅及司机由专案组长袁辉友和张博负责，另外三个刑警石索根、周铁盾、祖兴为则去“宝隆厂”调查。

不过，袁辉友和张博的那桩活儿一时却没法儿进行下去。这天上午，钱复毅就上了司机开着的那辆军用吉普出去了。去了哪里？厂里那班高管谁也不清楚。平时钱复毅也经常是不打招呼就出门，他们早习惯了。那年代又没有手机，钱复毅这一出去，就好似断线风筝，袁辉友、张博只好给庶务科长留话，一旦钱复毅和司机回厂，立刻让他们来分局。

回到局里，袁辉友、张博无事可做，就沏了杯茶边喝边聊案情。袁辉友说："这个钱复毅似乎不是凡品，试想，这人跟汪伪'七十六号'的'魔王'吴四宝走得那么近，'宝隆厂'经常为青帮修理枪械，按说属于助纣为虐，后来政府怎么没找他算账？以'镇反'时的那股势头，像他这种人应该是逃不了审查的。老张，你当时已经调派出所了吧，知道为什么没动他吗？"

张博说当时派出所内部开会研究敌情时，有人提到过钱复毅，说应该对其进行审查，所领导也以为然，就把他的名字列入关押审查的名单送分局了，可分局却把他的名字划掉了。后来又报送过一次，分局打电话到所里，说钱复毅这个人分局知道，以后你们就不要报上来了。

袁辉友寻思，这个钱老板应该是具有另一种身份。所谓"另一种身份"，指的是当初中共地下党为收集情报、营救同志、购买控制物资，往往需要跟三教九流各式人等打交道。这类对象中的一部分人，在新中国成立后还继续发挥作用，受命跟国民党潜伏特务联系，甚至参加特务组织且担任一定职务，成为"内情"人员，为我方提供情报。不过，这种具有"另一种身份"的对象，在"镇反"运动中也不是个个都能逃过这一劫。比如上海提篮桥监狱的国民党末任监狱长王慕曾，系"保密局"特务，在上海解放前夕受中共地下党感召，幡然悔悟，营救了五十多个被捕且已被"保密局"大特务、上海警察局长毛森下令处决的中共地下党员，按说应该属于"重大立功行动"，但在"镇反"时同样被追究历史罪行，予以处决（后获平反）。

袁辉友估计钱复毅可能属于这种对象，跟张博一说，张也有同感。于是，袁辉友就想了解一下，哪知电话打到社会科（当时已改称"政保"，这是沿袭以前的说法），遭到断然拒绝——这等于认可了袁辉友的猜测。这一来，张博就有顾虑了，担心以自己的留用警察身份讯问钱复毅是否欠妥。袁辉友则说："我们只问案子不问其他，怕什么？"

两人正说着，分局门卫室来电说"宝隆厂"厂长钱复毅在门口，要求跟袁队长通电话。钱复毅在电话里说他上午去外面办事了，饭后才回厂，听了庶务科长转达的刑警留言，便让司机小孔开车一起前来分局，打电话是问一声：两人是一起进来呢，还是他先进来。袁辉友说两人一起进来吧。那时还没有讯问必须两人以上的规定，两个刑警正好一人问一个。

其实，袁辉友对钱复毅的"另一种身份"也是有顾忌的，所以他单问钱复毅两点：一、昨天下午是否去过四川中路的"宏康鞋帽店"？去干什么？二、昨天一整天的活动行踪以及证明人。

钱复毅是否有"另一种身份"，一直到"文革"期间的1968年"清理阶级队伍"时，袁辉友才弄清楚。当时，公私合营后早已退休赋闲在家的钱复毅作为"三开分子"（"文革"中对国民党时期、日伪时期以及新中国成立后都"吃得开"的角色的简称）被"群众专政"，关押于以"上海工人革命造反总司令部"的造反派为主体的"文攻武卫指挥部"。之前也吃了些苦头刚获解脱的袁辉友被军管会派驻"清队办公室"打杂，他去的第二天，传来了钱复毅急病猝死的消息，其关押时所写的材料上交"清队办公室"，正好由袁辉友装订封存。袁辉友得以阅读了钱复毅的"自传"，终于确认自己当初对钱复毅身份的判断是准确的。钱复毅确实为中共地下党做过一些秘密工作，新中国成立后，还利用其跟敌伪潜伏特务的关系为公安机关提供情报。不但钱复毅，就是韦焕第也曾接受钱的指令为中共秘密工作出过力——这就是钱复毅预言韦焕第"最多判七年徒刑"的底气。

这样一个角色，此刻面对着刑警的讯问，当然毫不惊慌。钱复毅神色平静地把自己昨天一天的活动向袁辉友一一作了陈述，其中包括他下午从厂里坐车前往市工商联开会途中，在四川中路看见出来溜达的韦焕第，他正准备请韦焕第回厂效力，因此决定送一件礼物给对方，便邀韦焕第上车，前往“宏康”选购了一双皮鞋。钱复毅原准备把韦焕第捎到外滩逛逛，但韦焕第随车过了一条横马路就下来了，说还是先在附近转转，熟悉一下环境。

与此同时，另一间屋子里，张博也跟钱复毅的专职司机小孔作了相同内容的谈话，小孔的回答和钱复毅一致。

两人的回答表明，他们并无作案时间。不过，在刑警想来，以他们俩的关系，如果钱复毅指使小孔作案，后者可能不会拒绝。小孔不仅是钱复毅的证明人，他自己同时也是涉案嫌疑人。所以，还得另外寻找可以为他们作证的对象。这层意思，小孔不一定懂，但老狐狸级别的钱复毅自然是懂的，他之前在对袁辉友的陈述中已经貌似漫不经心地随口说了若干个证明人，比如“宝隆厂”的门卫（可以证明其进出厂的时间）、市工商联一起参加会议的人（可以证明他昨天下午两点到五点一直在工商联）、散会后他和哪几个平时走得比较近的资本家在南京路国际饭店七楼聚餐，等等，都一五一十说得清清楚楚。小孔则根本不知刑警为何找他谈话，没有预作说明，还是在张博的提示下，才一边回忆一边说了几个除钱复毅以外的证明人，自然都是其他资本家的司机，以及“宝隆厂”、工商联的门卫、清洁工之类。

讯问结束，刑警让钱复毅、小孔回去。袁辉友开了刑侦队的摩托车，载上张博前往市工商联、国际饭店和被钱复毅作为证明人的那几个资本家所在的厂家一一核实。“宝隆厂”没有去，而是给正在该厂进行调查的刑警打了电话，让他们顺便向门卫了解一下相关情况。

当天傍晚，两路刑警在分局汇总情况，袁辉友、张博那一路的调查结果是：钱复毅、小孔确实没有作案时间。

不过，另三名刑警石索根、周铁盾、祖兴为在“宝隆厂”调查所获得的情况，却似乎对钱复毅不利——钱复毅跟韦焕第的妻子、本厂食堂女工韩少珍之间竟然有一段绯闻。

前面说过，1949 年 9 月底韦焕第被捕之后，家里留下韩少珍带着一对年方两岁的双胞胎，不但失去顶梁柱，家中诸般大小事务从此就得由韩少珍主持，更要紧的是断了经济来源，今后怎么过日子？幸亏“宝隆厂”老板钱复毅及时相帮解决了困难，联系托儿所让双胞胎入托，把韩少珍安排到厂里食堂上班，拿一份薪水，让这个困难家庭得以维持下去。韩少珍进“宝隆厂”食堂工作后，钱复毅又关照膳食科长，食堂卖剩的荤素菜肴、馒头米饭什么的，可以允许韩少珍带些回家。韦焕第被判刑后，韩少珍每隔半年去苏北农场看望丈夫时，钱复毅不但允许请假，还通知食堂为其准备路上的干粮以及带给韦焕第的卤肉、熏鱼之类，每年还给韦焕第捎去工作服一套和若干钱钞。

这种优待，别说韩少珍、韦焕第了，就连厂里的其他工友也都说钱老板是菩萨心肠。当然，由于韩少珍年轻美貌，而且天生一副轻佻风骚相——沪上说法谓之“轻骨头”，所以也有人猜测钱复毅跟韩少珍之间可能有桃色事儿。在这件事情上，钱复毅完全是被动的。他之所以如此优待这对夫妇，主要是感念韦焕第十二岁那年的拾金不昧之举以及后来在本厂经营中所起的作用，还藏着待韦焕第刑释回沪后邀其继续为本厂效力的伏笔。

可是，计划赶不上变化，钱复毅的如意盘算经不住韩少珍的粉色攻势。韩少珍出身贫农家庭，能嫁给韦焕第，在老家人眼里是祖坟冒了青烟，她自己也是这样想的。尤其是跟着丈夫来到上海市，根据国民党政权的规定六个月后顺利报上了户口，从此就是上海市民了，而且靠着韦焕第那份收入就能过上不错的日子。可惜好景不长，也就不过半年多时间她就成了“反革命家属”，如果不是钱老板菩萨心肠伸手相助，只怕没法儿在上海待下去，说不好还得带着一对双胞胎返回苏北老家去吃糠咽菜，甚至改嫁。韩少珍虽没有文化，但她智商正常，受了人家的莫大好处，自己却拿不出什么东西回报，想来想去，就决定以身相许。

1950年仲秋的一天，韩少珍知晓钱复毅当晚留厂值班，特地把双胞胎央托在邻居家过夜，跟同事换了夜班，午夜时分，溜进了厂部办公室。没等钱复毅反应过来，她已经扑到了对方怀里。钱复毅虽已年近六旬，但也禁不住这种诱惑，从此，两人就勾搭上了。没有不透风的墙，厂里人多眼杂，他们的这种关系不久就传得全厂皆知。当然，没人敢在钱复毅面前提起。没想到，有个青年工人却捅开了这层窗户纸——

“宝隆厂”的技工把客户的汽车、摩托车修好后，都要进行试车。当时国家对试车标准没有规定，“宝隆厂”是按照行业内约定俗成的做法，先试空车，即开动引擎空转若干时间，再把车开上路行驶。1951年前，上述后一种试车是由修理技工直接进行的，谁维修谁试车。当然，试车的技工能够修理车辆，也会驾驶，却不一定有驾驶执照。反正通常就在工厂附近方圆二三平方公里范围内行驶，车前挂上由租界巡捕房（抗战后则是国民党警察局）发的试车牌照就行了，交警知道是“宝隆厂”试车，从来不刁难试车技工。新中国成立后，这种情况又持续了一年多，公安局出台了新规定：所有试车人员，只要把车辆开出厂门驶上马路的，驾驶员必须持有相应的机动车驾照，否则就是无证驾驶，将据情处罚。

如此，钱老板就犯愁了。全厂有一百多个技工，总不见得都由厂方出资去让他们考驾照。即使厂方肯掏这笔钱，公安局也不肯——驾照发放是有额度的。

好在事儿是死的，人却是活的。钱老板终于想出了一个主意：抽调十来个工人组建一个试车组，所有修复的车辆都交由该组试车。这样，厂方可以省下不少考驾照的费用，一次性发放十几本驾照，公安局那边也不会有什么问题。钱复毅派庶务科长出面跟公安局一说，人家当即同意了。问题得到解决，效果也很好，不久，上海市公安局还让“宝隆厂”写了份材料作为经验在行业间推广。

“宝隆厂”的试车组有一个二十六岁的青工，名叫徐五福。这人祖上是书香门第，不过到其父辈就已败落，其老爸在十六铺谋了一份水产经纪人的活儿。这份职业的收入还算不错，老徐就花钱让三个儿子读书，想靠知识出人头地，重振家族雄风。徐五福的两个哥哥都读出道了，一个从上海圣约翰大学医学院（后改为上海第二医学院）毕业后进了广慈医院当了一名外科医生；另一个更是了得，远涉重洋去美国攻读机械专业，被美国佬高薪留在了纽约。只有老三徐五福不争气，书读不好，勉强初中毕业，进了二战后美国救济总署在上海开的汽车司机培训班，免费学了半年，考出了一纸驾照，专为救济总署运送物资。运了两年，物资运光了，救济总署也解散了，正好“宝隆厂”招工，徐五福被录用。从此，他就在“宝隆厂”效力，那年不过二十挂零。

徐五福读书平常，动手能力却甚强，不但车开得好，而且早在救济总署车队开车时就已跟着修车工学得了一些修理技术。进了“宝隆厂”，跟在老师傅后面转悠，看也看会了。所以，也不过一年半载，他竟掌握了全面的机动车维修技术，成为厂里青年工人中的佼佼者。前年试车组一位老师傅中风去世，厂里就把徐五福调到试车组。不但在“宝隆厂”，就是在当时沪上汽车维修行业中，这也是一种荣誉。因为试车组的技工不但要擅长开车，还要具备迅速发现故障并处理故障的能力，另外，还须掌握车、钳、刨、铣、焊、电、仪表、热处理等多般技能，甚至在紧急状况下立马就地取材，制造出某个市场上购不到的零配件，以便使车辆能够继续行驶。徐五福是“宝隆厂”乃至沪上该行业试车工队伍中最年轻的一位。其时其老爸已经病逝，如果老徐泉下有知，也该欣慰了，因为从某种意义上来说，小儿子也算是出人头地了。

那么，钱复毅与韩少珍之间的奸情怎么会被徐五福捅出来呢？这要从韦焕第出狱前半年即1955年春天的一次事故说起。当时，“宝隆厂”接受了华东军区海军司令部（即后来的海军东海舰队）的一桩活儿，大修一辆“水星”轿车，据说是准备用于接待不久之后访沪的苏联海军将军的。“水星”系1935年由全球最大的汽车制造商福特公司开发的品牌，用于填补福特公司生产的大众化的福特产品和比较高档的林肯产品间的市场空缺。海军送来大修的这辆轿车，还是1949年解放上海时的战利品，但破损严重，不能使用，一直存放于仓库中。这次翻出来大修，技术难度很大，军方选了又选，最后决定交“宝隆厂”。“宝隆厂”自是重视，专门组建了技术攻关小组，整整鼓捣了两个多月，许多零部件是专门派人去香港买的，还有些零件香港市场也没有，就只好由高级技工手工制造了。

这辆车修好后，交由试车组试车。这种试车就不能是厂门口兜兜圈子那样简单了。须知这辆“水星”车在必要时会载着将领前往野外东奔西驰，而且车过之处可能是坑坑洼洼的道路。因此，要求试车组抽调骨干把车开到浙东、皖南山区去折腾，折腾得越厉害越好。技术好且年轻力壮的徐五福自然被选中，成为这个特殊试车小组的成员之一，而事故恰恰也出在这主儿身上。

说是“恰恰”，其实并非偶然，或者说是偶然中隐藏着必然。为什么这么说呢？因为徐五福酒驾！酒驾，在现今是要负刑责的，但在以前根本不能算事儿。就说抗战胜利后的上海街头吧，不单是美国军人一手拿着酒瓶边喝边开车，由“飞虎队”改组的“陈纳德航空公司”的美国飞行员更是耸人听闻地竟然酒后驾机，不是玩耍兜风，而是执行空勤任务！所以，徐五福等人在浙皖山区试车，途中打尖时喝几杯老酒也属“情理之中”。问题是，徐五福在浙江杭州城外酒驾时把车开进了钱塘江！

幸好车上的技工都精通水性，包括徐五福自己在内都逃出来了。不过，这次事故对于这辆“水星”以及钱老板来说，损伤确实蛮大的。别的不说，单是打捞费就花了不少，更别说把“水星”重新开膛破肚检查修理了。据说“宝隆厂”这单业务不但没赚到什么利润，贴进去的钞票也足够组装一辆新车了。另外，由于返工，差点儿误了交货时间，钱复毅挨了军方经办人的骂，人家声称海军的车辆以后再也不敢交“宝隆厂”维修了。

钱复毅是生意人，不是慈善家，可想而知，肯定要追究一干试车技工的责任。几个随车技工都被扣了薪水，徐五福是直接责任人，干脆开革！

徐五福看到张贴在食堂里的布告，大怒，冲到厂长室跟钱复毅大吵一场，当众将钱老板与韩少珍的奸情抖搂出来，扬言要到苏北劳改农场向韦焕第面告此事，等韦焕第回来，看他怎么惩罚万恶的黑心资本家！

五、两封被扣信函

专案组对上述情况进行了分析，认为目前不能排除钱复毅为防韦焕第报复而对其动杀心，而韦焕第被杀后，其妻韩少珍可能会作出对钱复毅不利的反应，因此索性一并干掉。鉴于调查结果已经证明钱复毅和小孔没有作案时间，所以应该考虑雇凶杀人的可能性。

当然，这得需要证据支持。刑警认为在这件事上，先得查清那个酒驾闯祸被开除出厂的徐五福是否真的去了一趟苏北劳改农场，面告韦焕第关于钱老板给其戴绿帽子的消息。当时的劳改系统隶属于公安局，是市局下面的一个处，这于专案组核实此事比较方便。专案组当即动用市局的电台，向苏北劳改农场发了一份外调电报，要求立刻予以核实。

当晚八时，苏北方面回电称，韦焕第服刑期间，除其妻韩少珍之外，并无其他人来农场见过韦，亦无他人信件、邮包寄达农场。后面还有一句附言，说犯人函件须经所在中队检查，告知此类消息显然不利于韦的改造，如果有，肯定会被扣下的。

一句话，韦焕第在劳改农场服刑期间不可能得知有关“奸情”的消息。但是，徐五福在厂长办公室公然揭露钱、韩两人的奸情，钱复毅应该清楚此事肯定包不住，韦焕第刑释回沪后不管是否回厂工作，迟早总会知晓。因此，钱复毅的嫌疑依然无法排除。刑警回忆下午对司机小孔的调查，发现孔所说的一个情况似乎对钱复毅不利。

9 月 30 日午后，钱复毅让小孔出车前往市工商联开会时，汽车出门比平时早了半个多小时，路上，钱老板让他开得慢些，还三次停车说要到路旁商店里去看看。小孔当时就觉得钱老板今天似乎有些心神不定，这是平时从来不曾有过的。直到后来在四川中路巧遇正在溜达的韦焕第，钱复毅赠送给韦一双皮鞋后，仿佛才安稳了一些，途中竟然打起了瞌睡。这一情节的背后，是否隐藏着什么其他的内容呢（后来知道，韦焕第午后要去四川中路热闹地段转悠的打算是其亲口告知前往看望他的庶务科长彭正明的，彭回厂后向钱回复时顺口说了说）？

专案组经过研究，决定对钱复毅的社会关系悄然进行调查。如果是钱复毅雇凶杀人的话，那他肯定要跟外界联系，联系时如果留下什么蛛丝马迹给查摸到的话，这个案子差不多就到告破的时候了。

第三天，10 月 2 日，专案组启动了对钱复毅的外围调查。可是，甫一接触一个抗战时曾在“宝隆厂”做过会计，后因暴露身份撤往根据地，新中国成立后重返上海滩担任区税务局领导的原地下党员，刑警就头痛了。对方说你们要调查钱复毅啊？他的社会关系相当复杂，不说上海解放后逃往海外的熟人朋友，就是还留在上海滩的估计就不下千人。对方给刑警开了一份他所知晓的社会关系名单，一边回忆一边写，竟花了一个小时，一数，有三百多人，大部分人还没有住址。刑警拿着这份名单，寻思先得到市局户政处查阅户口底卡，弄清楚这些人的住址或者供职单位，然后才好按图索骥登门调查。

那时没有电脑，上海人口又密集，姓名重复率高，这得查到几时？大伙儿寻思这样做既累也不科学，就聚在一起讨论，试图寻找捷径。几个人集思广益，很快就想出了办法。专案组分析，如果钱复毅果真雇凶杀害了韦焕第、韩少珍夫妇，那受其雇佣的凶手必须具备以下特点——

首先，对“逍遥池”很熟悉，这种熟不仅仅是老浴客对这家公共浴室的熟悉，而且对“逍遥池”的内部设施、管理、班次等都了如指掌；其次，凶手本人跟韦焕第是相识而且比较熟稔的，因为只有这样韦焕第才会接受对方请客洗浴；第三，对两处谋杀现场的勘查表明，杀害韦焕第、韩少珍夫妇的是同一个凶手，其对韦家的情况应该比较熟悉，很有可能以前去过韦家甚至是常客，结合其对电路知识的了解，估计此人以前甚至至今仍在从事与电有关的工作。

根据上述特征，专案组认为凶手应该是既跟钱复毅熟悉，又与韦焕第有过较多交往的人，有可能是行业中的技工。据此进行调查，必将大大减少工作量，还能提高准确率。专案组长袁辉友当即下令，把这份名单上的人据职业梳理一遍，符合特征的抄下来，全体出动，分头调查。

下午五时，五名刑警在分局碰头。主持会议的专案组长袁辉友还没开口，就被领导一个电话叫去了。余下的四个刑警正嘀咕是不是分局领导催促抓紧破案，哪知，袁辉友片刻返回后却宣布了一项决定：停止对钱复毅的调查！

“文革”中袁辉友在区“清队办公室”打杂时，有机会接触到被隔离审查的“三开分子”钱复毅所写的“自传”后才知道，侦查本案时的1955年10月，钱复毅正奉市局政保一处的密令在收集一个台湾派遣特务的信息。不过，钱复毅本人可能至死也不知道的是，当时警方对钱复毅这种具有复杂历史的“内情”并不充分信任，况且之前已经有了扬帆、潘汉年被捕事件（其中一项重要指控是“滥用内情，导致失控”），所以市局政保领导在批准动用钱复毅为“内情”的同时，还指示须对其及其周围人（如司机小孔）予以秘密监视，谨防失控。因此，专案组刑警刚刚启动对钱复毅的调查，市局政保就知道了。而政保侦查员是对钱复毅进行秘密监视的，知道钱复毅并不涉案。如果专案组对钱复毅的调查惊动了敌特分子，那对于政保一处正在进行的反特工作无疑是一个严重干扰，弄得不好甚至会前功尽弃。于是，上面立刻下令停止对钱复毅的调查。其中的原因，不但当时袁辉友不可能知晓，就是向他传达指令的分局长也不清楚。

可以想象，这下专案组刑警都有了一种“傻了”的感觉，有的侦查员甚至怀疑是否某个领导蓄意包庇钱复毅。石索根、周铁盾、祖兴为、张博四个都盯着袁辉友，他是头儿，看他往下怎么安排新的调查。袁辉友呢，其实跟他们一样的心思：往下怎么查？

看大伙儿脸上的神情，显然是有抵触情绪的。这也可以理解。之前大伙儿又是熬夜分析案情，又是放弃国庆假期义务加班，好不容易找出一个嫌疑对象钱复毅，正待摩拳擦掌上阵，哪知领导一句话就停止了调查。使他们难以理解的是，领导根本不作任何解释，大伙儿的心情可想而知。

没办法，袁辉友只好做思想工作。当时已经实行薪给制了，袁辉友是分局刑侦队副队长，结合其参加革命的时间综合评议，享受行政十六级待遇，每月的薪金可拿一百元出头。当时他还没结婚，每月领了薪金给老家父母寄些，自己尚有一些积存。山东人豪爽，便经常请客，当然不是大吃大喝，不过是面条、饺子、馄饨之类（不过粮票得各自掏），有时喝点儿小酒，最多也就是弄点儿卤肉、豆腐干、花生米当下酒菜。以前他主持的案子侦破了，每每要自掏腰包犒劳大家。现在要想鼓士气，只好提前犒劳了。

不过，这回倒是注定不需要袁辉友搞物质刺激的。他还没说出请客的意思，忽然接到市局劳改处打来的电话，说他们接到下辖苏北劳改农场的电报，称昨天给专案组回电说明相关情况后，又找到两封韦焕第服刑期间被管教扣压的上海来函，已经交由今晨动身离场回沪述职的一位领导带来。这位领导是有专车的，估计今晚可以抵沪，如果专案组对那两封信函感兴趣，请于明天上午去取。袁辉友自是喜出望外，寻思那两封被压下的信函可能就是侦破本案的线索。

次日上午，专案组刑警传阅了袁辉友去市局取来的那两封信函以及韦焕第服刑所在的分场管教股出具的情况说明。

第一封信函出自韦焕第服刑前的老东家钱复毅之手，他说的竟是自己与韦焕第之妻韩少珍通奸之事。刑警看后感到三个意外：一是写信的时间是1951年春节前，从专案组之前了解到的情况来看，当时“宝隆厂”的工人尚未发现钱复毅与韩少珍的苟且之事；二是钱复毅承担了通奸的全部责任，并未提及韩少珍如何勾引自己；三是他向韦焕第表示忏悔和歉意，保证从今以后绝不再染指韩少珍，韦焕第刑满释放之后，他还要给予物质以及工作方面的补偿，事实上，他眼下已经在做了（即照顾韦焕第的子女等）。

第二封信是一个叫殷源渍的人写的。这人在已被专案组掌握的钱复毅那三百多个社会关系名单中并无显示，他在信中也未提到过“钱复毅”或“宝隆厂”，估计不一定跟钱复毅相识，也并非“宝隆厂”工友，应该是韦焕第的社会朋友。这封信是1955年6月寄到苏北劳改农场的，由于信封上只写了“劳改农场领导收转服刑犯人韦焕第”，而无韦焕第服刑的分场、中队，所以这封信在总场管教科放了个把月才转到韦焕第所在的中队。信函中说，以前承蒙韦焕第照顾，时常感念，韦焕第被捕前数日借给他的那笔款子，原说三天之内必定归还，但因发生意外，他无法守约；待到后来有能力归还时，却听说韦焕第已经入狱了。于是，他把那笔应该归还的款子存进了银行，从未动用过。屈指算来，韦焕第的刑期即将服满，届时他将登门赔罪，并把那笔款子连同银行利息一并归还。他之所以写这封信，是想问清韦焕第刑满释放的确切时间。

劳改农场有规定，凡是寄给犯人的信函，都须经过管教的检查，没有问题的，方可转交犯人。如果管教认为犯人阅读后会产生不良后果，比如诱发越狱、自杀等，那就会将该信函扣下。在实际操作中，管教一般会采取变通方式，如发现来信有可能会引起犯人思想波动的内容，但还不至于诱发恶性事故，仍会把信函给犯人，不过，会用墨水把信中的敏感内容涂掉，或者结合信函内容跟犯人作一次个别交谈，对其进行安抚和提醒，引导其正确对待信中所提及的内容。

分场管教股出具的那份情况说明中说，这两封信，管教认为不适宜交给韦焕第，当时就被中队扣下来了，所以直到刑满释放，韦焕第也不知道钱复毅和殷源渍曾给他写过信。扣压钱复毅的那封信，是因为钱虽然能够悬崖勒马，可是钱的忏悔会使韦焕第产生什么样的思想波动，这个谁也说不准，所以，管教认为还是扣下为好。至于殷源渍的那封信，是因为管教对信函中所说的那笔债务的性质不了解，不知是否属于合法借贷。如果那笔借款是赌债或准备用于某种非法活动，冒冒失失把信给了韦焕第，韦焕第出狱后就有可能由此引发矛盾。

当时还没有什么“综合治理”，劳改农场虽说跟刑警、治安警、交警等诸警种同属公安系统，但没有上级领导的指示，是不可能在自己的工作思路中加入其他警种的工作内容的。管教们对殷源浈是何许人、那笔借款究竟是怎么回事并不感兴趣，他们的基本职责就是关押犯人、敦促犯人劳动改造，只要做好这几项，就算履行好了职责。多一事不如少一事，把两封信扣下，在他们看来，事情就到此为止了。

那么，这两封信中是否隐藏着破案线索呢？

六、嫌疑人逃跑

两封信函中的一封是钱复毅所写，尽管领导已有指示让停止对钱的调查，但专案组还是对该函与本案的关系进行了分析。调查可以停止，这是奉命行事，但领导并未指示连案情分析时涉及钱复毅的内容也一律忽略不计，所以还是可以议一议的。

分析下来的结果，是有利于钱复毅的。如果钱复毅有涉案嫌疑，其动机应是担心奸情败露遭到韦的疯狂报复，干脆抢先下手一了百了把韦焕第、韩少珍夫妇结果掉。这样做之后于己有什么不利后果，他不会考虑得太复杂。因为对他这个汽车修理厂老板来说，刑事侦查乃是外行，就像把一辆破车交给刑警去修理一样，隔行如隔山，刑警也不知道修到最后会是怎么一个结果。尽管如此，他还是会朝着有利于自己的方向去臆想。那么，这个案子里，什么情况对钱复毅有利呢？应该是韦焕第的社会关系复杂，估计刑警没法儿查清。从刑事犯罪心理学角度来说，一半以上预谋犯罪的案犯事先都是这样考虑的。而现在劳改农场传递过来的信息是，早在四年前，钱复毅就把实情向韦焕第和盘托出了，并且承担了全部责任。他这样做，显然已经考虑过后果。

钱复毅不熟悉劳改农场的监管情况，不知道他写给韦焕第的那封忏悔信其实根本到不了韦焕第手中。而在这稍后，韩少珍去苏北探监回来，告诉他韦焕第得知自己的家人得到钱复毅的照顾，非常感动，表示要好好改造，以便尽快重回社会。钱复毅大概误以为韦焕第已经收到了他的忏悔信，而且原谅了他。

钱复毅的这种误解并非刑警的主观臆想，而是有事实依据的——9月30日上午韦焕第获释回家后，钱复毅立刻派庶务科长前往探视；午后，钱复毅、韦焕第在四川中路相遇，钱复毅给韦焕第买了一双皮鞋，表示欢迎韦回厂上班。据此可以判断，韦焕第至死也不知道自己曾被钱复毅戴过绿帽子，他对钱复毅只有感激不尽。而钱复毅呢，误以为韦焕第早已收到他的忏悔信，原谅了他，更没必要去杀人了。

至此，专案组终于排除了对钱复毅的怀疑，也不再费神琢磨领导为何要停止对钱老板的调查了。

对于第二封被扣信函，刑警初时并未特别关注，因为那个写信人殷源浈说的是跟韦焕第的一笔债务问题。同样，他也没有收到韦焕第的回复。殷源浈对劳改农场的情况应该并不了解，他又没有写收信人的具体服刑分场及所在中队，对于这封信是否能寄到韦焕第手里，估计他也没有把握。这样看来，殷源浈应该不会有杀害韦焕第的犯罪动机。

如果这时有另外的线索冒出来，专案组对殷源浈的兴趣肯定到此为止了。可是，这当口儿运气似乎不佳，并无其他线索可查，那就查查这个殷源浈吧，或许，他能说出点儿什么使刑警感兴趣的内容。

专案组决定兵分两路，石索根、周铁盾前往殷源浈函件中所留的地址——普陀区曹家渡裕德坊19号的管段派出所了解殷源湞的基本情况，然后再找此人当面询问跟韦焕第的关系以及他所知晓的韦焕第的社会关系；袁辉友、祖兴为、张博三人则去韦家所在的公平路，向邻居、路人了解9月30日案发当天及前后数日围绕韦家是否出现过可疑情况。

第一路石、周二刑警赶到曹家渡的派出所打听殷源湞的情况，原以为可能会有周折，比如民警不熟悉其情况，那就只好找居委会了解了；还有一种情况刑警在外调时也没少遇到过，就是要找的人户口在那里，但人却不居住在该处——只要殷源湞不是警方需要控制的对象，他住哪里都可以，只要不出本市范围，并不需要报临时户口。不过，刑警多虑了，他们跟派出所接待民警一说，那民警马上说："你们来得正好，这人昨晚被群众扭送来了，此刻正在羁押室待着呢。要把他开出来吗？"

刑警寻思还真是巧了，便问殷源湞犯了什么事儿。对方并非承办人，说好像是轧姘头吧，是被女方家属和邻居扭送来的。对于刑警来说，这倒是"好事儿"。轧姘头虽然不算犯法，但属于"道德品质败坏"，按当时的规矩，公安机关可以留置羁押三个月，此后还可以收容教养（当时尚未颁布《劳动教养条例》，称"收容教养"，具体执行方式跟后来的劳教是一样的），当然，也可以网开一面训诫一番释放回家，这中间的尺度，就可以作为让殷源湞提供韦焕第情况的谈判筹码。

跟殷源湞见面前，石索根、周铁盾要求了解一下殷源湞的基本情况。管段民警此刻下里弄向扭送殷源湞进来的群众了解情况去了，派出所副所长老杜是前任户籍警，于是就请他来跟刑警介绍，说得很简单——

殷源湞，三十四岁，供职于铁路局上海机务段，听说是个能工巧匠，凡是"外国铜匠"会干的活儿，他都拿得起来。政治历史似无问题，从未参加过任何党团帮会组织，也没干过伪警察、保安团之类，并非上海解放后市军管会张贴布告勒令前往公安局登记的对象。平时表现一般，在昨晚被扭送进来之前，也没听说过他跟邻居有什么矛盾，倒是因为他掌握的技能，裕德坊的居民家里有啥物件损坏了，都向殷求助，他则是来者不拒，热心帮人家解决，不收分文，而且还经常倒贴零配件啥的——当然，那肯定是从铁路局机务段拿的。至于殷源浈是否认识韦焕第其人，杜副所长就不清楚了。

往下，刑警该跟殷源浈谈谈了。殷源浈见来人不是派出所民警，眼里露出紧张的神色，这在二刑警想来，大约是担心其轧姘头的事升级处理的反应，正好借此吓唬吓唬这家伙。如此这般说了几句开场白，便提及跟韦焕第的关系。殷源浈听说轧姘头之事的处置可大可小，马上表示请求从宽发落，很痛快地交代了他跟韦焕第的关系。

殷源浈跟韦焕第的相识，竟然源于汪伪“七十六号”特工总部。“七十六号”的地址是极司菲尔路（今万航渡路），抗战前系国民党安徽省主席陈调元的公馆。殷源浈家原住在马路对面的81号，1939年5月“特工总部”成立后便成了“七十六号”的邻居。这个邻居做得既恐惧又窝囊，半夜三更经常被受刑者的惨叫、特务驱车进出的警报声惊醒。而且，一干亲朋好友从此不敢登门，因为“七十六号”登记了附近数十家居民的家庭成员资料，特务不分昼夜登门核查，发现有未登记的人员，盘查是小事，带走那就是摊上了“穷祸”（沪上方言，意即无穷大的祸），不花钱财消灾，那就等着收尸吧。

不过，对于当时年方十八的殷源浈来说，跟“七十六号”处久了也有一点儿好处。其时他学徒已经满师，铁路局属于“国企”，没有学徒三年满师后还要“学三年，帮三年”的苛刻条件，满师就是师傅，尽管薪水有级差。殷源浈有了钱钞就跟人赌博、喝酒，赌输了想赖账或者赌赢了别人赖账时喜欢拔拳头。他学过武术，以一敌三不成问题。不过，打了人家，对方肯定要找人登门报复。以前没跟“七十六号”做邻居时，曾有对手纠集一批地痞砸过殷源湏的家，向警察署报警也没用。自从有了“七十六号”这个“高邻”，殷源湏只要自报家门，对方必定买账——谁敢到“七十六号”门前去撒野？

殷源湏跟韦焕第的结识，是在1940年12月的一个雪夜。他在公共租界南京路国际饭店跟人喝酒，出门后叫了辆黄包车让往家拉。哪知，车夫拉到距“七十六号”一箭之地时，再也不肯往前了。那年月，深夜经过“七十六号”的黄包车、三轮车或者路人，被警卫、特务拦下盘问、拘留、殴打甚至开枪打死打伤的事情并不少见，所以车夫都躲着那里走。当下，殷源湏无奈，只好下车步行。其时他已是脚下踉跄，走一步歪三步。就是这种走法，他也没走多远，脚下一滑跌倒在雪地上，竟然没觉得冷，还以为已经到家躺床上了，倒头便睡。如果不是行动特务韦焕第正好开车路过，次日殷家就得办丧事了。

韦焕第之所以救了殷源湏，是因为他平时上下班经常路过殷家，跟殷源湏见面多了，虽然不说话不打招呼，但总算是“认得”。这时候看见他喝醉了躺在雪地上，就唤醒了对方，送其回家。次日，殷家置办了一份厚礼，却不敢登特工总部的门，殷源湏便候在家门口，待韦焕第路过时奉上。从此，他跟韦焕第就成了朋友。吴四宝被毒死、韦焕第离开“七十六号”后，两人还是频繁来往。由于都是“外国铜匠”，所以聊起来很是投机。抗战胜利后，韦焕第为躲避“军统”的追捕逃亡苏北，离沪前就是殷源湏送其到码头上的轮船。

那么，那笔账目又是怎么回事呢？殷源湏说那是韦焕第借他的钱钞，听说是去炒黄金的，说好三天后归还，没想到之后就没了信息。打听下来得知韦焕第已折进局子，他寻思这下三个月的生活（沪语，即工作之意）白做了——这笔款子的数额是人民币两百万元（旧版人民币，合新版人民币两百元），相当于殷源滨三个月的薪水。以韦焕第“七十六号”行动特务的身份，不枪毙也得无期，这笔钞票恐怕是拿不回来了。后来，殷源滨看见街头张贴的市军管会判决名单中有韦焕第的名字，得知他只被判了六年徒刑，沮丧情绪这才得到缓解。

今年6月，殷源滨屈指算算韦焕第的刑期差不多了，寻思得打个招呼，让他出来后别忘记还债，便动笔写了那封信。不过，写信的时候他多了个心眼，他担心如果在信里实话实说，催韦焕第还钱，只怕劳改农场会怀疑他以前跟韦焕第有什么瓜葛，再给派出所发封公函，那就不妙了——平白无故让派出所传去谈话，别人知道了会怎么想？于是，灵机一动，决定反过来说，就说是他借了韦焕第的钱，现在听说他即将出狱，特地问一下具体时间，以便把钞票还给对方。相信韦焕第收到这封信后，必定心知肚明。总之，亲兄弟明算账，有借有还，再借不难。

殷源滨说到这里，要求上厕所。刑警没来过曹家渡派出所，不知所里的厕所在哪儿，问了民警，知道就在后院。二刑警寻思正好借这机会交换意见，研究往下该怎么讯问，也就没存防范之心，让所里的民警带着他去厕所。

没想到就因这一疏忽，竟然发生了变故——殷源滨扭开厕所后窗的铁栅栏逃跑了！

七、被“军统”通缉的“技术汉奸”

这下，石索根、周铁盾着急了。尽管从责任方面来说似乎追究不到他们头上，因为殷源滨是派出所收押的，也是派出所民警带出去上厕所的，可是，刚刚问到殷源滨和韦焕第的那笔债务上，他所陈述的情况正好跟寄往劳改农场的那封函件相反，原债务人变成了债权人，他跟本案就可能有关系。况且，刚好问到这儿，殷源浈竟逃掉了，这不可疑吗？

上世纪五十年代，全国各地的公安机关（以派出所居多）、看守所、劳改农场、劳教单位关押对象脱逃现象比较多，押解途中甚至刑场上脱逃的也有，作为基层派出所的民警对此已经见怪不怪了。此刻在他们看来，殷源浈是因轧姘头被群众扭送进来的，算不上什么了不得的事儿，逃了就逃了，回头还怕不回家？一回家还不是再次被群众扭送？因此，派出所那几位，包括所长、副所长在内，甚至都懒得出门去看一看，问问路人殷源浈往哪个方向逃了。石索根、周铁盾却是有查案的责任，见人家不动弹，只好自己起身出去，指望能追上。出了派出所大门，自然是踪迹皆无。随即去殷源浈住处所在的裕德里，在居委会遇见了正在了解情况的户籍警老金。老金告诉刑警："殷源浈的情况很严重，他有杀人嫌疑啊！"

刑警一听顿时一个激灵！杀人？难道这小子正是"9·30"二命疑案的凶手？想想也对，他是能工巧匠，跟韦焕第的关系密切，是能够把韦焕第忽悠到"逍遥池"去的，他也去过公平路韦家……正朝疑点上想的时候，老金说了自己的判断。听下来，这小子杀的不是韦焕第、韩少珍夫妇，而是他的姘头花巧芳。殷源浈与花巧芳通奸，曾被人抓住过三次，这次花已失踪四天，四天前曾有人看见花与殷源浈在西郊公园（即上海动物园）出现过。刑警听着，寻思失踪四天，那就是9月30日离家的，就问殷源浈是9月30日上午还是下午去的西郊公园。老金说他已给两位目击者的单位打了电话，让他们提早下班回家，现在正等着他们呢。

说话间，那二位回来了。这是一对正在谈恋爱的邻居小李和小程，同在医疗器械厂上班。9月30日上午，两人相约去西郊公园游玩，玩到下午一点多想回来时却下雨了，下得还不小。那时候的西郊公园没有商店，即便有商店而且出售雨伞，他们也舍不得买，只好找地方躲雨。就在躲雨的那段时间里，他们看见殷源浈和花巧芳肩并肩走过，这对野鸳鸯倒是打着一把油纸伞——由此判断，两人应该是午后出门的。

可以想象，石索根、周铁盾听着小李、小程的这番证词，自是暗叹“没戏了”；而老金呢，则是眉飞色舞，笔走龙蛇地记录着。石索根、周铁盾交换了一个眼色——殷源浈有不在现场的证明人，这家伙跟“9·30”二命疑案无涉。不过，小李和小程的证言他们也需要一份，所以等老金完成笔录后，刑警也抄了一份，让小李和小程签了名，拿回分局交差。

当晚，两路刑警汇总了各自调查所获，另一路去公平路向韦家邻居和路人查摸情况的刑警只了解到一个信息：昨天（10月3日），曾有一个自称姓郑、操一口苏北话的男子来访。韦家男女主人双双遇害后，由于上海没有亲戚，已由区民政局发函韦焕第、韩少珍原籍地东台县民政局，要求证询韦、韩两人老家的直系亲戚，是否有愿意领养那对双胞胎的，如果没有，将把双胞胎送往福利院由国家抚养。在等待苏北的消息期间，双胞胎暂由就读小学和居委会共同照顾，生活费用由民政局补助。学校和居委会协商后，决定让双胞胎寄住于从小就一直很关心他们的邻居黄婶家，韦家的住房钥匙则由居委会掌管，如需进屋取双胞胎的生活用品，就由居委会干部陪同黄婶入内。

昨天中午郑某来时，居委会治保委员和黄婶正好在韦家翻箱倒柜寻找双胞胎的换季衣服。来人听说韦焕第、韩少珍夫妇双双遇害的消息大吃一惊，嘴里一迭声说“这怎么可能”。治保委员问对方跟韦焕第或者韩少珍是什么关系，他说是苏北老乡，不过他并非从苏北来，而是早在上海解放前就已经在沪工作了，现在就职于静安区粮食局下面的粮管所，还掏出工作证让对方过目。

专案组民警对这条信息产生了兴趣，议论说这个郑某不知是否知道一些韦焕第夫妇的情况，看来有必要去走访一趟。

10月5日，刑警前往静安区粮食局打听郑某其人。据粮食局人事干部介绍，此人名叫郑莫庸，江苏省东台县人，雇农出身，上海解放前夕来沪，经人介绍在粮食仓库谋得一份打杂的工作。上海解放后，粮食仓库收归国有，他就成了粮管所职工。此人历史清白，表现一般，至于郑莫庸跟韦焕第、韩少珍夫妇的关系和交往，那就不清楚了。

于是，刑警直接去找郑莫庸了解，得知他跟韦焕第是同乡同村人，小时候一起玩耍的哥们儿。他来上海打工就是韦焕第介绍的，当时韦焕第刚被“宝隆厂”的钱老板召回上海。临走时，两人在村口相遇，郑莫庸知道韦在上海人头熟，就托其帮着留意一下有什么工作，不管干什么，总比窝在乡下强。韦焕第漫不经心地答应了，郑当时也没抱多大希望。哪知，两个月后，韦焕第来信说已经替他找到了一份粮库打杂的工作，随信还寄来了赴沪路费。从此，郑莫庸就跟韦焕第夫妇有了经常性的来往。韦焕第判刑入狱后，郑莫庸念着那份情谊，每年春节总会携一份礼物看望韩少珍和孩子。

刑警问对方10月3日那天为什么要去韦家。郑莫庸说：“我特地来看韦焕第的，他不是刚从劳改农场放出来吗?”

“你是从哪里得来的消息?”

“韩少珍跟我说过韦焕第的刑期是六年，今年春节我去看她时她念叨过，说老韦10月份可以回家了，我就记着了。不过，我当时并没有问老韦释放的确切日期，要不是9月30日我正好在北站看见他，10月3日我是不会去公平路的。”

郑莫庸所在粮管所的副所长老朱是一位山东籍的转业军人，他在解放上海时负了伤，一条腿留下残疾，走路有些不便；胳膊的骨头里嵌有弹片，不能用劲。老朱参军前已经在山东老家结婚，根据规定，每年享受一次探亲假。今年他选定 9 月 30 日离沪返乡，自然要带一些礼物，单位一天前就安排郑莫庸送老朱去北站上车。那天，郑莫庸用单位的“黄鱼车”（沪上对脚踏三轮车的称谓）载了老朱和行李前往北站。赶到站前广场，由于人多，只好下车推着走。由于有荣誉军人证，火车站破例允许他们走边门直接去站台。

就在这个过程中，郑莫庸无意间看见韦焕第、韩少珍夫妻俩在对面站台上跟一个中年男子说话。那男子套一件咖啡色夹克衫，没系扣，露出里面的白色衬衫，腋下夹着一个黑色公文包，脚边放着一个旅行包、一个藤条箱。三人有说有笑，看样子很亲热。郑莫庸顿时想起春节前韩少珍说起过 10 月份韦焕第就可以回家了。由于中间隔着两条铁轨，再说他必须赶紧把老朱送上火车，否则检票口一旦打开，旅客们蜂拥而入，就抢不到行李架了，所以没来得及打招呼。待他把“黄鱼车”推到车厢门口，取下行李，无意间回头看了看对面站台，韦焕第、韩少珍夫妇和行李已经不见了，只有那个男子还站在那里。

专案组正面临着查摸不到线索的窘境，刑警自然对那个“夹克男”产生了兴趣，问了身高、体形，认为那人的鞋码应该跟韦焕第差不多，符合凶手在“逍遥池”杀害韦焕第后穿上韦的跑鞋前往公平路杀害韩少珍的条件。再分析“夹克男”在站台上的状况，认为他应该不是专门为接刑满释放的韦焕第而去北站的，而是去站台送客或者候车，正好遇到韦焕第下车；从他们说说笑笑的情况判断，这人跟韦焕第可能并非泛泛之交。

不过，调查这个“夹克男”的难度比较大。当时火车票实名制的说法尚未问世，也别考虑什么监控录像之类。那么，刑警们应该怎样查摸呢？专案组认为，结合之前所掌握的相关情况来看，如果“夹克男”

跟凶手有关或者就是凶手，那么他必须具备一个条件——对“逍遥池”相当熟悉。结合凶手的电路知识，众刑警认为这人可能参与过“逍遥池”电气设施的安装或者维修。如此，专案组终于找到了追查的切入口。

10月5日上午，“逍遥池”老板高复生接到通知让去分局接受询问。专案组长袁辉友和刑警石索根、祖兴为与其谈了不到十分钟，就锁定了一个名叫任俊秋的家伙。

高复生当初创办“逍遥池”时，请了一个名叫竹内真王的日本电气专家负责电气设备的安装调试。竹内在日本没有多大名气，但在上海电气界的名声却不小。早在1892年从被称为“德国的麻省理工”的德国亚琛工业大学电气系毕业后，他就来到上海，先后供职于公共租界、法租界和华界的一些技术机构。到1930年“逍遥池”请其负责电气施工时，他已经六十五岁了。高复生回忆，竹内的健康状况不佳，患有肺结核和肝炎，但他还是很认真地主持设计工作。不过进入施工阶段后，他的健康状况恶化，住进了医院，只得从他担任客座教授的同济大学中挑了三个学生代其进行施工监理。“逍遥池”开张时，竹内已经病故一个多月了。高复生所说的那三个代师监理的学生中，有一个的体态特征跟“夹克男”吻合。这人就是任俊秋。

刑警问高老板：“这个任俊秋在‘逍遥池’开张后来洗过浴吗?”

高复生说：“经常来，不仅仅是洗浴，有时我们还请他过来指导维修。抗战爆发前两个月，‘逍遥池’停业大修时也把他请来了，是他主持制订的大修方案。上海沦陷后，任俊秋有时也来洗浴，还曾带来过几个日本人，说是竹内老师的朋友。不过我们一个曾被日本宪兵队抓进去过的会计马先生说，那几个日本人里，有两个是宪兵队的军官，曾讯问过他。”

“抗战胜利后任俊秋来过吗?”

“没有。1946 年‘逍遥池’再次大修，四处打听也没找到任俊秋，有人说他去香港了。”

“那么，任俊秋在抗战期间干的是什么工作呢?”

“他名片上印的是一家电气器材经销公司，好像叫‘辉煌公司’，我没去过，听说是在天津路上的。”

刑警在工商局并未查到这家公司。好在高复生还保存着那张名片，上面有电话号码，尽管电话局早已更改过线路，但技术资料档案里还能查到这个老号码。查下来的结果是，确实有这家公司，是任俊秋开的，但在抗战胜利后半个月即 1945 年 8 月底，该号码就停机了，估计公司也关闭了。

10 月 6 日，专案组开会讨论调查到的情况。留用刑警张博昨天感冒发烧没来上班，医生给开了三天病假，但今天他感觉好点儿了，就主动来了。听袁辉友一介绍情况，他的脸色有点儿异样。袁辉友以为他不舒服，说老张吃得消吗?不行的话还是回去休息。张博说不是身体原因，是任俊秋这个名字，我怎么觉得有点儿熟?袁辉友等四刑警闻听之下又惊又喜，一齐盯着他。片刻后，张博说我想起来了，这个名字我在抗战胜利后“军统”局和淞沪警备司令部的联合通缉令中见到过，说此人是“技术汉奸”，跟日本宪兵队、汪伪“七十六号”关系密切，参与研制、维修与电气相关的器材和刑具，领取数额不菲的津贴。这份通缉令应该还保存在分局档案室。

袁辉友宣布马上休会，和张博去档案室找通缉令。果然，从接管的国民党警务档案中找到了那份通缉令，上面不但有张博所说的那些内容，而且还有任俊秋的照片。张博说，抗战时日本宪兵队和“七十六号”逮捕过大量国民党“军统”、“中统”的特工人员，许多被捕者都遭受过包括电刑在内的残酷刑罚；而抗战后负责追捕汉奸的是“军统”，他们对任俊秋恨之入骨，曾专门组建过以警务人员为主、由“军统”特务督导的专案组追缉此人。有关追捕情况的卷宗可能保存在市局档案室，上海解放前夕，警察局长毛森逃离前虽然销毁了许多档案，但估计这方面的档案应该不会销毁。

另两名刑警石索根、祖兴为奉命前往市局档案室查阅，果然找到了该卷宗。据卷宗显示，当时确实组建过专案组对任俊秋进行追缉，全组七人从1945年10月11日开始到次年8月22日专案组解散，整整调查了十个月，却一无所获，最后的结论是：任俊秋可能已经自杀，但也不能排除改名换姓潜逃海外的可能。

该卷宗中有任俊秋的多张照片，以及当时的专案人员与任俊秋的数十名亲朋好友的谈话笔录。袁辉友认为这些内容中可能会有调查任俊秋其人的线索，不过，先得确认任俊秋到底是不是郑莫庸在北站站台上看到的那个“夹克男”。

10月7日，专案组挑选了两张任俊秋的照片，和其他七张相似年龄、体形男子的照片混在一起，请郑莫庸辨认，郑莫庸准确无误地认出了任俊秋的那两张照片。又把这些照片拿到“逍遥池”让高老板以及认识任俊秋的老职工辨认，也都证实无误。当天下午，专案组决定正式调查任俊秋的下落。

刑警分析，任俊秋那天出现在站台上，腋下夹着公文包，他可能是来接人，也有可能是候车，甚至是刚从外埠来沪的火车上下车。因此，有必要向北站查一下9月30日上午那个时段（八点至九点）该站台的使用情况。查下来的结果是，该站台那个时段有南京开来的两趟列车、杭州开来的一趟列车抵达，上海开往南京、杭州、蚌埠、济南方向的七趟列车出发。

专案组刑警齐往市局，再次调出那份卷宗，在阅卷室闭门不出仔细阅读相关内容，发现据当时国民党专案组的调查，任俊秋在南京有挚友，曾怀疑任俊秋逃亡南京。当时的专案人员曾三次前往南京调查，但未发现其踪迹。这个情况引起了袁辉友等刑警的重视，认为任俊秋可能藏匿于南京，当然其身份肯定已经洗白。所以，有必要把调查触角伸向南京。

10 月 11 日，专案组五名刑警悉数出动，前往南京调查。国民党旧档案中所显示的那个任俊秋的挚友早在南京解放前夕就携家眷前往台湾，这条线是断了。刑警从任俊秋的技术特长这一点上分析，认为不论逃亡何处，他都要谋生，而电气技术是其唯一的特长，做生不如做熟，他应该还在这一行干。于是，专案组决定对南京当地的电气行业进行调查。经与南京市公安局协调，南京警方派了三名刑警配合上海同行开展工作。

七天后，专案组终于在私营企业“捷跃无线电器材厂”发现有一个名叫宋紫煌的电气工程师与任俊秋的外形相似，当即带往附近派出所讯问。从当天傍晚七时至次日清晨五时，较量了十余个小时，宋紫煌终于承认其就是任俊秋并供认了杀害韦焕第、韩少珍夫妇的罪行——

宋紫煌，原名任俊秋，祖籍浙江宁波，1908 年出生于上海一个富商家庭，1930 年毕业于上海同济大学电气专业。毕业前的实习阶段，他受日本教授竹内之邀参加“逍遥池”的电气设计，并代替竹内负责施工监理。完成“逍遥池”的工作后，他进入江南造船所（新中国成立后改称江南造船厂）工作。五年后，已经化名宋紫煌的任俊秋离开江南造船所，在天津路开了一家“辉煌电气器材公司”。工商登记时提供的材料说是由其独资，其实一半资金由已故的竹内教授之子、日本商人竹内清空提供，算是“中外合资”。

通过竹内清空的关系，任俊秋结识了日本军方设在上海的秘密特务机关的特务，为该机关以及日本上海领事馆、通讯社提供电气技术有偿服务。上海沦陷后，这种服务延伸到日本上海宪兵队以及汪伪“七十六号”，任俊秋参与研制电刑、通讯、触电器等特务器材。不过，任俊秋的公开身份仍是“辉煌”的老板，为日方提供这种服务是在秘密状态中进行的。他与“七十六号”发生联系时，“七十六号”头目李士群指定吴四宝与其接触。韦焕第有时被吴四宝叫去开车接送任俊秋，两人由此相识，不过并无深交。

抗战胜利后，“辉煌公司”关门，竹内清空离沪回国。随之任俊秋被“军统”通缉，他立刻逃往南京，通过朋友关系，买通警察局落了全家户口，并对姓名、年龄、籍贯等基本资料都作了篡改，落户时间也提前了十年。诚如专案组分析的，任俊秋的谋生手段还是电气技术。以任俊秋当时的技术水平，堪称专家，所以他很快就进了“捷跃无线电器材厂”，被任命为技术科长。新中国成立后，任俊秋仍然埋头技术，被认为是个“书呆子式的知识分子”。从1953年开始，他甚至还在国内的专业刊物上发表了若干篇文章，在华东电气行业小有名气，数次被邀请参加技术研讨会。

这次，任俊秋就是应邀参加在上海举办的研讨会后返宁候车时在北站站台上与韦焕第夫妇相遇的。韦焕第知道任俊秋被通缉之事，稍后他也被通缉，在他看来，两人是有“共同语言”的，所以开口就问任俊秋在抗战胜利后的遭遇，现在在何处高就。对于任俊秋来说，这都是“死穴”，当下敷衍几句就转移话题，问了韦焕第的住址、家庭成员等情况。韩少珍善于跟人交往，也插了几句话，对自己的情况作了介绍，还说是请了半天假特地来接站的。

任俊秋应付完正想开溜，哪知，韦焕第看见了那个公文包上印着的

"南京捷跃无线电器材厂"的字样，嘴上没说，眼里却显出疑色，说自己刚为以前在"七十六号"的事儿吃了六年官司，待休息几天后再前往南京拜访老兄。任俊秋一听就知道摊上大事了——这家伙想敲诈！任俊秋明白，自己这段"技术汉奸"的历史如若被公安局知晓，逮捕是必然的。"七十六号"当年迫害过许多中共地下党、民主救亡人士和无辜群众，他参与研制特务器材应属于"严重罪行"，弄不好枪毙也有可能。如果让韦焕第讹上自己，以后定是麻烦不断，于是，就动了灭口之念。

任俊秋的脑筋动得极快，就在这短促的时间内，他已经想出了行动方案，当下便说："你我兄弟多年不见，自应好好一聚，下午一点半到两点，我在你家附近的下海庙门口等你，咱俩找个地方消遣消遣，好好聊聊。"

韦焕第自是一口答应。分手后，任俊秋离开北站。不一会儿下雨了，他买了把雨伞，寻思正好可以借机潜入"逍遥池"布置杀人现场。他先去北京东路五金商店买了老虎钳、螺丝刀、电工刀等作案工具，然后悄然赶到"逍遥池"，打着雨伞进入花园。见四下空无一人，便撬开了与21号浴间一墙之隔的库房门，发现设施依旧，心里一松。他是熟门熟路，当下上到浴间上方的空间，拆开了天花板，布置好杀局离开。临走时，把库房门锁伪装成未被撬坏的样子，扣上保险，把门带上。然后，任俊秋去了唐山路上的一家茶馆，其时茶客甚少，他在角落里选了副座头，喝茶时唤住了一个提着篮子叫卖花生米、五香豆、瓜子等炒货的少年，买下了全部炒货，条件是让对方去"逍遥池"预订包房。

下午，宋、韦两人在下海庙门口见面后，任俊秋把预订单给了韦焕第，让他先去"逍遥池"洗浴，说那里的高档区设施不错，你刚从监狱出来，正好把晦气泡掉。他自己则谎称要去办点儿急事，办完后也去

"逍遥池"，洗完浴再找家馆子喝酒。韦焕第哪知对方要灭口，乐呵呵地连连点头。就在韦焕第离开下海庙步行前往"逍遥池"时，任俊秋招了辆出租车，赶在韦之前来到"逍遥池"，再次潜入花园。因为打着雨伞，又是营业清淡时段，根本没人注意，他得以顺利进入库房，上到天花板内守株待兔。

接下来韦焕第触电身亡及之后任俊秋对现场的处理等情况，跟刑警分析的完全相符。任俊秋随后前往公平路韦家，布置了另一个杀局。他料想韩少珍已从丈夫口中知晓了自己的历史身份，所以一直在韦家藏着，亲眼看到韩少珍触电身亡后才连夜逃回南京。

1956 年 1 月，任俊秋被判处死刑，立即执行。